Le
Livre
de
Poche
Jeunesse

GASPARD
DES
PROFONDEURS

Yann Rambaud

Yann Rambaud, éducateur, a passé de longues années à accompagner des enfants en difficulté sociale et travaille actuellement auprès d'adultes déficients intellectuels. Durant douze ans, il a été auteur, compositeur et chanteur du groupe STAËL. *Gaspard des profondeurs* est son premier roman. Il vit actuellement avec sa femme et ses trois enfants à Voiron, près de Grenoble..

Chez Hachette Romans :

- Gaspard des Profondeurs
- Jessie des Ténèbres
- Teddy-n'a-qu'un-œil

YANN RAMBAUD

GASPARD
DES
PROFONDEURS

Extrait de *Dialogues avec l'ange* :
propos recueillis par Gitta Mallasz,
éditions Aubier Montaigne, 1976.

Illustration de couverture : © Nancy Peña.

Pour Claude et Nathanaël
Moi qui suis « l'entre-d'eux »
...
dix années qu'il m'a fallu
pour les re-lier l'un l'autre

« Le chat n'est jamais du bon côté de la porte. »

Proverbe britannique

« Deux forces habitent chaque être :
La force de la vie et la force de la mort.
L'une construit, l'autre détruit.
TU N'ES PAS SEULEMENT CRÉATURE.
TU CONSTRUIS ET TU DÉTRUIS.
EN PREMIER LIEU, TOI-MÊME. »

Dialogues avec l'ange

« Oh comme j'aimerais que tu sois là.
Nous ne sommes que deux âmes perdues
Nageant dans un bocal
Année après année
Foulant toujours le même sol usé
Et qu'avons-nous trouvé ?
Les mêmes vieilles peurs
J'aimerais que tu sois là. »

Pink Floyd – « Wish You Were Here »

1

Maman et Simon

Gaspard aura treize ans le 14 août.

Les membres de sa famille lui avaient souvent raconté de quelle façon il avait failli mourir alors qu'il n'avait que quelques jours.

Son oncle Félix était là quand cette sotte d'aide-soignante avait cru bon de rajouter une couverture dans son berceau tandis que la canicule transformait l'été en fournaise. Il l'entend encore lui dire avec émotion :

« Il s'en est fallu de peu ! Un degré de plus et à peine que t'étais arrivé dans ce monde qu't'en repartais déjà ! »

Complètement déshydraté, Gaspard avait alors atterri sous la coquille transparente d'une couveuse…

Oui, il s'en était fallu de peu ! C'était sans doute pour cette raison qu'il buvait trois litres par jour, voire quatre pendant l'été. Il ne se séparait d'ailleurs jamais de sa petite bouteille d'eau et ne parlait pas beaucoup par souci d'économiser sa salive.

En septembre prochain, le garçon entrera en quatrième.

Le conseil de classe s'était prononcé quelques jours plus tôt : « Passage en classe supérieure en espérant que Gaspard se ressaisisse et prenne la peine d'utiliser la pleine étendue de ses capacités. »

Au vu de ses résultats plutôt médiocres, Gaspard pensait qu'on l'aurait fait redoubler, mais les adultes se montraient parfois magnanimes envers les élèves ni bavards ni turbulents. Circonstances atténuantes pour ceux qui ne dérangeaient pas.

Fin du mois d'avril. Depuis le matin, le ciel ne parvenait pas à se défaire de longues plaques de nuages qui rendaient terne une clarté encore timide. Dernier jour des vacances de Pâques.

Bong !

Assis sur le bord de son lit, Gaspard entendit pour la seconde fois le ballon frapper contre la fenêtre de sa chambre.

Il alla jusqu'au balcon de l'appartement situé au premier étage et fut accueilli par les cris de trois gamins qui l'attendaient en bas, sur l'aire de jeux, les mains posées sur les hanches et le sourire aux lèvres.

« Bon, tu viens ou quoi ? dit l'un d'eux.

— Qu'est-ce que tu fous enfermé là-haut ? renchérit le second.

— J'peux pas sortir, j'ai des trucs à faire ! »

Et il referma la fenêtre, ignorant les protestations de ses camarades.

La veille au soir, il avait pris une grande décision qui avait sérieusement perturbé son sommeil et qui, ce matin, lui fichait une trouille bleue et une angoisse indéfinissable.

Il ouvrit l'armoire de sa chambre pour vérifier encore une fois que le gros sac à dos rouge et usé de son père était toujours là.

Il prit sa bouteille en plastique, avala deux gorgées d'eau et sortit de la poche arrière de son jean le petit carnet dont il ne se séparait jamais.

Il s'installa à son bureau, ferma les yeux un instant et attendit le petit picotement significatif avant de se mettre à écrire :

> *Je ne sais pas si je dois pleurer ou rire*
> *Car la route m'attend*
> *Très bientôt il me faudra partir*
> *Il suffit de grimper sur le vent*

Il relut les vers plusieurs fois, à voix basse, en s'attardant sur le rythme des syllabes et en cherchant la musique à la périphérie des mots. Le jeu consistait ensuite à déchirer la bandelette de papier, à la plier en quatre et à chercher dans la pièce une nouvelle cache pour y déposer le *message*.

« Là, c'est bien », se dit-il, debout sur le lit, en glissant le texte dans un interstice discret entre la cloison et l'étagère murale qui croulait sous les livres.

Dans la chambre, comme dans le reste de l'appartement, Gaspard avait semé au fil des mois des dizaines de petits papiers. Ses parents les découvraient parfois et prenaient toujours le temps de les lire à voix haute, avant de les replacer à l'endroit exact où ils les avaient trouvés. Simon, son petit frère, passait de longs moments à les rechercher consciencieusement. Peu importait qu'il ne sache pas encore lire. Ce qui était beau à voir, c'était son visage radieux quand il brandissait sa trouvaille. Et

Gaspard frétillait de bonheur chaque fois que l'une de ses œuvres réapparaissait.

Il s'avança dans le couloir pour écouter la respiration de la maison.

Son père était parti pour plusieurs semaines. Il était « technicien lumière » pour des groupes de musique, de danse ou de théâtre ; une sorte d'alchimiste de l'ombre et de la lumière, très fort dans l'art d'assembler les teintes et de faire jaillir des coins d'obscurité, des rayons de soleil ou des faisceaux multicolores.

Habitué à ses absences, il ressentait pourtant aujourd'hui une atmosphère différente, épaisse, confuse. Il avait l'impression que quelque chose ne tournait pas rond, mais il manquait de recul et de discernement pour en deviner la raison.

Il trouva sa mère dans la cuisine, raidie, silencieuse devant sa machine à coudre. Elle s'était mis en tête de refaire tous les rideaux de l'appartement et s'affairait à la tâche du matin au soir, aveuglément, comme si c'était une question de survie.

« 'Man, j'peux prendre une brioche ? »

Elle leva à peine les yeux, les mains lissant et pliant avec dextérité.

« C'est 4 heures ?

— Passé, oui.

— Alors sers-toi. »

Sa voix lui parut neutre, comme sortie de nulle part.

Hier, au cours du repas, elle avait annoncé que le médecin l'avait trouvée très fatiguée et lui avait donné un arrêt de travail. Son père soupçonnait-il qu'elle était malade ? N'y avait-il pas un lien entre son état et les absences de son mari ? Pourquoi ne voulait-elle pas en parler à lui et à son frère ?

Au cours des trois nuits précédentes, Gaspard avait essayé de téléphoner à son père en cachette, mais chaque fois il s'était heurté à l'écueil de la messagerie, où la voix grave se noyait derrière une orchestration bruyante. Il avait préféré ne pas laisser de message.

Beaucoup de gens cependant s'intéressaient à la santé de sa mère. Les sonneries du téléphone s'enchaînaient à un rythme soutenu. Les communications étaient brèves : il l'entendait répondre par « oui », « non » ou « d'accord », avec le désir évident d'écourter l'échange.

Ce singulier sentiment de malaise, cette émotion nouvelle qu'il n'arrivait pas à définir, peut-être encore plus sclérosante que la peur, avait de plus en plus envahi son esprit.

Sa décision d'aller rejoindre son père avait mûri au fil des jours, au point qu'il était maintenant décidé à partir en douce.

Mais il avait du mal à contenir une certaine colère intérieure, un sentiment vif d'injustice. Car tout de même, son père était-il débordé à ce point ? N'avait-il pas cinq minutes de libres pour donner de ses nouvelles ? Ne s'intéressait-il plus à eux ?

Et s'il avait rencontré une autre femme ?

Il chassa rapidement cette idée de sa tête. Du plus profond de son cœur, cela relevait de l'impossible.

Il alla jusqu'au salon où il trouva Simon assis en tailleur entre la télé et le canapé, partagé entre le combat sans merci que se livraient les *G.I. Joe* – figurines en plastique qu'il avait héritées de Gaspard – et un épisode des *Télétubbies*.

Gaspard s'agenouilla devant lui.

Sous son bras, Simon tenait par le cou ce bon vieux Ristourne, un dromadaire en peluche dont la bosse pelée

laissait voir par endroits l'armature en fil de fer du sque-
lette. Simon ne s'en séparait jamais.

« Je vois bien que tu t'ennuies, dit Gaspard.

— J'ai envie de rien faire… »

Il perçut l'amorce d'un sanglot, mais Simon était un
petit être fier qui ne voulait pas pleurer devant son grand
frère. Machinalement, il tapota la tête de son dromadaire.

« Tu vas pas jouer au foot ?

— Non, j'ai des choses importantes à faire. »

Gaspard hésita à se confier.

Le petit frère avait tressailli en entendant ces mots.

Silence, puis :

« J'ai décidé d'aller chercher papa… »

Il vit Simon étreindre un peu plus sa peluche.

« C'est loin ?

— Au bord de la mer.

— Où ça qu'on va à la maison de vacances ?

— Oui, pas très loin.

— Tu vas où papa il travaille ?

— Oui. »

Simon lança un regard désemparé vers la cuisine, là où
la machine à coudre s'emballait par instants.

Depuis plusieurs jours, sa mère ne le prenait plus sur
ses genoux et il avait l'impression qu'elle le regardait sans
le voir. Parfois, se trouvant près d'elle, la bouche sèche, il
espérait une caresse, un geste tendre, mais elle se bornait
à lui formuler quelques directives du genre :

« Tu as rangé ta chambre… ? Ne réponds pas au téléphone, je m'en occupe…Tu t'es lavé les dents… ? »

Le ton était sentencieux, mais sans fermeté, presque
mécanique, comme s'il s'agissait d'une commande vocale.

Petit à petit, Simon s'était enfermé dans le silence.

« Maman, tu vas pas lui dire que tu t'en vas ?

— Non, vaut mieux pas. Il faut que tu gardes le secret, tu comprends ? Je ne serai pas absent très longtemps. »

Gaspard vit les épaules du garçonnet s'affaisser sous le poids de cette lourde responsabilité.

« C'est long, jusqu'à la mer… s'inquiéta-t-il soudain. Et où tu vas dormir ? Dans la forêt, avec les loups et les serpents ? Comment tu vas man… manger ? »

Il en bégayait, parlait de plus en plus fort.

« Ne te fais pas de souci, le rassura Gaspard. Je vais prendre le car, j'ai tout organisé. Mais chut, sinon maman va finir par nous entendre. »

Simon était à la fois terrorisé et admiratif devant le défi que se lançait son frère. Il plissa un peu le front.

« Tu pars quand ? »

Gêné, Gaspard précisa :

« Dans moins d'une heure… »

Puis il l'embrassa bruyamment sur la joue. Sa gorge était nouée et il avait horriblement soif.

« Écoute… Pas longtemps après mon départ, vous allez passer à table et elle va me chercher. Dis-lui que tu m'as vu sortir pour aller jouer avec mes copains. Elle ira sur le balcon pour m'appeler… Vers 21 heures, elle commencera vraiment à s'inquiéter, et passé 22 heures, elle ameutera tout le monde. Du coup, j'aurai eu le temps d'aligner des kilomètres… »

Gaspard se rendit compte qu'il s'exprimait avec une assurance qui ne lui ressemblait pas. Qui aurait cru qu'un jour il s'échapperait de sa propre maison comme un voleur ?

Il devina une lueur d'effroi dans le regard de Simon. Maintenant que tout était dit, la tête lui tournait. Il courut boire de longues gorgées au robinet de la salle de bains.

Quand sa montre afficha 18 h 50, il chaussa ses baskets et se harnacha du volumineux sac à dos rouge où dépassait un duvet bleu un peu élimé.

En évitant de faire tinter les trois gourdes accrochées sur le haut du sac, Gaspard déposa son fardeau près de la porte d'entrée et pénétra furtivement dans la chambre de ses parents, un petit papier dans la main. Il glissa le billet sous l'un des oreillers. Les mots se voulaient rassurants :

« *Je suis parti chercher papa. Ne t'inquiète pas trop. Ton fils qui t'aime…* »

Il retourna vers la porte d'entrée et s'apprêta à remonter le sac sur son dos quand il sentit une main lui effleurer le bras. Un court instant, il eut peur de faire volte-face et de devoir affronter sa mère. Mais c'était de nouveau Simon.

Sans qu'un seul mot ne fût prononcé, il s'accroupit et se laissa agripper par les mains chaudes de l'enfant.

Leur étreinte fut longue… Simon étouffait ses sanglots dans le cou de son grand frère pour en atténuer le bruit, tandis que Gaspard gardait un œil rivé sur la porte de la cuisine où le bruit de la machine à coudre, inlassablement, télégraphiait de mystérieux messages.

Simon s'écarta enfin, les yeux rougis. Gaspard consulta sa montre : 19 h 02.

« Bon, mon p'tit poulet, tu gardes la maison. OK ? Moi, je vais chercher le père. Douze bandits le tiennent enfermé dans un ranch abandonné, à deux jours de cheval d'ici. Avec mon six-coups – Gaspard mima la scène en plaquant les mains sur ses hanches –, je compte bien les expédier en enfer ! »

La petite diversion avait réussi. Simon se laissa prendre :

« Il est où dans le ranch ?

— Dans la cave, ligoté et pendu au plafond. C'est le seul survivant ! Ils ont déjà liquidé tous les acteurs et les techniciens…

— Et pourquoi lui il est pas mort ? Pourquoi ils le gardent ?

— Je sais pas mais je vais le découvrir… »

Il actionna délicatement la poignée de la porte d'entrée. Simon n'en démordait pas.

« Tu vas pas pouvoir les tuer tous si t'es tout seul ! T'as un plan ?

— J'ai mieux qu'un plan, j'ai de la dynamite !

— Ouh, là, là !

— Comme tu dis ! Je vais faire péter le haut de la maison et j'en connais qui risquent d'avoir chaud au cul ! »

Simon fut à la fois choqué et fasciné par l'expression. Gaspard ajouta :

« Allez, file et sois courageux… Garde le secret aussi longtemps que tu pourras. »

En son for intérieur, Gaspard pensait que si son frère pouvait tenir jusqu'à la fin de la soirée, cela relèverait déjà de l'exploit.

Sept personnes attendaient le car. Une dame traînait une poussette d'où montaient les sirènes de deux bébés en pleurs. À côté d'elle, Gaspard reconnut Mlle Cerdan, celle qui faisait le ménage à l'église Saint-Roch et remplaçait le prêtre au catéchisme. À quelques mètres, il vit M. Refosse avec ses deux fils, Daniel et Philippe, deux teigneux qui terrorisaient les plus jeunes dans le quartier.

Soudain un chat surgit de l'autre côté de la chaussée et traversa la route d'une allure pépère, sans se soucier le moins du monde de la circulation.

Son pelage était noir, excepté le bout de ses pattes, tout blanc, comme s'il portait des chaussettes. Ses oreilles étaient anormalement grandes et sa queue formait un point d'interrogation au-dessus de sa tête. Sans doute arrivait-il au terme d'un long périple car son poil était hirsute et sale. Une voiture qui déboulait à vive allure manqua le percuter, l'esquivant d'une légère embardée en crachant un jet de graviers sur le bas-côté. Un klaxon hurla. L'animal n'y prêta aucune attention.

« L'a pas froid aux yeux ce bestiau-là ! » dit M. Refosse.

À la surprise générale, le chat vint se poster juste à côté de Gaspard. Tous les regards se tournèrent vers lui. Le félin, tranquillement assis, se mit à se lécher une patte en ronronnant.

Le garçon aimait bien les chats, toutefois celui-là le mit mal à l'aise. Sans doute à cause de son apparence misérable, mais plus encore parce que le félin le fixait d'une manière étrange avec ses yeux jaunes aux pupilles verticales.

Une chose incroyable survint alors. Gaspard *trébucha* dans le regard hypnotique du chat. Une poignée de secondes à peine où il se retrouva au milieu d'une forêt surdimensionnée. Les troncs des arbres étaient colossaux. Il y avait un point d'eau, où les grosses racines entremêlées de l'un d'eux, tels les tentacules d'un monstre marin, perçaient la surface. Pas très loin, assise sur un rocher, une créature singulière, mi-homme, mi-arbre, levait une main dans sa direction, l'invitant à s'approcher.

Ce fut le barrissement d'un klaxon qui le ramena à la réalité : le car venait d'apparaître et amorçait sa manœuvre pour se ranger sur le bas-côté.

Gaspard *sortit* du regard du chat, aussi vite qu'il y était entré.

Le véhicule s'arrêta à moins d'un mètre de l'arrêt. La porte latérale s'ouvrit, laissant voir le visage souriant d'un homme d'âge mûr, à la moustache épaisse et grisonnante.

« Mesdames, messieurs, bonjour ! » dit-il d'une voix forte.

Cinq minutes plus tard, le garçon se hissait à genoux sur la banquette du fond du bus et collait son visage contre la vitre arrière. Il regarda les deux derniers étages de son immeuble qui rapetissait et pensa à sa mère et à Simon.

Une boule remonta de son estomac, et un goût acide lui chatouilla la gorge.

Il écarquilla les yeux.

Le chat, lui aussi, s'était mis en route et trottinait, bon train, sur le bas-côté, comme s'il avait décidé de suivre le car.

2

En route vers le sud

Quand le véhicule dépassa le panneau de Claire-la-Jolie, Gaspard jeta à plusieurs reprises un coup d'œil par la vitre arrière pour s'assurer que le matou ne les suivait pas. Au bout de quelques kilomètres, il parvint à chasser de son esprit l'idée que l'animal était peut-être doté de pouvoirs surnaturels.

Ils croisèrent plusieurs tracteurs, occupés à creuser la terre tels de gros insectes métalliques en quête de nourriture. Tandis que le jour déclinait, le ciel devenait pourpre.

Gaspard avala d'un trait l'une de ses gourdes. Sa gorge accueillit avec délice le liquide encore frais. C'était son carburant à lui…

M. Refosse était plongé dans la lecture de son journal tandis que Mlle Cerdan étudiait les reliefs de son visage dans un petit miroir. Avec le ronronnement du moteur, les deux bébés s'étaient profondément endormis, bientôt imités par leur mère.

Un air d'accordéon sortait en sourdine des haut-parleurs.

Gaspard soupira en s'enfonçant dans son fauteuil.

Il l'avait fait ! Oui, il l'avait fait ! Le plus difficile avait été d'oser, de faire le premier pas. Maintenant, peu lui importait que Simon vende la mèche ! Dans deux heures, il serait à Aix et, à moins qu'on ait recours aux gendarmes, il ne voyait pas comment, en si peu de temps, on pourrait contrarier son projet.

Il allait pouvoir retrouver son père et le ramener à la maison. Sa mère serait sans doute fâchée, mais n'était-ce pas pour la bonne cause qu'il agissait ainsi… ?

« N'oublie pas que tu es un cow-boy et que tu as un ranch à faire sauter », murmura-t-il en pensant à Simon.

Il songea à la manière dont il avait pu mettre ce plan à exécution.

Ayant trouvé un prospectus dans le sac à main de sa mère, il avait découvert que son père allait travailler pour une troupe de théâtre, *La petite cuisine entre amis.*

Au recto, un dessin amusant illustrait le titre de la pièce. Au verso figurait la liste des villes où se produirait la troupe avec les dates des représentations : il avait ainsi appris qu'après Draguignan, Hyères, Toulon et Bandol, son père se trouverait à Aix le lendemain soir.

Il imagina l'endroit où il irait dormir… Sous le porche d'entrée d'un immeuble ? Dans une cabine téléphonique ? Ou lui faudrait-il marcher quelques kilomètres et sortir de la ville pour dégoter un refuge en rase campagne… ? Il avait encore le temps d'y réfléchir.

Demain, il arriverait à la salle de spectacle en début d'après-midi, pendant l'installation du décor et des éclairages. Il allait en faire une tête, le paternel, en le voyant !

La nuit éclipsait doucement le jour. Ne restait maintenant du soleil qu'une traînée de lumière diffuse…

Gaspard jeta de nouveau un coup d'œil sur l'inventaire qu'il avait rédigé sur la première page de son carnet : duvet,

K-Way, deux changes complets d'habits dont un gros pull, trois gourdes, stylos, trousse, papier-cul, boîte d'allumettes, couteau, lampe de poche frontale. Sans oublier brosse à dents, dentifrice et savon.

Il vérifia qu'il avait toujours, au fond du sac, la boîte à cigares fermée par un élastique qui contenait les étrennes de ses grands-parents donnés au Noël dernier : un magot de plus de soixante-dix euros qu'il planquait dans sa chambre...

Il avait aussi prévu l'intendance : trois sandwiches, deux paquets de chips, des gâteaux secs.

Après beaucoup d'hésitations, il avait subtilisé le téléphone portable de sa mère et il espérait qu'elle découvrirait son larcin le plus tard possible. Il vérifia que la batterie fonctionnait toujours, car, si elle venait à s'éteindre, il ignorait le code secret de l'appareil. Et de toute façon, il avait oublié de prendre le chargeur.

Retenant sa respiration, il composa une nouvelle fois le numéro de son père... Il entendit la sonnerie retentir plusieurs fois puis la messagerie se déclencher. Gaspard coupa brusquement la communication : la sérénité qu'il affichait jusqu'alors venait de faire place à la colère ! Pourquoi, une fois de plus, ne décrochait-il pas ? *Toujours ce putain de répondeur !*

Il avait bien du mal à réprimer une forte envie de hurler, de libérer une violence contenue... Il se voyait bondir, arracher un par un les sièges du car, briser toutes les vitres à coups de poing...

Il éclusa très vite la première bouteille de sa précieuse réserve d'eau. La colère s'apaisa. Il resta un moment immobile, comme hébété, surpris lui-même d'avoir pu imaginer tout cela... Avant de prendre son carnet et d'écrire à la hâte :

Le feu remplit les maisons
Les immeubles et les villes
Se répand sur les routes et les monts
Rattrape le car, oui, c'est horrible
De se voir transformé en tas de charbon...

Il relut scrupuleusement le poème, à l'affût d'une faute d'orthographe ou d'une tournure maladroite, avant de découper le papier et de le plier en huit pour le glisser entre son accoudoir et celui du siège voisin.

Dehors, on ne distinguait presque plus rien. La nuit triomphait.

Il avala un sandwich et vida un paquet de chips avant de se recroqueviller sur son siège, les genoux remontés sous le menton.

Bercé par le ronronnement du bus, il sentit ses paupières s'alourdir.

Et au moment où il glissa dans le sommeil, une petite mélodie candide envahit tout l'espace.

Elle était douce mais bien distincte, tel le message secret permettant l'ouverture d'une porte dérobée.

♪ ♪ ♪ ♪ ♪ ♪♪

Gaspard se retrouve dans la grande forêt qu'il a entr'aperçue dans les pupilles du chat. Le voilà assis à califourchon sur l'une des énormes racines, le dos collé contre un tronc gigantesque.

Les frondaisons des arbres, très loin là-haut, forment un plafond noir. La lumière s'y fraye de faibles passages. Le garçon se sent minuscule.

Malgré tout, le bois dégage une chaleur troublante, réconfortante même, et, bien que très impressionné, il ne ressent aucune peur.

Il entend soudain une voix venant de sa droite.

« Ah, bon sang ! Y a rien à faire ! J'ai beau le savoir, ça repousse trop vite ! »

C'est l'étrange personnage qui tout à l'heure lui faisait signe de s'approcher.

C'est un homme, semble-t-il, d'une cinquantaine d'années, un peu ventripotent et de taille moyenne. Mais sa peau se couvre par endroits d'écorce. Des touffes d'herbe pointent de sous ses bras, des pâquerettes tapissent ses épaules, des tas de branches tordues poussent le long de son corps et un bouquet de primevères mauves orne sa tête.

La créature tente de se pencher en avant mais les branches de son dos s'emberlificotent avec celles d'un arbuste voisin.

Elle râle, puis pousse un soupir de découragement.

Finalement, elle lève deux grandes pupilles noires vers Gaspard et tend dans sa direction une main à peau d'écorce terminée par de jeunes racines.

« Tu peux venir, tu sais. Je crois que je vais avoir besoin de toi. »

Le garçon escalade les monstrueuses racines et vient serrer les doigts secs et rugueux de la créature.

« Hou ! Hou ! Hou ! Je sais que tu t'appelles Gaspard.

— Vous…Vous savez comment je…

— Moi c'est Idriss. Bon, les présentations sont faites. On discutera après si tu veux bien. Regarde si tu arrives à me libérer en cassant les branches les plus longues.

— Mais je risque pas de vous faire mal ?

— Penses-tu, tu peux y aller. De toute façon, d'ici demain tout aura repoussé. Les arbres en ont profité pendant mon sommeil. Chacun d'eux rêve de m'avoir pour lui tout seul. »

Délivré de ses dernières branches, l'homme-arbre peut enfin se redresser et part d'un rire spontané. Puis il s'ébroue en agitant son feuillage.

« J'étais chargé de t'accueillir, et, une fois n'est pas coutume, j'ai fini par m'assoupir. »

Un large sourire illumine son visage un peu joufflu.

« Tu sais que tu es le second humain que je vois en vrai ?

— Le second ?

— Oui, après Mamie. C'est elle qui nous a annoncé ta venue. Allons-y, elle a hâte de te rencontrer, et il y a une bonne heure de marche jusqu'à la ferme. »

Ils se mettent en route. Les habits de Gaspard commencent à sécher sous la température printanière et il se sent bien en présence de son compagnon.

La respiration de l'homme-arbre crépite comme du bois sec jeté dans l'âtre. Les articulations noueuses de ses jambes craquent et ses pieds s'enfoncent légèrement dans le sol à chacun de ses pas.

Ici, la nature est surprenante. Au pied de certains arbres, Gaspard découvre des bosquets de minuscules sapins tandis que d'autres abritent... des choux-fleurs. Près d'une butte, une légion de tournesols se tient au garde-à-vous. Des tomates aussi grosses que des courges se développent à même le sol.

Alors qu'ils passent sous un bouquet d'énormes roses aux larges épines acérées, Gaspard demande à son compagnon :

« Vous savez, si je suis, comme vous dites, le second être humain que vous rencontrez, eh bien vous, vous êtes le premier... le premier quoi au juste ?

— Je suis un *touchécorce*... Oui, un *touchécorce*, et je suis chargé de veiller sur cette partie de la Forêt.

— Alors, ces arbres sont à vous ? »

Idriss sursaute avant de se pencher à l'oreille du garçon.

« Malheureux, fais attention à ce que tu dis, tu vas les vexer. Non, je m'occupe d'eux, c'est tout. Quelquefois aussi, je les soigne et, crois-moi, ce n'est pas une mince besogne. Mais ils ne m'appartiennent pas, tout comme moi, je n'appartiens à personne... »

Ils se faufilent entre des buissons d'aubépines aux baies rouges aussi volumineuses que des mandarines, avant de déboucher sur le haut d'une colline.

L'homme-arbre s'arrête subitement. Un lapin blanc, dressé sur ses pattes arrière vient d'apparaître. Il sourit, dévoilant deux longues incisives, taillées comme des silex.

« Salut Katalpakân, dit le touchécorce. Te voilà bien loin des tiens. »

L'animal ne répond pas. Il n'a d'yeux que pour le garçon.

« Tu veux peut-être que je fasse les présentations ? »

Les joues et le museau du lapin rosissent et il se sert d'une oreille pour dissimuler son regard.

« Allons, approche donc ! insiste Idriss. Il n'y a aucun danger. »

Gaspard découvre alors l'extraordinaire animal qu'est Katalpakân quand il voit son énorme queue en panache se dresser comme le bras d'une catapulte. Le lapin décolle du sol, et bien qu'il se trouve à bonne distance, il ne lui faut qu'un seul bond pour atterrir près de lui.

Le garçon balbutie :

« Bon... bonjour. Vous avez une... comment dire... une très belle queue.

« — En effet, approuve Idriss. Et figure-toi que la nuit, elle lui sert de sac de couchage. Hou ! Hou ! Hou ! »

Le lapin atteste d'un hochement de tête.

« Je… Je m'appelle Gaspard.

— Oui, ve fais. »

Le garçon suppose que le défaut d'élocution est dû à la longueur de ses dents.

« Décidément, tout le monde connaît mon nom et pourtant je ne suis jamais venu ici. »

L'homme-arbre et Katalpakân échangent un regard complice.

« F'est parce que ze te vois dans mes rêves, Gafpard.

— Alors bienvenu au club, car moi aussi, en ce moment même, je suis en train de rêver ! »

Le lapin s'approche et pose délicatement une patte sur la cuisse du garçon.

« Au revoir, Gafpard, on fe reverra fans doute bientôt », déclare-t-il avant de se ramasser sur lui-même et de disparaître au-delà des buissons, d'un seul bond.

La petite musique avait de nouveau résonné quelque part dans sa tête, le ramenant instantanément dans le car.

Le véhicule venait de s'immobiliser sur l'aire d'une station-service.

Gaspard trouva la halte salutaire pour satisfaire un légitime besoin. La gourde vide sous le bras, il descendit du car, les jambes ankylosées, mais l'esprit plus encore, après ce qu'il venait de *vivre* dans son sommeil. Jamais encore ses rêves n'avaient été si palpables, si prégnants. Il lui sembla qu'Idriss et l'étonnant lapin allaient sortir du bus à sa suite.

Il regarda même derrière lui pour vérifier.

Mais, évidemment, cela ne se produisit pas.

Des néons blafards, constellés d'insectes morts, diffusaient une lumière terne au-dessus des pompes et donnaient un aspect maladif à un vieux chien au poil filasse couché là.

Un grand brun au costume anthracite présentait sa carte bancaire à l'homme derrière le guichet.

Aussi massif qu'un chêne, l'employé avait une barbe en pointe qui couvrait les trois quarts de sa poitrine. Un visage rocailleux et sans harmonie. Une masse de cheveux roux tombait sur ses épaules. Un Viking.

Gaspard entra dans la boutique, mais aucun des deux hommes ne fit attention à lui. Le type en costard, visiblement soucieux de retrouver son chemin, étalait une carte routière.

Le garçon passa devant les machines à café et poussa la porte battante des toilettes. En tentant d'oublier la forte odeur d'urine javellisée qui lui sauta aux narines, il atteignit le premier lavabo et but longuement, jusqu'à éprouver une étrange sensation d'ivresse… avant de remplir sa gourde et de dégoter une cabine pas trop souillée.

Cinq minutes plus tard, il s'apprêtait à sortir quand une voix qui ne lui était pas inconnue se fit entendre derrière la porte :

« Oh, oh ! Y a quelqu'un ? Tu es là, petit ? »

C'était le chauffeur. Gaspard sentit son sang se figer. Instinctivement, il garda le silence : une voix intérieure lui lançait comme un appel à la prudence. Il perçut d'emblée que le ton débonnaire avait quelque peu perdu de son naturel.

« Hé, gamin, faudrait p't'être voir à te manier le train ! Les dix minutes sont passées et j'ai un car à faire rouler, moi ! »

Un truc clochait.

Silence… Gaspard s'était presque arrêté de respirer… Que se passait-il ? Ça sentait le roussi…

Surtout ne pas bouger d'un poil. Avec précaution, il saisit la gourde posée au sol et se déplaça latéralement pour se tasser dans l'angle de la cabine.

« Bon Dieu ! Où il est ce gosse ?… »

Voilà qui confortait son mauvais pressentiment. Se croyant seul, le moustachu ne dissimulait plus son stress.

« Faut à tout prix que je lui remette la main dessus ! » grommela le chauffeur en quittant les lieux.

Gaspard prit une longue inspiration et appliqua le métal froid de la gourde sur son front brûlant. « Chauds les marrons » avait l'habitude de dire son père quand il se trouvait dans une situation à risques. « Chauds les marrons », chuchota-t-il en s'échappant du box et en s'avançant vers la sortie. Il poussa doucement la porte battante du bout des doigts et risqua un œil dans la boutique.

Il aperçut deux autres cars garés devant les pompes et près d'une cinquantaine de personnes qui s'agitaient dans les rayons en quête de victuailles.

Le chauffeur se frayait un passage au milieu de la foule et se dirigeait vers l'employé.

Le garçon en profita pour se glisser hors des toilettes. Il réussit, en se faufilant derrière les touristes, à atteindre un présentoir de cartes postales, suffisamment proche des deux hommes pour les entendre.

« …Vous n'avez pas pu le manquer, un gamin, douze ou treize ans… »

Le chauffeur s'efforçait de garder un ton calme, mais le tambourinement de ses doigts sur le comptoir trahissait une vive inquiétude. Le Viking secoua la tête sans quitter des yeux les va-et-vient de ses nouveaux clients.

« Cela vous ennuierait d'être un peu plus coopérant ? Je vais me retrouver dans un sacré pétrin si ce gosse me file entre les pattes !

— Qu'est-ce qu'il a fait vot' gamin ? Y s'est carapaté avec les roues d'vot' bahut ? railla le Viking.

— Cet enfant est en fugue. Le bureau vient juste de m'appeler. La mère du gosse est aux cent coups, les flics sont déjà au jus et mon adorable chef m'a bien laissé entendre que la Compagnie pourrait se passer de mes services si je ne réglais pas le problème illico. »

Une voix intérieure commanda à Gaspard d'aller vite chercher son sac et de décamper. Il profita du monde pour sortir en catimini et courut jusqu'au véhicule.

La porte en accordéon était restée ouverte.

Parvenu dans l'allée centrale, il aperçut Mlle Cerdan qui le toisa d'un regard soupçonneux. Il comprit très vite qu'elle n'était pas au courant, car elle aurait immédiatement donné l'alerte. C'était tout simplement sa manière habituelle de regarder les gens.

La dame et ses deux bébés dormaient toujours paisiblement.

Son sac était encore là ! Grâce au ciel, il était toujours là ! Le chauffeur n'avait pas pensé à le lui subtiliser.

Quand il l'eut mis sur ses épaules, il lui sembla qu'il s'était mué en tortue et réalisa qu'en cas de poursuite, il aurait peu de chances de distancer ses poursuivants avec une telle carapace.

M. Refosse surgit entre deux fauteuils comme un diable hors de sa boîte.

Gaspard poussa un cri. Sans doute mandaté par le chauffeur, l'homme avait donc tranquillement attendu son retour, tapi entre les sièges.

Le garçon frissonna en croisant son regard. Il y flottait une part de ténèbres.

M. Refosse commit alors sa première erreur de prédateur : trop sûr de sa victoire, il prenait son temps.

Gaspard fit un tour sur lui-même, projetant de plein fouet les gourdes en métal accrochées sur le haut de son paquetage contre le visage de l'homme, provoquant ainsi l'éjection de deux dents.

Ce fut un succès d'autant plus « percutant » que le crâne de M. Refosse alla ensuite s'écraser contre la vitre. Son corps s'écroula alors comme une vulgaire poupée de chiffon.

Alertée par le raffut, Mlle Cerdan eut tout juste le temps de voir sombrer le visage ensanglanté de l'homme. Stupéfaite, elle n'osa pas intervenir.

Déséquilibré par le lourd paquetage en descendant du bus, Gaspard zigzagua dangereusement sur les premiers mètres avant de se rétablir.

Au même moment le chauffeur sortit de la boutique en criant :

« Hé, petit ! Attends ! Hé ! Faut qu'on parle ! »

Le garçon orienta sa course plus à droite et accéléra le pas. Le moustachu, accusant les deux paquets de cigarettes qu'il s'envoyait quotidiennement dans les poumons, dut vite renoncer à le poursuivre.

En pleine rase campagne, Gaspard eut la chance de ne rencontrer aucun obstacle à part quelques gros buissons épars. Il aperçut enfin une masse épaisse et sombre qui se découpait sur l'horizon et réalisa qu'il ne serait plus à découvert en atteignant l'orée des sous-bois.

C'est alors qu'apparut un cercle lumineux virevoltant dans les ténèbres. Il comprit très vite que c'était le gros Viking qui braquait sur lui une lampe de poche.

Dans la pénombre, la large silhouette de l'employé n'en était que plus impressionnante.

Mû par un formidable instinct de conservation, le garçon aspira une grande bouffée d'air, et quand l'homme fut à sa portée, ajusta un fantastique coup de pied dans les testicules.

Dans le mille !

Le Viking lâcha aussitôt sa lampe de poche et tomba à genoux en poussant un grognement.

Quel exploit ! Deux hommes au tapis !

Dopé par l'adrénaline, il reprit le rythme endiablé de sa course. Mais la nuit est traîtresse. Il n'avait pas vu que le sol était en pente, et, entraîné par le poids de son sac à dos, il trébucha et finit par atterrir dans un fossé, par chance peu profond et garni d'un opulent bouquet de fougères. L'épaisseur des feuilles amortit sa chute.

Il resta là quelques secondes, un peu abasourdi, son sac à dos tel un couvercle au-dessus de son corps endolori.

Il entendit le Viking proférer à la ronde injures et invectives. S'il était encore en capacité de gueuler aussi fort, c'est qu'il n'allait pas tarder à reprendre la poursuite.

Gaspard se releva non sans peine : le lendemain il pourrait s'amuser à compter les bleus…

Allez, courage, tu t'en tires pas trop mal, se dit-il en ajustant la position du chargement.

Clopinant, il atteignit le bois.

C'est alors qu'il prit conscience que le monde autour de lui s'était complètement éteint, que son père et sa mère n'étaient pas dans la chambre juste à côté… Il était seul, seul dans la nuit, seul dans cette forêt noire et silencieuse.

Une angoisse encore diffuse commençait à l'envahir. Il ne fallait surtout pas la laisser prendre le dessus.

Le gros Viking, c'était du fifrelin à côté de ce qui le forçait à marcher de plus en plus vite. Il y a pire que les gros Vikings, bien pire : la terreur sans nom qui cloue un enfant à son lit, qui s'insinue dans le placard et garde un œil jaunâtre, injecté de sang dans l'entrebâillement de la porte.

Gaspard s'était mis à courir à perdre haleine avec, dans la tête, la terrible obsession que s'il s'arrêtait maintenant, *quelque chose* allait le dévorer.

Au bout d'un kilomètre, mort de fatigue, il tomba de nouveau en butant sur une racine. L'épuisement prenait maintenant le pas sur la peur. Un calme délicieux remplaça soudain l'angoisse.

Il installa sa lampe frontale sur le haut de sa tête. Un faisceau jaillit tel un phare craintif au fond d'un gouffre. Il détacha son duvet, s'y recroquevilla sans quitter des yeux le disque de la lampe, dernier bastion de lumière au sein des ténèbres.

Qu'allait-il se passer demain ? En fugue, perdu, sans carte et sans points de repère, comment parviendrait-il à rejoindre Aix dans la journée ? La troupe continuerait sa route une fois le spectacle terminé. Et la police qui était maintenant à sa recherche...

Trop de questions, chuchota une voix intérieure.

Le sommeil se glissa subrepticement sous le duvet et vint se coller contre lui. Aussitôt, la douce mélodie tinta dans son esprit.

♪ ♪ ♪ ♪ ♪ ♪

3

Mamie et Dr Cot

« Tu as soudainement disparu, dit Idriss. Après que Katalpakân est parti, je me suis retourné et tu n'étais plus là. Du coup, j'ai décidé d'attendre.

— Je... je me suis réveillé. »

Idriss fait une moue un peu soucieuse en pointant du doigt les habits du garçon.

« Tu as eu des ennuis quand tu étais dans... comment doit-on dire, d'ailleurs... dans *l'autre monde...* ? »

Gaspard reste sidéré car, aussi incroyable que cela puisse paraître, ses vêtements portent les traces de sa cavalcade dans les bois et de sa chute spectaculaire. Son jean est troué au genou gauche, son tee-shirt maculé de boue séchée.

« Ou... oui, balbutie-t-il, il m'est arrivé de drôles de trucs... mais pas bien graves au final... En tout cas, je m'en suis pas trop mal sorti...

— Bon, bon, bon... remettons-nous en route. Avec ça, on a pris un sacré retard. »

Quelque temps plus tard, la végétation s'éclaircit. Un troupeau de biches d'une taille minuscule passe à vive allure entre leurs pieds. Ce contraste permanent entre l'infiniment petit et l'infiniment grand est fascinant. Le touchécorce lui présente un arbuste où poussent en quantité de petits fruits verts. Le garçon en gobe un.

« Mince alors ! C'est d'la pastèque ! Des mini-pastèques ! »

Le touchécorce s'agenouille soudain devant un arbre.

« Encore ces satanés champignons ! rouspète-t-il. Tu vois Gaspard, ces trucs-là leur donnent des démangeaisons. Faut les enlever, même si après-demain au plus tard, il y en aura de nouveaux. »

Ils raclent donc la partie la plus atteinte. Au bout d'un moment, le garçon sent l'écorce frissonner sous ses doigts.

« S'il vibre comme ça, c'est qu'il est content et reconnaissant. Nous allons pouvoir le goûter, précise Idriss.

— Le goûter ?

— Tu vas voir, tu vas voir, glousse l'homme-arbre en frissonnant de plaisir. Hou ! Hou ! Hou ! »

Le touchécorce prend un peu de recul pour embrasser du regard toute la largeur du tronc et s'incline cérémonieusement. Son chapeau de primevères balaye le sol. Puis il s'assoit et sort délicatement de terre le bout de la dernière racine qui ondule comme une queue de serpent. Quand il porte l'étrange appendice à sa bouche et le suce goulûment avec de petits gémissements extasiés, son écorce craque, ses branches poussent à vue d'œil. Il tend ensuite la racine mouvante à son invité.

Gaspard goûte. Il trouve que cette sève épaisse et blanche a un goût plutôt sucré avec, on peut s'en douter, un arrière-goût de bois.

« Jamais mangé quelque chose d'aussi délicieux »,
ment-il.

Idriss est aux anges. Dans les minutes qui suivent,
Gaspard sent la substance l'envahir et affluer lentement
jusqu'à l'extrémité de ses doigts. La sève s'insinue dans
toutes les parties de son corps. C'est chaud, voluptueux.
En marchant, elle inonde son ventre, ses cuisses, ses
chevilles, et il a l'impression de faire corps avec elle, de
s'enraciner.

« Ça me fait vraiment tout drôle, confie-t-il à son
compagnon. Je risque pas de me transformer en arbre ?

— Eh bien, disons qu'il ne faudrait pas que tu y
prennes trop goût. Si tu n'en manges que de temps en
temps, il n'y a aucun mal. Son effet est éphémère et va
rapidement s'estomper. »

En sortant d'un champ de fleurs, ils débouchent devant
le tronc gigantesque d'un chêne.

« Nous arrivons maintenant sur le territoire de mon
frère.

— Ah ! Vous aussi vous avez un frère ?

— Hou ! Hou ! Hou ! J'en ai même trois. »

La végétation tout entière se pare d'un épais manteau
d'automne. Les couleurs prennent des tons pastel, puis
marron, jaune et ocre. La température baisse sensiblement
et la lumière devient crépusculaire.

« Nous voici chez Watkilli », ajoute Idriss.

Gaspard est fasciné.

« C'est génial ! Passer d'une saison à l'autre comme ça,
aussi vite… Alors chez vous, c'est tout le temps le printemps, et chez votre frère c'est tout le temps l'automne.
Donc ça veut dire que vos deux autres frères habitent en
été et en hiv…

— ATTENTION ! » hurle le touchécorce en entraînant vivement le garçon.

Il y a soudain un sifflement aigu au-dessus de leurs têtes, suivi d'un léger tremblement de terre.

Un gland, aussi gros que la tête d'une ogive nucléaire, s'est planté dans le sol à l'endroit où Gaspard se trouvait une seconde auparavant.

« Eh bien, dit Idriss, manquait plus que tu te fasses ratatiner le jour de ton arrivée… Les arbres sont parfois dangereux par ici. Allez, continuons. »

Ils traversent ensuite un vaste marais. Des moustiques plus gros que deux poings réunis hantent les lieux, et, à plusieurs reprises, ils doivent s'aplatir au sol pour ne pas attirer leur attention.

Plus loin, la fange est si épaisse qu'Idriss soulève le garçon et le porte dans ses bras. L'homme-arbre sent bon et sa peau mêlée d'écorce est chaude.

Puis ils parviennent jusqu'à de grands nénuphars qui, collés les uns aux autres, dessinent un immense puzzle. Idriss repose Gaspard sur l'un d'eux. C'est comme de marcher sur la bâche d'une piscine.

Après cela, ils doivent jouer des coudes pour se faufiler entre les mailles d'une incroyable toile d'araignée qui relie deux chênes. La consigne est de ne pas trop toucher les fils. Gaspard refuse d'imaginer quelle taille peut avoir la bestiole et passe l'obstacle à la manière d'un contorsionniste.

L'homme-arbre oblique soudainement vers l'ouest.

« Il nous faut faire un détour, explique-t-il. De ce côté-ci il y a les Terres Folles. Tu entends cet étrange gémissement ? »

Gaspard tend l'oreille. Il perçoit une plainte, un bruit semblable à l'océan déchaîné quand il vient s'écraser sur les rochers.

« C'est le point central de la Forêt, là où les quatre saisons se rejoignent et n'en font plus qu'une. Un mélange indescriptible de pluie, de chaleur, de neige et de vent… »

Enfin, on distingue entre les troncs l'ouverture d'une clairière. À son entrée serpente un paisible cours d'eau. Deux pélicans, dont l'un porte des lunettes, jouent les canadairs, remplissant leur goitre avant de repartir dans un vol désordonné.

« On dirait bien qu'il y a urgence, dit le touchécorce en accélérant le pas. Habituellement, Bolb et Bulb ne sont pas si empressés pour faire leur corvée d'eau ! »

La lisière franchie, la température redevient printanière et Gaspard cligne des yeux en entrant dans la lumière.

Un mur d'enceinte coiffé d'une haie de lauriers se dresse devant eux, et au-delà, on aperçoit un toit de chaume d'où émerge une cheminée fumante. Colée à la maisonnée, une tour s'élève, incroyablement haute, au point qu'on doit se tordre le cou pour en voir le sommet. Étrangement, à mesure qu'il prend de l'altitude, l'édifice semble pencher d'un côté.

« Ça doit faire une sacrée grimpette ! constate Gaspard.

— Cent vingt-trois étages, environ deux mille cinq cents marches. Autant dire que je n'y suis jamais monté ! »

Ils arrivent devant l'entrée du mur d'enceinte, un porche tapissé de philodendrons. Il n'y a pas de porte. Deux énormes pieds de vigne arborant des grains de raisins pourpres gros comme des ballons encadrent l'ouverture.

Soudain, une douzaine d'oies au caquètement aigu leur interdisent le passage. Un jars au regard sévère commande le bataillon en aboyant des ordres.

« Inconnu ! Inconnu ! Inconnu ! » cacarde de concert l'ensemble de la troupe.

Gaspard veut battre en retraite, mais le touchécorce le retient par le bras.

« Je suis une fois de plus ébloui par l'efficacité de votre section, sergent-chef, dit Idriss d'un ton un tantinet obséquieux. Mais il n'y a aucun danger. Ce jeune garçon est attendu par Mamie. »

La flatterie ne laisse pas le jars indifférent. Il siffle et toutes les oies se mettent au garde-à-vous en claquant le sol de leurs pattes palmées.

« Oui, oui, oui, dit-il d'une voix nasillarde entrecoupée de sifflements, nous étions informés de cette visite… singulière… Attention, hein, pas de grabuge ! Calme et discipline sont ici de rigueur ! »

Avec un hochement de tête, il ordonne à sa troupe de céder le passage. Puis, au pas cadencé, le bataillon rejoint le fond du parc, où se dresse un baraquement isolé, en bois et à la façade défraîchie.

La maisonnée a des murs en vieilles pierres polies par le temps et envahies par le lierre. Des rideaux à franges habillent les fenêtres et un poing en bronze pend sur le haut de la porte d'entrée. Dans la cour, quelques arbres de taille « normale » offrent une ombre propice. Des parcelles de pelouse semées de fleurs multicolores côtoient des buissons où s'égaillent des moineaux.

Tout à coup, un cri désespéré parvient de l'intérieur du bâtiment.

« Noooon ! Par pitié, ne m'amputez pas ! »

Idriss se précipite, Gaspard sur ses talons.

Ils traversent rapidement une première salle. Une table imposante en bois brut, un coin cuisine soigné, de gros et confortables fauteuils et des bibliothèques chargées de livres. Des tapis épais recouvrent le parquet encaustiqué et une cheminée propage une douce chaleur.

Le touchécorce tire un rideau sur le mur du fond, révélant ainsi une autre pièce, plus petite et tout en longueur.

À la vue d'une grande flaque de sang qui s'étire sur le sol, le garçon se fige.

Une dame âgée essaie vainement de maintenir immobile une loutre dont la taille atteint presque celle d'un humain. Allongé sur une table médicale, l'animal se contorsionne et couine. Des jets de sang giclent d'une plaie béante sur le haut de sa patte avant droite.

Un perroquet aux ailes tachetées de bleu et à la queue vert bouteille vole en cercles au-dessus d'eux. Il tient dans une serre une fine baguette qu'il agite comme un chef d'orchestre.

« Docteur Cot ! dit Mamie en levant la tête vers l'oiseau, je ne peux pas tenir cet énergumène et faire le garrot en même temps ! Ah, si seulement vous possédiez des bras ! »

De longues mèches se sont détachées du chignon de la vieille femme et pendent en désordre sur son front perlé de sueur. Des sourcils presque blancs surplombent des yeux d'un bleu profond qui rappelle l'océan.

Elle est sur le point de lâcher prise quand les mains vigoureuses de l'homme-arbre saisissent la loutre pour la faire rouler sur le dos.

« Enfin te voilà toi, lâche Mamie dans un souffle.

— Oui et je ne suis pas venu seul ! »

Gaspard reste prostré et fixe la scène en grimaçant.

« Eh bien ?! l'apostrophe la vieille dame. Active-toi ! Regarde dans la penderie si tu trouves une blouse à ta taille ! »

Le garçon frissonne quand il doit enjamber la mare de sang. Il enfile la seule blouse blanche qu'il trouve dans l'armoire et qui, comme par miracle, lui va parfaitement.

Tenue par la solide poigne d'Idriss, la loutre commence à montrer des signes de fatigue. Gaspard saisit ses pattes arrière et pèse de tout son poids. Mamie peut enfin appliquer sur la plaie un linge qui se gorge aussitôt de sang.

« Il va falloir faire vite ! annonce-t-elle, péremptoire. Docteur Cot, allez me chercher la confiture qui convient ! Nous allons enfin pouvoir l'endormir ! »

Le perroquet s'envole et se précipite si vite vers la sortie qu'il manque de s'empêtrer les ailes dans le rideau.

« Cette loutre de malheur a fait tomber mon monocle ! peste-t-il en écartant le tissu d'un coup de baguette. J'y vois flou !

— Eh bien faites en sorte de ne pas vous tromper de pot. C'est la confiture de coings de l'an dernier.

— Vous allez l'endormir avec de la confiture de coings ? s'étonne Gaspard.

— Oh, mais il n'y a pas que du coing dedans ! C'est une recette de ma fabrication. Elle contient des œufs de mouche tsé-tsé... »

Cinq minutes plus tard, la loutre ronfle bruyamment et Mamie peut enfin lui prodiguer les soins nécessaires.

« Ouf ! Votre intervention a été salutaire, dit-elle au garçon et au touchécorce.

— Que s'est-il passé ? demande Idriss. Encore une dispute avec les castors ?

— Oui. Mais d'habitude, ils se chamaillent sans conséquences. Cette fois, vu la taille de la morsure, je vais devoir convoquer le responsable. »

La vieille dame se rince les mains dans un seau tout en observant sa blouse maculée de sang. Avec des gestes délicats, elle réajuste son chignon avant de se tourner vers Gaspard.

« Mon garçon, nous avons un manque cruel de personnel dans cet hôpital. Serais-tu prêt à rejoindre notre équipe médicale ? En échange, je t'aide à trouver ce que tu cherches. Marché conclu ? »

Elle tend la main et Gaspard la serre doucement. Les yeux bleus le pénètrent avec délicatesse. Il n'a pas à ciller. Ce n'est pas un regard intrusif. Il sent une bienveillance, mais aussi un refus absolu de toute forme de mensonge ou de facétie, une quête intransigeante de la vérité.

« Je file au labo… dit-elle ensuite, sans même attendre de réponse. Je dois fabriquer de nouveaux cataplasmes. Profitez-en, docteur Cot, pour présenter nos malades à notre nouvel apprenti. Idriss, regarde où tu laisses traîner tes branches dans l'infirmerie… Y a des choses fragiles… »

L'infirmerie en question est une pièce bien plus grande, où de larges baies vitrées, filtrant une lumière soyeuse, donnent sur un potager flanqué d'un cabanon en bois. Gaspard aperçoit les deux pélicans, perchés sur un abreuvoir en fonte dans lequel ils déversent le contenu de leur bec.

Le regard du garçon revient sur la pièce où il se trouve. Une douzaine de paillasses s'alignent sur deux rangées. Pour circuler, il faut se mettre de profil tant l'espace est encombré d'un bric-à-brac de fioles, de récipients, de livres et d'ingrédients qui occupent tables basses, guéridons et étagères. Il flotte dans l'air un parfum doux-amer où se mêlent senteurs de foin, d'épices et de désinfectant.

D'un ton professoral, Dr Cot pointe les malades à tour de rôle du bout de sa baguette, égrenant pour chacun un long descriptif de son état de santé.

Gaspard passe d'une paillasse à une autre pour dire bonjour et se présenter. Il ne comprend strictement rien au charabia médical qu'ânonne le perroquet savant, et, à chaque nouvelle présentation, se tourne vers le touchécorce pour avoir une version simplifiée.

Il fait donc d'abord connaissance avec un énorme lézard, en convalescence le temps que sa queue arrachée repousse. Puis avec un merle très agité, dont l'aile est fracturée et qui piétine sur la couche d'à côté.

Il salue ensuite sa voisine, une mante religieuse, qui se tient parfaitement immobile, dans une position évoquant la prière.

« Voici Manthilde, dit Idriss. Elle souffre d'une dépression nerveuse depuis qu'elle a mangé son dernier mari. Son appétit est tel qu'avec chaque nouveau compagnon elle a oublié de se faire féconder avant de le dévorer. Comme il n'y a plus un seul mâle vivant dans la Forêt, elle ne connaîtra certainement jamais les joies de la maternité. »

Les grands yeux vitreux de l'insecte s'embuent de larmes.

Suit un ours de belle taille. Il est pris de rots gargantuesques et se tient le ventre en gémissant de douleur. « Indigestion de miel », diagnostique le touchécorce.

La visite se termine par une chauve-souris, pendue la tête en bas à une barre fixe, le crâne serti d'un volumineux pansement. Son sonar ne fonctionne plus très bien. Du coup, en vol, c'est un vrai danger public. Lors de sa dernière collision, elle a perdu la mémoire.

Vingt minutes plus tard, Mamie applique la pâte cicatrisante sur la plaie de la loutre.

« Eh bien, quelle matinée ! constate-t-elle en réajustant une fois de plus son chignon. Je propose qu'on fasse la pause déjeuner. On ne l'a pas volé. »

La pièce de vie est calme et confortable. Les fenêtres sont grandes ouvertes et de brillants rais de lumière dessinent des rectangles qui ondulent sur le plancher. Au-dessus de l'évier, il y a une lucarne, et en son milieu une cloche suspendue, aussi bien accessible de l'intérieur que de l'extérieur. Les moineaux la font tinter lorsqu'ils ont un message à délivrer. Pas très loin, des niches creusées dans le mur abritent des rangées de pots de confitures. Les mentions sur les étiquettes sont surprenantes : Gaiframboise, Pêchaucourage, Pistachfourrire, Fraisacrobatique et Kiwidétente…

Trois gros fauteuils en cuir rouge occupent l'angle sud-ouest, flanqués de deux bibliothèques à l'équilibre incertain chargées de livres.

L'ambiance est détendue. Même le perroquet, d'ordinaire revêche, se montre d'humeur joyeuse et, perché sur le dossier de l'une des chaises, entame à grands coups de bec un grain de maïs de deux fois sa taille.

Mamie a étalé sur la table différents fromages, une salade, des bols de soupe chaude, du beurre, du pain et des céréales.

Assis sur un tabouret – les chaises lui étant impraticables du fait de ses branchages –, Idriss regarde d'une mine contrite les mets qu'on lui propose. Mamie le houspille.

« Cesse de faire cette figure et mange. Ça te changera un peu de la sève. À force de n'ingurgiter que ça, tu vas finir par te transformer toi-même en arbre ! »

Dès la première bouchée, Gaspard se rend compte qu'il meurt de faim. Il trouve tout succulent et se ressert de chaque plat.

Puis Mamie prépare le thé et des effluves de jasmin embaument la pièce.

« Un moineau m'a fait prévenir que demain nous aurons la visite des chats, annonce-t-elle.

— Voilà qui est étonnant, dit le perroquet. Ils viennent très rarement, et la dernière fois remonte à peu.

— Oui, ce n'est pas dans leurs habitudes. Je crains qu'il ne soit arrivé quelque chose. Les chats, dit-elle en s'adressant au garçon, sont sans doute les êtres les plus singuliers de ce pays. Ils vivent au nord d'ici, au-delà de la Forêt, dans un endroit que nous nommons les « Terres Désolées ». C'est un lieu désertique qui s'étend au pied des montagnes. Ils sont étranges, mystérieux. Quelquefois, ils rejoignent l'ombre des arbres pour y chasser, mais ne s'y attardent jamais bien longtemps. Et de temps à autre, ils passent nous saluer.

— Vous vous souvenez, ajoute le perroquet, qu'au début, il n'y en avait que deux. Combien sont-ils aujourd'hui ? Six ? Sept ?

— Huit… Au fil des années, de nouveaux individus sont apparus, comme par magie, et ont intégré la troupe… Enfin, nous verrons bien ce qu'il en est demain. Inutile de nous en inquiéter plus avant, d'autant que nous avons encore du pain sur la planche. »

Un corbeau est chargé de transmettre la missive pour le responsable de la morsure. Posté dans l'encadrement de la fenêtre, il croasse sinistrement et montre un plumage si noir que sa silhouette assombrit à moitié la pièce. Ses yeux d'un jaune vif sont ronds comme des billes.

« J'en connais un qui ne va pas en mener large, commente M. Cot. Quand c'est le corbeau qui apporte un message, tout le monde sait que Mamie voit rouge.

— Dis-lui qu'il se présente ici demain après le déjeuner, l'informe la vieille dame, et que je ne tolérerai aucun retard… »

Le ténébreux oiseau approuve d'un croassement et prend son envol. Mamie tape dans ses mains.

« Allons, retroussons nos manches à présent. Gaspard, docteur Cot, votre tâche sera le rangement et l'étiquetage. La Réserve en a grand besoin. Idriss, j'ai besoin de toi au potager. Allez, zou ! »

Le garçon et le perroquet s'enferment pendant plusieurs heures dans les sous-sols de la ferme, à sillonner les allées d'étagères, pointant les produits manquants et ceux périmés. Installé à un bureau, Gaspard annote avec soin toutes les informations, sachant qu'il a dû troquer son stylo habituel contre une plume d'oie, ce qui le contraint à écrire beaucoup plus lentement. L'endroit est seulement éclairé par une rangée de torches à la flamme maigre.

Quand l'après-midi se termine, une fois congédié par le perroquet, le garçon s'empresse d'aller remettre sa blouse dans la penderie de l'infirmerie avant de rejoindre Idriss, installé à l'ombre d'un arbre, somnolent, malgré la posture inconfortable que lui imposent ses branchages.

« Ça vous dirait que je vous fasse une coupe bien nette ? » demande Gaspard.

Le touchécorce ne se fait pas prier et lui indique le cabanon où il pourra trouver une hachette.

Idriss bénéficie ainsi d'un élagage qui lui offre une plus grande liberté de mouvements. Gaspard se couche à côté de lui, laisse ses yeux se perdre dans un ciel bleu immense et sans soleil.

Il réalise que, depuis son arrivée, à aucun moment il n'a souffert de la soif, à aucun moment il n'a ressenti de la colère.

La poitrine d'Idriss monte et descend lentement. Il dort, bouche ouverte, exhalant un doux parfum d'écorce et de primevères. Le garçon fouille dans la poche de son jean et en sort une bandelette de papier. Quelques vers, rédigés plus tôt dans la réserve, qu'il relit plusieurs fois, avant de chercher sur le touchécorce la cachette idéale.

À côté de l'aisselle gauche, il remarque une encoche suffisamment profonde qui fera l'affaire.

Gaspard y glisse délicatement sa surprise, se demandant combien de temps s'écoulera avant que la créature ne se rende compte qu'elle transporte un poème à même la peau. Puis se rallongeant, il replonge son regard dans la torpeur du ciel et, très vite, sombre lui aussi, bercé par le chant des moineaux et le caquètement des oies.

Et la petite musique résonne aussitôt dans un coin de sa tête.

4

Néné

L'aube. Il était tassé en chien de fusil dans son duvet et frissonnait de froid. La lampe frontale pendait mollement sur un côté de sa tête.

Il eut la première surprise de la journée quand il aperçut le chat noir aux grandes oreilles et aux chaussettes blanches qui, à deux mètres à peine, se tenait tranquillement assis en le fixant de ses yeux jaunes. L'animal ne bougeait pas d'un poil, et Gaspard, pris de panique, s'extirpa de sa chrysalide. Il aurait souhaité crier, mais sa gorge s'était nouée du plus beau cordage.

Le chat émit un miaulement sourd.

Alors, à l'effroi succéda la colère : dans la plus grande fébrilité, il chercha une chose, un objet qu'il pourrait jeter sur l'inquiétante créature. Sa main se referma sur une pierre de belle taille.

À genoux, il lança le caillou, mais, dans sa fureur, ne prit pas le temps de viser. Le chat vit rebondir le projectile derrière lui sans montrer la moindre réaction. Puis il miaula de nouveau, avant de faire volte-face. Sa queue prit la forme d'un point d'interrogation, et, par petites foulées, il disparut entre les arbres.

« LAISSE-MOI TRANQUILLE, SALE CHAT ! T'ENTENDS ?! J'VEUX PAS DE TOI ! ARRÊTE DE ME SUIVRE ! »

Des larmes roulaient sur ses joues et il resta prostré un long moment avant que la source de son désespoir se tarisse.

Vidé de son énergie mais soulagé, il reprit le cours de ses pensées. L'idée fugitive de rentrer le traversa... *Il suffirait que j'appelle maman...* Elle sauterait dans la voiture et volerait jusqu'ici... Elle le serrerait à l'étouffer, lui dirait : « Tout va rentrer dans l'ordre, tu n'as plus aucun souci à te faire. Je vais remettre au placard cette foutue machine à coudre. On va passer prendre Simon et on ira se faire une cafét, et peut-être même un ciné après. Puis on rentrera à la maison en rigolant et en discutant du film. Papa rentrera du travail et... »

Et puis non ! réagit-il soudain. *Pas question de baisser les bras maintenant !* Il se dévêtit puis enfila des habits propres. En ôtant sa lampe frontale, il constata qu'elle ne marchait plus. Il l'avait laissée allumée toute la nuit. Piles HS. Et il n'en avait pas pris de rechange.

Il était assoiffé. En guise de petit déjeuner, il se contenta de vider l'une de ses gourdes.

Quand il eut remis son paquetage sur ses épaules, il décida de prendre la direction opposée à celle de la station-service ; celle-là même, d'ailleurs, que le chat avait empruntée.

Était-il loin d'Aix-en-Provence ? Se sachant recherché, devait-il éviter les routes ? Arriverait-il à l'heure avant que son père ne quitte la ville ?

Il s'était habitué au gigantisme des arbres de la Grande Forêt. Dans ces bois, les troncs lui paraissaient malades et rachitiques.

Après plus d'une heure de marche, le terrain devint plus accidenté. De temps à autre il regardait subrepticement si le chat aux grandes oreilles et aux pattes blanches ne rôdait pas par là.

Il vida le contenu d'une deuxième gourde. Plus qu'une, constata-t-il en la raccrochant sur le haut de son sac. Il ne traversait maintenant que des champs où sautillaient pies, geais et corneilles.

En dénichant un petit ruisseau, il décida de s'accorder une halte, demeura un moment agenouillé sur le bord, à regarder le mince filet d'eau rouler sur les pierres, avant de faire le plein, d'avaler un sandwich qui lui parut sans goût et de faire un brin de toilette.

Après s'être savonné le visage, il s'aspergea d'eau. En remettant ses cheveux en ordre, il sentit quelque chose derrière son oreille et il eut la seconde surprise de la journée…

« Mais qu'est-ce que c'est ?! s'écria-t-il. On dirait que j'ai touché un truc ! J'ai dû attraper une cochonnerie pendant la nuit ! »

Des images qu'il avait vues à la télé lui revinrent en mémoire : des araignées qui, en Afrique, pondent leurs larves sous la peau des gens ! Il eut un haut-le-cœur et se retint pour ne pas vomir.

« Bon, pas de panique… dit-il pour se rassurer. Faut savoir c'que c'est… Pas de panique… »

Son cœur battait la chamade. Il ramena ses doigts derrière son oreille et parvint à identifier la chose.

« Alors ça ! s'écria-t-il. C'est pas possible ! »

Une jolie feuille, juchée au bout de sa tige, avait poussé derrière son oreille.

Voilà ce qu'il advenait quand on avalait une gorgée de sève. Une chance qu'il n'en ait pas ingurgité davantage.

À présent, ce qu'il vivait dans son sommeil n'en paraissait que plus tangible ; ses péripéties dans la Grande Forêt n'étaient pas le fruit de sa seule imagination.

Il se revit sectionnant à la hachette les branchages d'Idriss. Apparemment, ce n'était pas douloureux, alors sans trop réfléchir, il tira d'un geste brusque sur la tige. Elle se détacha de sa chair sans la moindre résistance. Il n'eut pas mal : à peine un picotement quand les frêles racines s'échappèrent de sous sa peau. Puis il contempla, interdit, la plante mourante dans le creux de sa main avant de s'en débarrasser avec une grimace.

Se frottant instinctivement le derrière de l'oreille, il accrocha son ravitaillement d'eau et pianota une fois de plus le numéro de son père sur le portable. Sonnerie. Messagerie.

Il n'avait plus la force de se mettre en colère. Le cadran lumineux affichait la demie de 11 heures. Il remit son chargement sur ses épaules.

Un kilomètre plus loin, il déboucha sur une route étroite et un corps de ferme apparut au loin. Il accéléra. Tant pis. Il avait besoin d'être renseigné sur la direction s'il ne voulait pas poursuivre son excursion jusqu'au trou du cul du monde.

Un coq claironnait et son chant éraillé portait loin dans la plaine. Une boîte aux lettres toute cabossée contre le mur d'une maison. Le nom de son propriétaire était à peine visible. M. Henri Partanpoche.

En contrebas, une grange imposante où deux tracteurs somnolaient à côté d'une moissonneuse batteuse. Un mélange piquant de foin et de poussière flottait dans l'air.

Il contourna une muraille de bûches, avant de déboucher sur un second baraquement.

Perché sur une barrière en bois qui, semblait-il, marquait l'entrée du bâtiment, un garçon lui tournait le dos et chantait à tue-tête, assis à la façon d'un cow-boy sur le bord de son corral.

D'un mouvement de bras, il dessinait un moulinet à chaque fin de vers. Il se trouvait à plus d'un mètre cinquante de hauteur, les fesses en équilibre sur une tranche large de trois centimètres. Il avait les cheveux noirs, très épais et bouclés à souhait. Une vraie tignasse.

Il ne chantait pas très juste, mais l'enthousiasme était là. Gaspard s'approcha en faisant le moins de bruit possible, un peu intimidé, hésitant à interrompre le curieux récital.

Le garçon termina sa chanson en fermant lentement le poing en le ramenant contre sa poitrine. Puis il courba la tête quand la dernière note mourut, dans l'attente d'un tonnerre d'applaudissements.

Mais il n'y en eut aucun. Alors sans réfléchir, Gaspard tapa dans ses mains.

Et ce qui devait arriver arriva. Le garçon sursauta et bascula vers l'arrière. Heureusement qu'il avait calé la pointe de ses talons dans un interstice entre les planches les plus hautes de la palissade, sans quoi c'était la chute assurée. Il se retrouva dans la position du cochon pendu, le rouge lui montant au visage. Gaspard nota un nez busqué, des pommettes saillantes et des yeux très noirs.

« Putain ! gémit le garçon en allongeant les bras pour saisir l'arête de la barrière afin de se redresser.

— J'suis désolé, vraiment désolé, glapit Gaspard en se débarrassant de son sac, je voulais pas te faire peur…

— T'es pas fou, non ! Encore un peu et j'me pétais le cou… Ça fait longtemps qu't'es là à m'écouter ?

— Non, non, j'arrive juste… tu chantes bien, dis donc. Avec le jeu de scène et tout… dommage que t'aies pas de public. »

Le garçon fit une drôle de moue, mi-amusée, mi-étonnée.

« Comment ça, pas de public ? Tiens, monte, tu verras si j'ai pas de public ! »

Quand Gaspard se retrouva à califourchon sur la palissade, il constata que de l'autre côté, plus de deux cents moutons se serraient dans le hangar.

« Alors, si ça c'est pas du public ! Hein ? Et le meilleur qui soit, crois-moi ! C'est très bon public, une brebis. Démonstration. »

Le garçon gonfla la poitrine et entonna une autre chanson.

L'effet fut saisissant. Les bêtes s'immobilisèrent dans l'instant, toutes sans exception, et plus de deux cents paires d'yeux obliquèrent dans leur direction. Il y eut des piétinements de sabots et des bêlements épars.

Le garçon hocha la tête d'un air entendu, satisfait de sa petite mise en scène.

Néanmoins, l'attention du public ne perdura pas bien longtemps. Les moutons étaient déjà revenus à leur vie de mouton, se reniflant le lainage les uns les autres et mâchouillant des poignées de paille.

« Tu veux essayer ? demanda le garçon avec un large sourire.

— Non, non, je chante comme une casserole.

— Oh, tu sais, j'crois pas que ça les dérangera plus que ça. Mon père y dit qu'y a pas plus con qu'un mouton… Hé, tu t'appelles comment au fait ?

— Gaspard.

— Cool, comme le Roi mage. »

Le garçon lui tendit une main.

« Moi, c'est Honoré, mais t'avise pas de m'appeler comme ça, je déteste. Mes parents et mes sœurs disent *Néné*. »

Leurs doigts s'effleurèrent, et pendant une fraction de seconde le temps se figea.

Gaspard ressentit une légère décharge électrique. Tout son corps vibra. Sans doute qu'Honoré éprouva la même chose, car un éclat étrange parcourut son regard, comme la trajectoire oblique d'une comète dans l'espace. Un peu gêné, il se racla la gorge et fit un mouvement du menton en direction du gros sac à dos rouge couché sur le flanc.

« T'es chargé, dis donc. Tu fais quoi avec ce méga sac dans un trou aussi paumé ? Une rando ?

— On peut dire ça comme ça. »

Et Gaspard raconta par le menu ce qui l'avait poussé à s'enfuir de chez lui, le trajet en car, son échappée fracassante de la station-service et sa nuit dans les bois. Il connaissait Honoré depuis seulement un quart d'heure, mais il n'eut aucune peine à se confier.

« Waouh ! En gros, t'es dans la mouise », commenta le garçon une fois l'histoire terminée.

La félicité de Gaspard retomba comme un soufflet.

« Tu sais à combien on est d'Aix-en-Provence ? »

Honoré passa une main dans sa tignasse et plissa le nez.

« En voiture, pas plus d'une heure. À pied, par contre… ! Mais pourquoi je demanderais pas à mon père pour qu'on t'emmène ?

— Pas possible. Maintenant que je suis en fugue, je dois éviter les adultes… Non, je vais me débrouiller tout seul… En plus de ça la police me recherche ! »

Honoré le dévisagea avec des yeux grands comme des soucoupes.

« Bon sang, t'es recherché par les flics !? Waouh, c'est cool !

— Ouais, je sais pas si c'est si cool que ça… »

Les visages inquiets de sa mère et de Simon venaient de lui traverser l'esprit, blafards et grimaçants, comme de satanés fantômes.

« T'as aussi séché les cours, alors ?

— Ben ouais, bien obligé. Toute façon, c'est bientôt la fin de l'année, alors j'm'en fous. Et toi, tu sèches aussi, d'ailleurs.

— Non, j'suis excusé pour maladie. Chez moi, tout le monde s'est mis dans la tête depuis ma naissance que je suis un petit canard fragile. Dès que je tousse un peu ou que je renifle, on me traîne chez le médecin. Ils me protègent comme si j'étais tout en verre. Une fois, j'ai voulu sauter d'un muret, et manque de bol, mon pied s'est pris dans les ronces. Je me suis ouvert le genou. Ça pissait l'sang, ça s'arrêtait plus. T'aurais dû voir la tête de ma mère… On aurait dit que je revenais de la guerre et qu'un obus m'avait coupé en deux ! Au final, j'ai eu que trois points de suture. »

Gaspard apprit ainsi qu'Honoré allait avoir 14 ans, avait redoublé sa 5e à cause de ses absences répétées et allait se retrouver l'an prochain dans une 4e Techno. Il avait deux grandes sœurs, Stéphanie, l'aînée, 26 ans, étudiante en médecine ; et Lili, 17 ans, « belle comme une actrice de cinéma et super cool » selon ses dires. Ses parents, éleveurs et agriculteurs, tenaient une ferme à trois kilomètres de là.

« Ah, mais t'habites pas ici ? »

Honoré le gratifia d'une grimace.

« T'es pas fou, non ! Chez ce gros porc de Partanpoche, heureusement que non ! Je viens là seulement pour mener mes opérations-commando.

— Des opérations-commando ? »

Une aspérité se dessina entre les sourcils d'Honoré. Gaspard y décela quelque chose d'effrayant, un puits noir, une nappe de ténèbres. Il accusa un léger frisson.

« Il a assassiné mon chien, lâcha le garçon d'un ton glacial… Mes parents me l'avaient offert pour mes huit ans. Une brave bête, plus gentille, tu meurs… mais pas très futée. Impossible de le dresser. Par contre, il me suivait comme mon ombre… sacré Aznavour…

— Aznavour… le chanteur ?

— Ouais. Un jour, ma mère a mis un de ses disques, et voilà que le chien s'est mis à hurler à la mort. On a testé avec d'autres, mais non, c'était qu'avec Aznavour… du coup, on l'a baptisé comme ça… »

Gaspard voyait l'émotion envahir les traits du garçon.

« … Et puis il a commencé à se carapater. Des fois pendant trois jours d'affilée. Et cet abruti de Partanpoche a déboulé un matin, furax. Mon père y dit que la haine, quand y en a trop, ça vous sort par la peau, et ben ce con-là, y transpirait par tous les pores ! Il accusait Aznavour de lui avoir zigouillé deux poules. T'as qu'à voir le grillage de son poulailler, Aznavour n'aurait jamais pu le passer, à moins de faire du saut à la perche. C'était des mensonges ! C'est un chercheur d'embrouilles, Partanpoche, tout le monde le sait dans le coin, mais tout le monde se tait. Chez les paysans, les histoires de voisinage, ça se traite avec diplomatie, parce qu'en cas de dispute, ça peut durer des siècles… Alors mon père, l'était bien obligé de calmer le jeu. Il a attaché le chien. Et l'autre cochon a pas eu d'autre choix que de remballer sa haine. »

Le visage d'Honoré s'était de nouveau empourpré. Les ténèbres réapparaissaient à la surface de ses yeux.

« De le voir accroché à sa niche, c'était horrible. Il jappait toute la journée et ça tapait sur les nerfs de tout le monde. Et puis, sans qu'on s'en aperçoive, il s'est mis à mâcher la corde. Toujours au même endroit, le malin ! La soif de liberté, ça rend intelligent. Et un jour, pffffiut ! Plus d'Aznavour. J'ai fait le tour de tous les voisins, mais personne ne l'avait vu. Quand je me suis retrouvé devant Partanpoche, j'ai tout de suite su que c'était lui qui l'avait tué. Il avait un drôle de sourire. J'ai harcelé mon père pour qu'il fasse quelque chose, mais il a refusé. Y disait que malheureusement, on n'avait pas de preuves… Alors j'ai décidé de venger mon chien. J'ai d'abord patienté un an avant de lancer mes opérations-commando.

— Pourquoi t'as attendu si longtemps ? demanda Gaspard, que la colère et la froide détermination d'Honoré effrayaient un peu.

— Pour qu'il oublie l'épisode du chien. Faut voir les crasses que je lui ai déjà faites ! Du coup, il est devenu parano. J'avoue que je suis assez content du résultat, et j'ai pas encore fini ! Regarde. »

Honoré sauta en bas de la palissade et se fraya un chemin au milieu des moutons. Il y eut quelques bêlements de protestation avant qu'il n'atteigne le fond du hangar pour y attraper une brebis et la montrer à Gaspard. L'animal tenta un démarrage, mais le garçon empoigna la laine de son dos et le retourna. On avait tracé à la bombe un grand A rouge sur son flanc droit.

« Ça, commenta Honoré, c'est pour ma première opération-commando. Et dans le lot, précisa-t-il en désignant le troupeau, y a déjà trois autres lettres en plus de celle-ci. Un Z, un N et un autre A. »

Gaspard commençait à saisir la manœuvre.

« T'écris le nom de ton chien ?

— Exact, c'est ma signature. Huit lettres pour huit opérations-commando et ma vengeance sera faite. À la fin, s'il a un peu de cervelle, il décodera le message et comprendra que c'est moi qui ai transformé sa vie en cauchemar ! C'est pas génial ? »

À dire vrai, Gaspard appréhendait quelque peu de connaître en quoi consistaient ces fameuses opérations-commando.

Honoré se réinstalla sur la palissade.

« Je me suis d'abord occupé de son potager, dit-il. Attention, hein, j'ai pas tout saccagé à coups de bêche, je suis plus subtil que ça. Je suis venu une nuit, j'ai ouvert tous les clapiers, et banzaï ! Plus de cinquante lapins, et des voraces ! Ils ont bâfré toute la nuit. Un carnage. Partanpoche a mis plus d'une heure à les attraper. Il bavait, s'agitait dans tous les sens pour récupérer ses Jeannot. Un fou j'te dis ! »

C'était étonnant de voir le visage d'Honoré passer tour à tour d'une joie exaltée à une colère sourde.

« Après, j'ai appris qu'il venait de se payer un nouveau tracteur, un truc dernier cri. Et bang ! Trois kilos de sucre dans le réservoir. Ça pardonne pas. Là, Partanpoche, il a dû se demander si quelqu'un ne lui avait pas jeté un sort ou un machin dans l'genre.

» Ensuite, je me suis concentré sur l'intérieur de la maison. Faut voir comment c'est chez lui, blanc comme dans un hôpital. C'est triste, super propre et ça pue la Javel. J'ai trouvé un crapaud énorme ; l'aurait pu tourner dans un film d'horreur ! Un mutant, couvert de pustules, pouah ! Tu connais le coup du crapaud que tu fais fumer ? »

Gaspard secoua la tête.

« Ben, c'est vrai de chez vrai, je te jure ! La bestiole, elle tire sur la clope comme une toxico et elle arrive pas à recracher. Au bout du compte, elle explose. Pour le monstre, j'ai passé trois cigarettes, et c'était moins une qu'il me pète à la tronche. Je me suis jeté sous la table ! Y avait des viscères jusqu'au plafond ! Une horreur ! »

BANG !!!

Ils sursautèrent.

La détonation fut si forte que la palissade sur laquelle ils étaient assis trembla légèrement. Les moutons lancèrent des regards affolés en se tassant les uns contre les autres.

« Ça c'est pas un crapaud, se contenta de dire Honoré en quittant son perchoir. Qu'est-ce qu'il fiche, le Partanpoche ?

— On aurait dit un coup de fusil…

— C'était plus fort qu'un coup de fusil. Bien plus fort. Je me demande si c'est pas rapport au deuxième **A**.

— T'as fait quoi pour le deuxième **A** ? »

Honoré était sur le point de répondre, mais une nouvelle détonation le laissa muet de stupeur.

BANG !!!

Une colonne de fumée noire s'élevait à gauche du bâtiment, en larges corolles cotonneuses.

« Mais qu'est-ce qu'il peut bien foutre ?! Y veut faire sauter sa ferme ou quoi ?! Viens, on va voir !

— Et mon sac ?

— T'inquiète, ça craint rien. On le récupérera après. »

Ils avancèrent courbés en deux, dessinant des zigzags, comme s'ils essuyaient un feu de mitrailleuse. Une autre déflagration retentit, plus forte encore que les précédentes.

BANG !!!

Ils atteignirent le pied d'une butte. Honoré s'allongea sur le ventre et rampa pour rejoindre le sommet du terre-plein. Gaspard l'imita.

La vue plongeante qu'ils avaient sur la maison leur permit de découvrir un Partanpoche en transe, allant d'un point à un autre de sa pelouse avec des gestes désordonnés, en ânonnant une incompréhensible litanie ponctuée d'éclats de rire.

C'était un homme de petite taille, mal proportionné, aux jambes courtes et épaisses, à la panse proéminente et au crâne chauve. Son visage se convulsait en une série de grimaces toutes plus hideuses les unes que les autres.

Briquet en main, il parsemait sa pelouse de bâtons courts et cylindriques coiffés d'une mèche, les plantant au sommet de petits tas de terre disséminés un peu partout. Des cratères fumant transformaient peu à peu le lieu en No Man's Land.

« Il est à point pour l'asile ! Voilà qu'il utilise de la dynamite, maintenant ! »

Honoré avait tâché de mettre de la cruauté dans sa remarque, mais on sentait bien qu'il était lui-même quelque peu dépassé par le comportement du fermier. Gaspard regardait la scène, stupéfait. Partanpoche alluma une autre mèche et recula de plusieurs mètres en se bouchant les oreilles.

BANG !!!

Un nuage de poussière le recouvrit quelques secondes, puis il réapparut, fulminant, virevoltant sur lui-même.

« PRENEZ ÇA DANS VOS DENTS, BESTIOLES DE L'ENFER ! VOUS ALLEZ CREVER ! AH ! AH ! AH ! CREVER !!!!! »

— Je… je comprends pas, bafouilla Gaspard, il s'en prend à qui au juste ?

— À des taupes qui n'existent pas… Tu comprends, sa pelouse, elle est tellement parfaite que t'aurais pas osé poser un pied dessus de peur d'y faire des plis… Les taupes, une fois qu'elles se sont installées, c'est la plaie pour les déloger. Ça fait du gruyère en un rien de temps. »

Le fermier ragea contre son briquet qui ne marchait plus et sortit quelques allumettes de sa poche.

Honoré semblait décontenancé par la tournure des événements. Ça se lisait sur son visage : il se raccrochait à sa haine du mieux qu'il pouvait pour ne pas sombrer dans le doute.

« Ça n'a pas été très dur, reprit-il en raffermissant sa voix, de creuser des débuts de conduits pour faire croire à des galeries et de les recouvrir de monticules de terre. Il a mordu à l'hameçon direct. Il a tout essayé : les pièges à souris, le poison, même le gaz… »

Il y eut une gerbe d'étincelles et…

BANG !!!

Cette fois-ci, Partanpoche n'avait pas suffisamment reculé, et quand le nuage de poussière eut fini de se dissoudre, le visage du fermier était recouvert de suie. Il écarquillait deux grands yeux laiteux, le cul par terre, et venait peut-être de réaliser qu'il avait manqué se faire estropier. Enfin, c'est ce qu'espérait Gaspard, car il n'avait aucune envie d'assister en direct à une défragmentation de chair humaine.

Mais bien que sonné, Partanpoche se releva, cria encore une fois « VOUS ALLEZ CREVER !!! » et repartit dans sa folle sarabande.

« Allez, récupérons ton sac et tirons-nous ! dit Honoré. Je reviendrai un de ces quatre pour continuer ma vengeance… »

5

Le papillon de Lili

Après un ciel bleu sans taches en début d'après-midi, des nuages avaient fait leur apparition de façon presque insidieuse. Par là, on devinait un chien, gueule ouverte, queue en panache ; par ici, une voiture, carrosserie cotonneuse, roues oblongues.

Couchés sur le dos l'un à côté de l'autre, les yeux grands ouverts, les deux garçons ne faisaient presque plus partie de ce monde.

Une petite prairie paisible, à mi-chemin entre la ferme Partanpoche et la maison d'Honoré.

Autant dire qu'il n'y avait plus aucun espoir d'atteindre Aix aujourd'hui. Gaspard était bon pour une deuxième nuit à la belle étoile, et même peut-être plus s'il lui fallait rattraper son père plus loin sur la tournée.

Mais pour l'instant, il y avait la voûte du ciel où s'effilochaient des nuages multicolores, et Honoré, son nouvel ami, chanteur pour moutons.

« Tiens, là, le Père Noël ! annonça le garçon en pointant du doigt l'un des nuages. On voit même sa hotte !

« — Et là ! renchérit Gaspard, une guitare ! »

L'instrument demeura suspendu quelques secondes, se déforma, devint une théière, avant de se métamorphoser en perroquet. Le monocle et la baguette en moins, c'était le portrait fidèle du Dr Cot. Le garçon faillit raconter ce qu'il advenait quand il était endormi, mais par peur de passer pour un dingue, il tint sa langue.

Honoré se redressa sur un coude et sortit de sa poche un paquet de cigarettes. Il en planta une entre ses lèvres, l'alluma et aspira une bouffée en plissant les yeux, comme un acteur dans un western.

« T'en veux une ? »

Gaspard accepta, même s'il n'en avait aucune envie. Il toussa dès la première bouffée et se sentit nauséeux en avalant la seconde.

« Pouah ! J'ai l'impression de coller ma bouche sur le pot d'échappement d'une voiture. »

Il l'écrasa aussitôt avec une grimace. Honoré faisait tourner le paquet entre ses doigts.

« T'as bien vu, ce qui est marqué dessus, constata Gaspard. FUMER EST DANGEREUX POUR LA SANTÉ. C'est quand même pas pour des prunes qu'ils ont écrit ça. »

Honoré sourit.

« Ouais, t'as raison. Mais s'ils avaient vraiment été honnêtes, ils auraient dû ajouter : SURTOUT POUR LES CRAPAUDS. »

Gaspard éclata d'un rire violent qui lui secoua les côtes. Il en ressentit une douleur aiguë dans les reins mais ça lui procura un bien fou.

« Dis donc, qu'est-ce que tu transportes comme flotte ! commenta ensuite Honoré. T'as peur d'en manquer ?

— En fait, j'ai tout le temps soif. Quand je suis né, j'ai failli mourir de déshydratation à cause de la canicule. Mes parents disent que ça s'est gravé dans mon subconscient. »

Il consulta l'heure sur son téléphone. 18 heures.

« Trop d'la veine ! s'enthousiasma Honoré. T'as un portable ! Moi, faudra que j'attende mes seize ans pour en avoir un, et encore…

— Je l'ai piqué à ma mère. Elle s'en sert jamais. L'a même pas dû se rendre compte de sa disparition, sinon elle aurait déjà essayé de me joindre. »

Honoré se gratta la joue, perplexe.

« Y a un truc qui m'échappe dans ton histoire. T'es en fugue, avec les flics au cul et tout ça, c'est quand même pas rien. Ce serait étonnant qu'ils aient pas réussi à joindre ton vieux. Et n'importe quel père normal aurait rappliqué si on lui avait annoncé la disparition de son fils. À moins qu'il s'en foute de toi, mais c'est pas le cas ?

— Non, pas du tout.

— Alors tu devrais appeler chez toi pour vérifier avant de partir à l'autre bout du pays. »

Comment n'y avait-il pas pensé plus tôt ? Mais oui, on avait prévenu son père et, bien sûr, se faisant un sang d'encre, il avait planté la troupe et était rentré à la maison.

Gaspard s'assit en tailleur, fit apparaître le numéro de la maison et déclencha la communication.

Tuuuuuut…Tuuuuuut…

Son estomac était noué…

Tuuuuuut… Clic.

« Simon ?! C'est moi ! »

À l'autre bout du fil, son frère chuchota.

« Gaspard, oh, là là ! Tout le monde te cherche, même la police. Y a un aspecteur qui est venu poser des questions et…

— Un inspecteur, rectifia Gaspard. Tout va bien ?

— Tu vas bientôt rentrer ? Maman, elle a arrêté de faire de la machine à coudre, mais elle pleure beaucoup. J'voulais rien dire, je te jure Gaspard, sur la tête de Ristourne, même à l'aspect…, à l'inspecteur, mais ils arrêtaient pas de me poser des questions, et à un moment, ben je l'ai dit quand même, sans faire exprès… »

Simon pépiait comme un moineau tellement il était excité.

« … et tes copains, y sont venus te chercher pour jouer dehors et y z'en revenaient pas que t'étais parti. Oh, là là ! Et puis…

— Simon, Simon, écoute-moi ! Est-ce que papa est rentré à la maison ? »

Il y eut un blanc dubitatif.

« Ben non, répondit l'enfant comme si c'était une évidence. C'est bien toi qu'es parti pour aller le chercher. »

Gaspard déglutit et ferma les yeux. L'espoir venait de fondre en un instant. Honoré le fixait avec attention. « Alors ? » demanda-t-il d'un hochement de menton. Gaspard secoua la tête en guise de négation.

« Gaspard ? T'es toujours là ? »

Simon parlait de plus en plus bas.

« Où est maman ?

— Elle est sortie, chais pas où. C'est Mme Riséti, la voisine, qui me garde. Là, elle est aux toilettes. Je l'aime pas trop. Dis, t'es arrivé au bord de la mer ?

— Non, pas encore. Écoute…

— Et t'as trouvé de la dynamite pour faire exploser le ranch ? »

Ça, question dynamite…

« Oui, oui, oui, j'en ai trouvé… Je vais devoir te laisser, Simon. Surtout, dis à personne que j'ai appelé. D'accord ?

— D'accord. Bouche cousue. Ouh, là là, je crois que j'entends la chasse d'eau !

— Bisou, Simon. Je retrouve papa et je rentre… »

Ils restèrent un moment silencieux. Honoré lui donna une tape sur l'épaule en signe de réconfort et Gaspard le remercia d'un sourire un peu forcé.

« Peut-être bien que mon père, finalement, il s'en fout vraiment de moi », lâcha-t-il dans un soupir.

Honoré s'était remis debout, et, les mains dans les poches, tournait lentement sur lui-même, le visage concentré.

Une longue minute s'écoula.

« Montre voir le papier de la tournée dont tu m'as parlé. »

Gaspard fouilla dans son sac et lui tendit l'encart publicitaire.

« Voyons ça, dit Honoré, demain soir, la pièce se joue à Salon. Si on coupe un brin vers l'ouest, on doit pouvoir arriver dans les temps. Faudrait que je prenne une carte chez moi, sans quoi on va se perdre… »

Gaspard écarquilla les yeux.

« T'as dit… *on*… ? ! »

— Ouais, j'ai dit « on »… J'ai toujours rêvé de faire une fugue, mais tout seul, j'avais trop les jetons… En plus, on risque de bien se marrer. Et puis on se dirige vers la mer, et ça, dis-toi que je rêve de la voir depuis des années. »

Gaspard ne trouva aucun mot pour exprimer la joie sourde qui manquait de l'étouffer.

« T'as jamais vu la mer ?

— Si, une fois, mais j'avais que trois ans et je m'en souviens plus. Elle était trop froide et j'ai chopé une pneumonie. Après ça, ma mère a plus voulu que je mette un pied dans l'eau. Même la piscine, j'y ai pas droit, alors t'as qu'à voir… D'ailleurs, je sais pas nager.

— Moi, je suis très bon nageur. Si tu veux, je t'apprendrai. »

Le garçon s'illumina.

« Vrai ?! Génial ! J'ai un maillot de bain trop cool qui a jamais servi ! »

Ils s'apprêtaient à quitter la prairie, quand Honoré dit :

« Une dernière chose, faut qu'on se débarrasse du téléphone. C'est bourré de puces électroniques ces machins-là. Avec les satellites, les flics peuvent repérer une électrode dans le cul d'un renard à dix mille kilomètres au-dessus de nos têtes. »

Honoré avait l'air on ne peut plus sérieux.

« Faut rien laisser au hasard. En plus, tu connais pas ma mère. La tienne a appelé les flics ; la mienne, ce sera les services secrets et la NASA.

— Alors OK, concéda Gaspard en regardant le portable. Je fais quoi, je le démonte ?

— Ouais, mais à ma façon », répondit l'autre en prenant l'appareil.

Il alla se poster à quelques mètres d'un arbre et lança le téléphone de toutes ses forces contre le tronc. Le portable se désintégra dans un craquement sec.

« Maintenant on passe par chez moi pour prendre des affaires, on attend la nuit et on se taille. »

Accroupi, Gaspard se tenait immobile derrière un massif de fleurs et surveillait les deux fenêtres à l'étage de la maison. On pouvait y accéder par une petite avancée de toit.

« Ma chambre, c'est celle de gauche, avait dit Honoré. Je te ferai signe. T'auras qu'à grimper sur l'appentis en utilisant l'échelle. Je dois faire comme si c'était une soirée comme les autres. »

La pièce s'alluma enfin. Honoré ouvrit la fenêtre et l'invita à le rejoindre d'un geste de la main. Gaspard escalada l'échelle puis la légère inclination du toit avec d'infinies précautions.

« J'ai fauché ça dans l'frigo, dit Honoré en lui tendant une assiette. C'est un sandwich au diot de Savoie, une sorte de grosse saucisse aux oignons. Ça va te caler, tu vas voir, et c'est vachement bon. »

Il s'assit sur le rebord de la fenêtre.

« Merci, ça a l'air délicieux… »

Gaspard nota que la chambre d'Honoré était dans un désordre sans nom. Près de la table de nuit, la photo chiffonnée d'un chien. Aznavour, sans aucun doute.

« Ben moi, RAS pour l'instant. Ma mère a l'air préoccupé par d'autres trucs ; sûrement son boulot. C'est cool parce que ça lui pollue les ondes. On va bientôt passer à table. Allez, à tout à l'heure.

— Hé, Néné ? Tu pourrais me récupérer des piles pour ma frontale ? »

Honoré acquiesça avant de quitter la chambre. Gaspard réintégra l'obscurité et se jeta sur son dîner. C'était archi-écœurant, mais archi-bon. Il s'apprêtait à engloutir la dernière bouchée quand la lumière se ralluma, mais cette fois dans l'autre pièce.

Curieux, il expédia la fin de son sandwich, et, par petits pas, se déplaça en crabe jusqu'à la fenêtre.

À n'en pas douter, c'était la chambre de Lili, la plus jeune des sœurs d'Honoré. Il y régnait le même désordre que chez son frère, en plus coloré, repaire de fille oblige.

Elle était en train de ranger ses affaires de classe. Elle se tenait de profil. Ses cheveux noirs tombaient en larges boucles sur ses épaules. Il y avait un étrange mélange chez cette fille, de rigidité et de décontraction, d'exubérance et de réserve, de délicatesse et de sauvagerie.

Une chaleur diffuse se propagea dans le ventre de Gaspard.

Cela le surprit d'autant plus qu'au collège son intérêt pour les filles était pratiquement nul. Il ne voyait là que des créatures singulières s'exprimant de façon étrange et nouant avec les garçons des relations bizarres.

Lili posa son sac et fit un demi-tour sur elle-même, se retrouvant maintenant face à la fenêtre. Certain qu'elle ne pouvait le voir, Gaspard ne bougea pas d'un iota. La jeune fille avait des yeux immenses.

Gaspard flottait, suspendu dans le vide. On aurait pu lui trancher un bras sans qu'il s'en rende compte.

Lili fit glisser les crans de sa ceinture. Avec le mouvement d'un rideau de théâtre, le jean tomba sur ses chevilles. Gaspard laissa ses yeux courir sur ses hanches. Elle déboutonna ensuite son chemisier. Autour de son cou, un pendentif se balançait au bout d'une chaîne en argent. Un papillon aux ailes bleues. L'animal se décollait de la peau, voletait d'un côté, puis de l'autre. Gaspard le fixa comme un pendule, hypnotisé. Jamais, de toute sa vie, il n'avait eu autant soif. Il aurait pu avaler des torrents, des estuaires, des océans.

Le chemisier tomba au sol, suivi du soutien-gorge. Le papillon continuait de danser.

Un souffle brûlant traversa le garçon de part en part.

Lili enfila une chemise de nuit, y ajouta un pull. Gaspard reprit une respiration normale. Il décida de battre en retraite, mais l'une de ses baskets ripa. Il valdingua sur les tuiles en étouffant un cri et se rattrapa *in extremis* du bout des doigts.

Alertée par le bruit, la jeune fille vint coller son nez à la fenêtre, les mains en coupe de chaque côté du visage.

Aux abois, Gaspard parvint à se remettre à genoux. Lili s'apprêtait à ouvrir la fenêtre.

Il réussit à rejoindre le rebord de celle d'Honoré et à s'y tasser, au moment même où elle sortait la tête par l'ouverture.

« Y a quelqu'un ? »

Il y eut un silence pesant. Lili était aux aguets, immobile. Puis une voix salvatrice s'éleva du rez-de-chaussée. « À table ! » Elle referma la fenêtre et quitta la chambre.

Gaspard s'empara aussitôt de son carnet glissé dans la poche arrière de son jean, le cala sur sa cuisse et griffonna rageusement.

> *J'irais bien dès ce soir chasser le papillon*
> *Car perdu sur ce bout de toit, j'ai le cœur en coton*
> *Dans un battement d'ailes, j'offrirais ma vie*
> *Pour toucher, une seule fois, la peau de Lili*

Après avoir plié la page en quatre, restait à décider où mettre le poème. Le cacher méticuleusement, sans grand espoir qu'il soit découvert ?

Non.

Un trouble délicieux l'envahit à l'idée que la jeune fille le trouve et le lise. Il descendit chercher un caillou, remonta sur l'appentis et le déposa sur le rebord de la fenêtre de Lili, le message coincé dessous. Satisfait, il se rassit sur la margelle et passa la demi-heure qui suivit le nez en l'air, les yeux plantés dans les étoiles, les lèvres ourlées d'un sourire contemplatif.

Honoré réapparut enfin.

« Cette fois-ci c'est bon. Comment je te les ai embrouillés, les parents ! Je suis champion pour simuler le mal de tête. Regarde ça, dit-il en tendant un volumineux sac de toile, j'ai pillé la réserve de bouffe ! Ah, je t'ai trouvé aussi des piles. »

Dix minutes plus tard, Honoré avait bouclé son sac à dos en y ajoutant un couteau suisse et trois gourdes d'eau.

« Ben j'vois que toi aussi, question flotte, t'es pas mal équipé, fit remarquer Gaspard.

— Ouais, moi aussi j'ai souvent soif…

— Ah… ? »

On toqua à la porte de la chambre.

« Un coup, trois coups, pas de souci, c'est le signal avec ma sœur. T'inquiète pas. »

Lili était une apparition, un mirage. Et pourtant sa peau était à portée, juste là, bien réelle, devant lui.

« Je te présente Gaspard. »

Les grands yeux noirs le fixèrent. Le garçon souhaita un arrêt sur image, que cet instant ne finisse jamais. Elle lui sourit.

« Il me semblait bien que j'avais entendu du bruit tout à l'heure. »

Elle tendit à son frère un petit sachet en plastique bleu.

« T'as failli oublier ça… »

Honoré grommela en l'enfournant dans son sac.

« Faites attention à vous, les merdeux… » ajouta-t-elle avant d'ébouriffer la tignasse de son frère.

Puis elle quitta la chambre en lançant un clin d'œil à Gaspard. Ce dernier se sentit défaillir.

Les garçons descendirent l'échelle et se mirent enfin en route, lampe torche et frontale allumées.

Gaspard faisait le plein de bois mort. Le faisceau de sa lampe virevoltait dans les ténèbres, dessinant des silhouettes difformes et inquiétantes. La forêt bruissait sous ses pas. Pas très à l'aise à l'idée des milliers de bestioles qui y fourmillaient, il se dit qu'il n'aurait pas supporté une deuxième nuit seul dans les bois.

Les bras chargés, il était sur le point de reprendre la direction du campement quand il perçut du bruit, à moins de deux mètres sur sa droite. Il pointa sa lampe. Ça remuait dans les fourrés.

Alerter Honoré ? Pas question. Il aurait été humiliant de passer pour un peureux dès le premier soir.

Un frisson glacial parcourut son échine. Une tête apparut soudain dans le faisceau de la lampe, flanquée d'oreilles pointues et de grands yeux en amande clignotant sous l'effet de la lumière.

Gaspard poussa un cri de surprise, tout en lâchant son chargement de bois. Une branche lui atterrit lourdement sur le pied et il poussa un second cri, cette fois de douleur. Il recula d'un pas, maugréant entre ses dents :

« Encore toi ! »

Il venait d'identifier le pelage noir et les pattes aux chaussettes blanches. Il agita avec véhémence un bout de bois en direction de l'animal, faisant mine de le lui jeter. Mais comme à son habitude, l'étrange chat se contenta de l'apostropher d'un léger miaulement.

« Casse-toi ! s'énerva Gaspard. Ça t'amuse de me foutre les jetons ? »

Le chat fit volte-face et se noya dans les ténèbres.

« C'est ça, bon débarras ! »

Il marmonnait encore en déboulant au point de campement. Honoré l'attendait sur le qui-vive, pas très rassuré, l'une de ses gourdes dans la main droite.

« Qu'est-ce tu fous ? À qui tu parles ? Aux arbres ? Mince, tu m'as fait flipper ! »

Figure-toi que oui, parler aux arbres, ces derniers temps, ça m'arrive, faillit-il lui répondre.

« C'est rien. C'est juste ce chat noir qui me suit depuis que je suis parti de chez moi.

— Un chat noir... qui te suit... mince, j'espère qu'il va pas nous porter la poisse... »

Honoré désigna la carte.

« Pour demain, si on se lève tôt, on pourra atteindre Salon dans la soirée.

— Tant mieux... Bon sang, j'aurais dû penser à prendre du papier journal pour allumer le feu. J'ai bien un rouleau de PQ, mais je préférerais l'économiser. »

Honoré fouilla dans son sac et lui tendit *La Dépêche* du matin.

« Super, Néné, t'es champion ! »

Gaspard détacha une double page pour la froisser et la mettre en boule, lorsqu'il se figea.

« Mince. Mince. Mince.

— Quoi, quoi, quoi ?! » s'excita Honoré en venant lire par-dessus son épaule.

Mutique, Gaspard pointa un doigt au centre de la page.

« Oh là, y a ta ganache dans le journal de ce matin ! Cooooooool ! »

Mais qu'est-ce que c'était que cette photo ? Il plissait les yeux et souriait d'une façon débile là-dessus. *Maman aurait quand même pu faire gaffe en choisissant.*

Honoré lui tapait sur l'épaule.

« Hé ! T'imagines pas le nombre de personnes qui lisent ce journal ! C'est la célébrité assurée ! »

— Je sais pas, répondit Gaspard d'une voix maussade. Ça va compliquer les choses si tout le monde connaît ma tête »

Honoré jubilait. Il retourna planter son bras dans son sac à dos, avant de brandir, fier comme un paon, une casquette et un bob.

« Outils de dissimulation ! ajouta-t-il. Y a peut-être pas de quoi rivaliser avec un caméléon, mais c'est déjà mieux que rien, non ? »

Un léger sourire rehaussa les lèvres pincées de Gaspard. Il regarda une dernière fois la photo, froissa la page et la glissa sous le bois sec.

Honoré n'en revint pas.

« Tu… tu gardes pas l'article ?

— Je m'en moque. En plus, la photo est pourrie. »

Un bouquet de flammes naquit bientôt d'entre les pierres.

Ils gardèrent le silence un long moment, captivés par l'appétit insatiable du feu. Ce fut un bon moment, avec la large voûte d'étoiles au-dessus de leur tête, l'étrange mélopée de la forêt et le crépitement du bois qui se consumait.

Néanmoins, Honoré semblait un peu nerveux et lançait des coups d'œil inquiets vers l'obscurité, comme s'il redoutait l'arrivée de quelqu'un. Détail tout aussi étonnant, il conservait l'une de ses gourdes à portée de main. Envisageait-il de s'en servir comme projectile le cas échéant ?

Enfin, ils décidèrent d'un commun accord qu'il était temps de dormir.

« Je vais pisser », dit Honoré en prenant sa lampe torche.

Alors qu'il s'éloignait à grands pas, Gaspard s'aperçut qu'il tenait dans l'autre main le petit sac en plastique bleu que lui avait donné Lili.

Et quand cinq minutes plus tard il réapparut, il ne l'avait plus.

Gaspard ne fit aucun commentaire, fixa les flammes qui se tordaient sous ses yeux.

Bientôt, ses paupières s'alourdirent. Puis sans qu'il sache pourquoi, il songea aux marécages de la Grande Forêt...

6

Le Molosse

... et apparaît instantanément sur le territoire de l'Automne.

Alors que le puzzle de nénuphars est en vue, instinctivement, il se procure une branche qu'il élague grossièrement pour s'en faire un bâton.

Il va pour se mettre en route quand un vrombissement s'élève sur sa droite.

Ils sont une quinzaine à approcher en formation serrée, leur trompe rigide pointée comme des lances, leurs yeux opaques n'abritant que du vide. Certains ont la taille de deux poings réunis ; d'autres, déjà repus de sang, sont jusqu'à quatre fois plus gros.

Avec effroi, Gaspard cherche autour de lui une éventuelle cachette, mais il se trouve complètement à découvert. D'un seul mouvement, les moustiques décrochent dans sa direction.

En un instant, le garçon évalue la distance qui le sépare de la toile de nénuphars et la vitesse des chasseurs ; il n'a d'autre choix que de combattre et brandit son bâton.

Les deux premiers insectes fondent sur lui, l'un attaquant de front et l'autre tâchant de le prendre à revers. Gaspard frappe de toutes ses forces et fait mouche. Le moustique pousse un ululement suraigu en accusant un recul de plus d'un mètre.

L'impact lui procure une étrange sensation. D'abord, de curieux picotements dans les bras, suivis d'une houle de chaleur qui monte de son bas-ventre. L'adrénaline.

Il pivote et ratisse son flanc gauche d'un coup puissant, cueillant le second assaillant, lui brisant deux pattes et perçant la peau membraneuse de l'une de ses ailes. En perte de stabilité, l'insecte fait un roulé-boulé et va s'écraser au sol.

Galvanisé, Gaspard éructe un cri de guerre. Il se remet en garde, les yeux légèrement plissés, un sourire carnassier lui déformant les lèvres.

Désorientés, les moustiques prennent de l'altitude, dessinant des cercles à quelques mètres au-dessus de sa tête.

Un vrombissement sature l'air quand la chevauchée sauvage se remet en branle et pique sur lui de concert. Il a le temps de viser pour assener ses premiers coups, si bien qu'il touche encore par deux fois.

Mais déjà la situation tourne à son désavantage. Les chasseurs sont trop nombreux et attaquent de toutes parts. Ses estocades se font de moins en moins précises, d'autant qu'il a les pieds et les chevilles englués dans un tapis de boue.

Gaspard frappe en aveugle, pousse des rugissements de fauve acculé.

Une douleur fulgurante lui traverse le bras. Il lâche son arme. Un moustique vient de planter sa trompe au-dessus de l'articulation de son coude. Incrédule, il contemple les yeux alvéolés du vampire. Il n'y lit pas la moindre émotion, n'y décèle aucun reflet. C'est un puits rempli de néant. Gaspard bat des cils. Des petits nuages de coton embrument son regard et il sait que l'insecte va dans la seconde suivante lui pomper son énergie vitale, faire de lui un emballage vide et flétri, une mue de serpent abandonnée au milieu de ce marécage.

Mais quelque chose se produit, avant qu'il ne perde complètement pied.

D'abord il y a un long cri perçant, puis une tornade blanche qui rentre de plein fouet dans le moustique, avec une telle violence que ce dernier explose. De la chair d'insecte asperge Gaspard d'une nouvelle couche sanguinolente. Sectionnée à sa base, la trompe demeure plantée dans son bras, telle une grosse épine. Chancelant, le garçon a le réflexe de retirer le dard, ignorant la douleur et comprimant aussitôt la plaie de sa main libre.

Paniqués, les chasseurs volent en tous sens, se carambolant les uns les autres en émettant des sifflements.

Gaspard reprend espoir, bien qu'il ignore qui est responsable de l'attaque.

Puis la chose refait son apparition. Un point blanc tombant du ciel à vive allure, une météorite, une tache grossissante. En évaluant sa courbe, aucun doute n'est possible, son point d'impact se situera en plein cœur du nid d'insectes.

Gaspard plisse les yeux.

La curiosité fait place à la stupeur lorsqu'il voit Katalpakân se lancer dans une terrible danse de la mort, se projetant en hauteur et retombant sur les chasseurs, faisant claquer ses mâchoires, déchirant les chairs et amputant les membres des insectes.

Les moustiques essaient de reprendre leurs esprits. Le gros de l'escadrille affronte le lapin fou, alors que deux chasseurs foncent sur Gaspard en rase-mottes, lances dressées.

Le garçon se met à courir, mais chacun de ses pas se prend dans la fange. Il a l'impression de se débattre sur la surface d'un énorme chewing-gum. Le bourdonnement s'amplifie dans son dos.

Il s'emmêle les jambes, perd l'équilibre et s'étale de tout son long.

Et là, jouant des coudes au milieu du vacarme de la machine de guerre mosquito, la petite mélodie parvient à se frayer un étroit passage dans sa tête.

Il fixa le vaisseau lunaire, un croissant effilé, une simple balafre sur la voûte céleste.

« Alguirada… ! Non, je ne veux pas y retourner… ils ont lancé la Roue… c'est la battue…, non, par pitié, pas Alguirada… ! »

Honoré parlait dans son sommeil. Voilà ce qui l'avait réveillé.

Gaspard grimaça en se redressant. Il constata avec effroi qu'il avait maintenu son point de compression au-dessus du coude et qu'une vague de douleur allait et venait entre son épaule et son poignet.

Il avait ramené sa blessure des tréfonds de son sommeil.

Et lorsqu'il fit glisser la fermeture Éclair de son duvet, l'état de ses habits confirma ses craintes : il était couvert de boue et de sang.

Quelques braises rougeoyaient encore au milieu du foyer. Recroquevillé, Honoré serrait l'une de ses gourdes contre sa poitrine. Qu'avait-il dit ? *Alridagua* ? *Aldarigua* ?

La douleur lancinante dans son bras lui rappela qu'il avait urgemment besoin de soins.

Il fixa les braises quelques minutes, repensa au marécage, à la tourbe collante et au sourd bourdonnement des chasseurs.

Le combat est déjà terminé. Katalpakân sautille nonchalamment au milieu d'un parterre de cadavres, sa grande queue enroulée sur elle-même pour ne pas l'incommoder. Tout autour, des thorax, des abdomens et un enchevêtrement de pattes et de trompes érigent d'improbables sculptures.

Le lapin le gratifie d'un large sourire lorsqu'il le voit apparaître. Il ne subsiste plus aucune trace de folie meurtrière dans ses yeux. Seule sa robe maculée d'hémoglobine atteste de la violence de l'affrontement.

« Y font coriafes fes faletés de mouftiques, hein ? Fa faivait longtemps que ve m'étais pas auffi amuvé ! F'était une fuper bagarre ! »

Gaspard n'est pas très à l'aise. Ce lapin est vraiment surprenant. Son apparence sanguinolente tranche tellement avec son ton et son discours.

« Cesse de faire le fanfaron mon petit Katalpakân, intervient une voix dans le dos du garçon, il semble que je sois arrivé au bon moment. »

Il se retourne, et tout de suite devine à qui il a affaire. Watkilli, l'un des frères d'Idriss.

Plus grand, plus mince et apparemment plus âgé que son congénère, ce touchécorce-là n'a pas de fleurs en guise de cheveux. Les branches tordues et rabougries qui poussent sur son corps ne portent que quelques feuilles éparses, très sèches et déjà prêtes à tomber. Un tablier de mousse et de lichens lui monte jusqu'au cou. Il a une barbe touffue où se mêlent bouquets de pissenlits et pommes de pin.

« Bonjour, Gaspard, je suis ravi de faire ta connaissance.

— Bonjour. Moi aussi.

— Heureusement que je n'étais pas trop loin… Hâtez-vous jusqu'à la ferme. Tu as besoin de soins.

— Ze l'accompagne », annonce le lapin.

Gaspard tâche de marcher d'un bon pas. La douleur s'est encore accrue. Katalpakân, pas très causant, lui jette des coups d'œil en coin et sourit aux anges.

À la vue du toit de chaume, des papillons blancs volettent par centaines devant ses yeux, un violent tournis lui coupe les jambes et il perd connaissance.

On lui fourre une matière épaisse dans la bouche. C'est très sucré. Les effets ne tardent pas. La douleur s'amenuise, ne laissant qu'un léger picotement. Il ouvre les yeux.

Penchée au-dessus de lui, Mamie s'affaire à passer un onguent sur sa plaie.

« Voilà, dit-elle, ça évitera les démangeaisons. »

Idriss a posé sa main d'écorce sur l'épaule du garçon et râle à l'encontre du territoire de l'Automne.

« Arrête de te torturer l'esprit, grand benêt, l'invective Mamie, il est sorti d'affaire. La vie est ainsi, Idriss, avec ses aléas. Tu ne pourras pas le protéger indéfiniment, ni contre les autres, ni contre lui-même. »

Le touchécorce passe ses doigts en racine dans les cheveux de Gaspard.

Alors que la vieille dame fixe un bandage avec une épingle à nourrice, M. Cot apparaît, la mine soucieuse. Mamie lève la main avant même qu'il entrouvre le bec.

« Évitez-moi le diagnostique universitaire. Soyez concis, mon ami.

— Je ne parviens pas à soigner notre nouveau patient. Il est allé se blottir dans un coin inaccessible du dortoir et sort ses griffes dès que j'approche d'un peu trop près. »

Mamie soupire, réajuste une mèche de ses cheveux gris et retourne dans le dortoir.

Gaspard se débarrasse de son tee-shirt couvert de sang et enfile sa blouse. Il se sent beaucoup mieux.

« Que se passe-t-il ? demande-t-il à Idriss.

— Les chats sont arrivés à l'aube. L'un d'eux a été sérieusement blessé. Une vilaine morsure. Mais pour l'instant on ne sait pas qui est responsable. Mamie fait patienter le reste de la troupe dans la salle à manger. »

Gaspard note que le poème qu'il a écrit se trouve toujours à la même place, glissé dans une encoche, en bordure de son aisselle gauche.

La vieille dame passe une tête dans l'entrebâillement de la porte et leur demande d'aller tenir compagnie aux chats, les soins nécessitant plus de temps que prévu.

Idriss affiche un réel malaise quand ils écartent le rideau qui sépare la salle de soin de la salle à manger.

« Je n'aime pas trop me retrouver seul avec eux, avoue-t-il dans un chuchotement. Déjà qu'ils sont étranges… En plus, ils parlent seulement dans la tête de Mamie. Nous, on va juste faire le pied-de-grue avec leurs grands yeux qui nous fixent… »

D'un parfait mouvement d'ensemble, sept têtes se tournent dans leur direction quand ils entrent dans la pièce.

Les chats ont opté pour une position en hauteur, installés sur la grande table en bois brut. L'un d'eux, couleur crème avec le bout de la queue marron, se tient en avant.

Idriss ne sait que faire de ses branchages et met le plus de distance possible avec cette troupe singulière. Ignorant tout de la bienséance féline, Gaspard opte pour une posture debout et immobile, près de la fenêtre. Il lance un timide « bonjour » à l'adresse des visiteurs, et, comme il s'y attendait, ne constate aucune réaction, pas même un clignement d'œil.

Un face-à-face gênant s'installe.

« Vous venez des Terres Désolées, c'est ça ? Au nord de la Grande Forêt ? » tente-t-il dans un sursaut de politesse.

Les pupilles de l'animal couleur crème s'élargissent sensiblement, puis il se contente d'un bâillement nonchalant, avant de s'activer à la toilette de sa patte gauche.

Quand la vieille dame entre enfin dans la pièce, Gaspard commence à sentir des crampes lui durcir les jambes. Dr Cot suit, l'air sinistre.

« Eh bien, c'est ambiance carnaval ici ! » se contente de dire Mamie en voyant les mines embarrassées du garçon et du touchécorce…

« C'était épique ! » ajoute-t-elle en montrant ses mains tailladées.

Elle s'assoit en face des chats et plante ses yeux dans le regard topaze du couleur crème. Un silence épais tombe sur la pièce tandis que le perroquet vient se percher sur l'épaule de Gaspard.

À son grand étonnement, le garçon perçoit quelque chose aux frontières de son esprit. Ce n'est d'abord qu'un son, à peine un écho. À l'instar de Mamie, il est en capacité d'entendre l'échange télépathique. Toutefois, aucun mot n'est vraiment audible. Il doit se contenter de bribes, de syllabes, comme mâchées puis recrachées par une bouche déformée, sans qu'il puisse en tirer le moindre sens.

Avant que Mamie donne une traduction orale :

« Une bête est apparue depuis peu sur leur territoire. Ils l'ont nommée le Molosse. Un chien, énorme, avec des yeux rouge sang, une gueule écumante… Ils sont obligés de se cacher et de faire de grands détours pour descendre chasser… Ils ont peur… »

Elle fronce les sourcils. Les oreilles du chat couleur crème s'aplatissent, ses moustaches frémissent à plusieurs reprises.

« Le Molosse est toujours en colère. Même s'il passe le plus clair de son temps aux abords du Temple, il s'aventure de plus en plus loin vers le sud… bien qu'il n'ait pas encore franchi la limite des Terres Désolées. »

Les rides sur le front de la vieille dame se creusent un peu plus.

« Ils ont entamé une filature, mais il a fini par sentir leur présence et par leur tendre un guet-apens. Ils n'ont pas pu lui faire face. Trop violent. C'est un miracle que leur compagnon ait pu se libérer de ses mâchoires… »

Mamie pousse un long soupir.

« Étrangement, le Molosse revient toujours au Temple, comme s'il attendait quelque chose… Il ne dort jamais… »

Elle se frotte les yeux, signifiant que l'échange est clos.

« Nous allons prendre soin de votre compagnon, déclare-t-elle enfin. Je vous mentirais en disant qu'il est sorti d'affaire, mais soyez sûrs que nous ferons notre possible, mes assistants et moi. »

Dr Cot abandonne l'épaule de Gaspard pour aller se percher sur celle de Mamie.

« En ce qui concerne le… Molosse, je vous promets d'aller me rendre compte sur place, dès que l'état de mes malades me le permettra », ajoute la vieille dame.

Le couleur crème saute silencieusement au sol. La queue en crochet, il bondit sur les genoux de Mamie, tend l'échine. Elle aventure ses doigts à la base de ses oreilles. L'animal se cambre plus encore, ronronne sous les caresses.

7

Intérieur et Extérieur

Les chats repartis pour les Terres Désolées, l'équipe médicale se retrouve pour la collation de midi. L'ambiance est morose et personne ne mange avec beaucoup d'appétit.

Une main lourde vient actionner le poing en bronze de la porte d'entrée.

« Qu'est-ce que c'est encore ? morigène M. Cot. Oui ?! »

Un énorme castor – sa tête touche presque le chambranle – apparaît, la mine contrite, comme si franchir le seuil de la porte devait le mener à l'échafaud.

« Ah ben tiens ! s'exclame Mamie, je l'avais oublié celui-ci ! Notre mâchouilleur de loutre ! »

Le castor a droit à la plus belle remontée de bretelles de son existence. C'est tout sauf une gueulante, mais le ton est si cassant, le regard de la vieille dame si glacial, que le rongeur semble se racornir à mesure qu'elle l'admoneste.

En premier lieu, il doit présenter des excuses. La gueule renfrognée, il traîne sa large queue plate jusqu'au dortoir. La loutre minaude. Une patte posée sur sa blessure, elle feint des élancements de douleur, laissant à penser qu'elle souffre le martyre. Le rongeur parvient à énoncer des excuses sans trop laisser transparaître sa colère, tel un robot égrenant une liste de courses.

« Tu resteras dans le Puits de la Réflexion le temps de deux cagettes de bougies. Et c'est sans appel », annonce ensuite Mamie.

Alors qu'ils sortent pour contourner la maisonnée et accéder à une sorte de puits circulaire d'un mètre cinquante de diamètre où pend une échelle de corde et de bois, Gaspard interroge discrètement le perroquet.

« C'est le meilleur endroit afin que le prévenu puisse réfléchir à la portée de ses actes, lui explique ce dernier ; seul avec sa conscience.

— Et ça veut dire quoi « le temps de deux cagettes de bougies » ?

— Élémentaire, mon jeune élève ! Une bougie se consume en six heures. Sachant qu'une cagette en contient douze, voilà notre prévenu avec vingt-quatre bougies, soit, selon la loi arithmétique, et sachant qu'il ne peut en faire brûler plus d'une à la fois, six jours et six nuits à occuper ce trou. Évidemment, il aura à boire et à manger. Nous ne sommes pas des barbares. »

Mamie tapote l'épaule du castor pour l'enjoindre à utiliser l'échelle.

Il s'écoule un long moment avant qu'une petite lumière ne trouble enfin les ténèbres. C'est comme une étoile fragile, perdue dans un ciel d'encre.

Un peu plus tard, Gaspard regagne les grandes étagères du sous-sol et la valse tremblante des torches.

Deux heures s'écoulent ainsi, peut-être trois, à poursuivre le fastidieux inventaire.

Alors qu'il tente de déchiffrer l'annotation sibylline de l'étiquette d'un bocal contenant un liquide jaunâtre et un bout de racine informe, un drôle de bruit se fait entendre au fond de la cave. D'abord un chuintement, suivi d'un coup sourd, nettement plus prononcé.

Boum !

Gaspard lâche ce qu'il tient dans les mains. Le bocal explose au sol.

Un nouveau coup résonne, venu du même endroit.

Boum !

Il remarque que le mur du fond est placardé de planches de bois clouées les unes sur les autres… Un passage qu'on a dû condamner. Mais pour quelles raisons ?

Boum !

Quelqu'un ou *quelque chose* frappe contre les planches, de l'autre côté. À chaque impact, un peu de poussière se soulève.

Boum !

Malgré la peur, il avance vers l'endroit d'où viennent les coups, les poings serrés.

Boum !

Il n'est plus qu'à deux enjambées de l'ouverture condamnée. Un frisson glacé lui parcourt l'échine lorsqu'il perçoit, derrière l'impact, une suite de grognements, saccadés et agressifs.

Boum !

Il est maintenant si près qu'il peut sentir de minces filets d'air filtrer par les interstices entre les planches.

Boum !

Il s'apprête à reculer, quand…

♪ ♪ ♪ ♪ ♪ ♪

Le duvet d'Honoré était vide, roulé en boule, comme s'il avait dû s'en extirper précipitamment. Il faisait nuit noire.

Nourri depuis peu, le feu donnait de grandes flammes.

Les coups contre la porte condamnée de la cave résonnaient encore dans la tête de Gaspard.

Une fois assis, il nota sans s'y attarder que sa blouse d'infirmier avait, elle aussi, *fait le voyage*. Comme la blessure occasionnée par le moustique. Comme la racine dans sa chair.

Il discerna Honoré à travers les flammes, une dizaine de mètres plus loin, à la lisière de l'obscurité. Il déambulait lentement au milieu des taillis, tenant dans une main l'une de ses gourdes, bouchon ouvert, et dans l'autre un petit objet de forme rectangulaire. Sur le qui-vive, il semblait attendre qu'un événement se produise.

D'abord hésitant à se manifester, Gaspard fit le choix d'abandonner sa couche, et, en catimini, contourna le foyer. C'était un miroir que son ami brandissait de la main gauche. Un éclat joua d'ailleurs au même moment sur la surface polie, quand elle attrapa un reflet du croissant de lune.

« Alors !? Vous n'avez pas le cran de vous montrer, hein !? Si vous croyez que vous me chopperez une deuxième fois, c'est mal me connaître… ! Vous m'aurez jamais, sales bêtes immondes ! »

Mais à qui s'adressait-il, bon sang ?! Et contre qui pensait-il pouvoir lutter, armé d'un simple miroir et d'une gourde d'eau ? *Complètement foldingue*, pensa Gaspard.

Mais une petite voix, à la frontière de son esprit, lui tint un tout autre discours : *Aussi foldingue que d'avoir comme amis un perroquet savant et une créature mi-homme mi-arbre ? Aussi foldingue que de lutter contre un escadron d'énormes moustiques ? Aussi foldingue qu'une feuille qui vous pousse derrière l'oreille pendant votre sommeil, que des chats télépathes, des lapins sanguinaires, des arbres géants, des...*

D'accord, d'accord, d'accord ! concéda-t-il. Stop. *Message reçu.*

Ils étaient donc aussi fous l'un que l'autre.

Au bout d'un moment, Honoré baissa sa garde et revint vers le feu à reculons, comme s'il souhaitait couvrir ses arrières.

Gaspard réintégra son duvet le plus silencieusement possible.

Honoré se coucha, la gourde serrée contre sa poitrine, le miroir glissé dans l'une des poches latérales de son sac, à portée de main. Sa respiration se fit plus légère, et très vite, il se rendormit.

Gaspard resta un long moment encore à contempler la nuit. Des étoiles clignotèrent. Le visage de son père s'imprima en pointillé.

♪ ♪ ♪ ♪ ♪ ♪ ♪

« Dis donc, mon garçon, je ne vais tout de même pas te donner des leçons de savoir-vivre... ! » annonce Mamie sans ambages.

Gaspard vient d'apparaître inopinément dans la salle à manger. Elle termine de faire la vaisselle. Le feu brasille dans l'âtre.

« D'autant que tu m'as fait peur », ajoute-t-elle en dénouant son tablier.

« Dé... désolé. J'ai pensé à vous avant de m'endormir, du coup...

— Bon, bon, c'est gentil de penser à moi, j'apprécie. Néanmoins, la prochaine fois, pense plutôt à la porte d'entrée et frappe pour t'annoncer. »

Il ne perçoit aucun reproche dans le ton de Mamie ; une pointe d'amusement même.

Comme c'est la première fois qu'il se trouve seul avec elle, la timidité lui ramollit la bouche et lui chauffe les oreilles. Il a l'esprit encombré de questions, ne sait pas trop par laquelle commencer. Il se tord nerveusement les doigts.

« Approche, dit-elle, je vais jeter un œil à ta blessure. »

Une fois le pansement ôté, elle pianote sur le pourtour de la plaie. L'orifice laissé par la trompe s'est déjà en partie rebouché. Une croûte s'est formée en surface, d'où partent en filigrane de fines nervures violacées.

« Ce n'est pas trop vilain », constate-t-elle avant de nettoyer et d'appliquer une nouvelle couche d'onguent.

— J'ai dû abandonner mon poste dans la réserve tout à l'heure, parvient-il à articuler. Et j'ai fait tomber un bocal sans faire exprès. Je devrais peut-être aller nettoyer…

— Bulb s'en est chargé. Il te suffira de l'en remercier ; il est à cheval sur les principes. »

Gaspard avale péniblement sa salive.

« Pendant que je faisais l'inventaire, il y a eu des bruits derrière le passage condamné par les planches. Des coups tapés, et puis comme des grognements. J'ai eu la trouille. »

Mamie ne daigne même pas relever la tête, tout occupée maintenant à couvrir la blessure d'un pansement propre.

« Ah oui… ? C'était peut-être des taupes ; les sols en sont truffés par ici. »

Autant dire que cette réponse approximative est loin de le satisfaire.

La vieille dame fixe l'épingle à nourrice pour maintenir le bandage, puis s'affaire à mettre de l'eau à bouillir.

« On va se boire une bonne infusion, élude-t-elle en s'approchant de l'étagère où trône tout un tas de décoctions.

Après la journée que nous venons de passer, cela nous fera le plus grand bien. »

Gaspard se résigne au silence.

« Tiens, j'ai aussi lavé ça. »

Elle pointe le dossier de l'une des chaises.

« Merci » dit le garçon en retirant sa blouse et en enfilant son tee-shirt propre.

Ils s'installent confortablement dans les grands fauteuils en cuir. Le feu trace sur les murs un patchwork d'ombres. La boîte en métal dont Mamie a extrait les longues feuilles sèches pour la tisane porte l'étrange mention « Réglissansouci ». C'est délicieux.

Au bout de quelques gorgées, Gaspard sent ses membres se détendre. De plus, les effluves parfumés semblent dissoudre ses préoccupations.

« Alors ? Qu'en dis-tu, de mon infusion ? Pas mal, non ? Depuis que M. Cot y a goûté, j'ai dû tripler ma production. C'est son péché mignon. »

Gaspard regarde en direction des fenêtres. La nuit va doucement s'installer. Il constate qu'à l'instar du soleil en journée, il n'y a ni lune ni étoiles pour décorer le ciel. Il s'en informe auprès de Mamie.

« Parce qu'ici tu te trouves à *l'Intérieur*. Quand tu te réveilles, dans l'autre monde, c'est *l'Extérieur*. »

Perplexe, il avale une copieuse goulée de tisane.

« Mais quand vous dites *l'Extérieur*, c'est la réalité. Ici, je suis en plein rêve. Tout ça n'existe pas vraiment. »

Le visage de Mamie se durcit sensiblement.

« Tu veux dire que je suis un fantôme ?!! Voilà qui fait plaisir… Les mots *rêve* et *réalité* ne veulent pas dire grand-chose, car au bout du compte, qui te dit que ce n'est pas l'inverse ? Peut-être que cette ferme, cette forêt sont LA réalité et que lorsque tu les quittes, tu es en plein rêve… »

Elle se redresse un peu, remplit de nouveau les bols.

Gaspard lui conte l'affrontement dans les marais et la débauche de violence de Katalpakân, alors que la veille, il pensait avoir affaire à un simple lapin inoffensif. Mamie l'écoute attentivement, puis elle lui demande :

« Ah, parce que toi, tu ne connais pas la colère ? Tu es sans doute toujours calme, patient et compréhensif, c'est ça ? »

Le garçon s'agite dans son fauteuil, pas très à l'aise.

« Non, pas toujours...

— Contenir sa colère est quelque chose de très difficile, Gaspard, très très difficile. Et à long terme, ce n'est pas toujours la meilleure solution.

— C'est quoi la solution, alors ? Y en a une ? »

Mamie fait tourner plusieurs fois le bol dans ses mains.

« Peut-être suffit-il d'essayer de comprendre ce qui nous met *vraiment* en colère pour que celle-ci disparaisse, ou du moins s'atténue. »

Le garçon fait de son mieux pour s'approprier cette idée, avant de rebondir sur un tout autre sujet.

« Quand vous parliez avec les chats, tout à l'heure, je crois bien que j'entendais dans ma tête des bouts de la conversation. Enfin, j'veux dire, c'était plutôt que des morceaux de mots.

— Ça ne m'étonne pas, dit-elle en le gratifiant d'un clin d'œil complice, nous sommes un peu pareils tous les deux. Hormis le fait, bien évidemment, que nous soyons les deux seuls humains dans cette forêt. »

Gaspard doit réprimer son envie d'aller se caler contre la vieille dame. Afin de donner le change, il lui fait part à brûle-pourpoint d'une autre question.

« C'est quoi le Temple ? »

Mamie se saisit du tison et agite les braises.

« Un édifice taillé dans la montagne qui se trouve dans les Terres Désolées. J'ignore qui l'a bâti. Il est là depuis des temps immémoriaux. Je ne l'ai vu que de loin, et pour des raisons qui m'échappent, il est formellement interdit à quiconque d'y pénétrer. Les chats veillent sur son inviolabilité. Je n'en sais pas plus. »

Puis, après s'être délestée d'un long soupir :

« La nuit est maintenant installée. Tu ne vas pas tarder à me fausser compagnie. Tranquillise-toi, tes questions trouveront leur réponse en temps voulu. Poursuis ton chemin, voilà le seul conseil que je puisse te donner. Nous avons passé un marché, tu te souviens ? En échange de ton travail à la ferme, je me suis engagée à t'aider à trouver ce que tu cherches. »

La gorge de Gaspard se serre. Le visage de son père apparaît un instant dans le déhanchement des flammes.

« C'est très simple, Gaspard, poursuit la vieille dame. Pour trouver ce que tu cherches, il suffit que tu te souviennes de quelque chose. Quelque chose que tu as oublié.

— Mais... c'est quoi, Mamie ?

— Cela va te revenir à un moment donné... Si tu cherches, Gaspard, si tu ne t'arrêtes jamais de chercher, tu trouveras... »

8

Le Gominé

Un soleil brûlant tapi derrière ses paupières lui interdisait d'ouvrir les yeux.

Il s'apprêtait à descendre dans le Puits de la Réflexion et avait saisi l'échelle de corde. Le trou n'était qu'une gueule ouverte. Idriss déposa à côté de lui une dernière cagette de bougies sur une pile qui, déjà, le dépassait d'une tête. Oh, mon Dieu, combien de temps allait-il rester là en bas ?! Sans doute des années ! Quelle faute avait-il commise pour mériter une sanction aussi sévère ?! Il interpella Mamie, mais elle demeura silencieuse. Elle avait défait son chignon. Sa chevelure grise s'écoulait en cascades sur ses épaules. Ses yeux n'avaient plus de pupille. Lorsqu'elle se décida enfin à parler, Gaspard entendit la voix grave de son père sortir d'entre ses lèvres. Le ton était menaçant, et le garçon fut à deux doigts de s'oublier dans son pantalon.

« DESCENDS DANS LE PUITS. TOUT DE SUITE ! TU DOIS RÉFLÉCHIR, TE SOUVENIR

DE QUELQUE CHOSE, ET SEULES LES TÉNÈBRES
TE LE DIRONT ! »

Terrorisé, Gaspard se jeta tête baissée dans le puits.

Un drôle de parfum vint lui chatouiller les narines. Il se frotta
le nez, fit une grimace. L'odeur était nauséabonde. Quelqu'un
riait ; il l'entendait clairement à l'orée de son sommeil.

Il entrouvrit enfin les yeux. Le soleil bombait son torse
brûlant. Une paire de chaussettes traînait juste sous son nez.
Honoré, ravi de sa farce, riait à gorge déployée.

« Alors ?! Il est pas génial mon réveil-matin senteur
printanière ?!

— Raaaah, c'est dégeu ! cracha Gaspard en tentant
d'atteindre la fermeture Éclair de son duvet. T'as trouvé
ça où, bon sang !

— Ben juste au bout des mes jambes », admit Honoré
en désignant nonchalamment ses pieds nus.

Puis il rit de nouveau, en se lançant dans une série de
pas de danse.

Gaspard ne put s'empêcher de sourire aux fanfaronnades
de son compagnon. Sa bonne humeur était contagieuse.

« J'ai l'impression qu'il est déjà tard. Pourquoi tu ne
m'as pas réveillé ?

— Tu dormais comme un bébé, alors j'ai pensé que
t'avais besoin de repos. Te bile pas, j'ai encore étudié notre
itinéraire et j'ai une idée précise sur ce qu'on va faire. »

Il déplia la carte routière, farfouilla dans son sac et en
sortit un paquet de gâteaux.

« Tiens, pour le p'tit déj'. Y sont au chocolat, fourrés
à la framboise. Je les adore, ceux-là... »

Gaspard observa son compagnon ; la courbe de sa mâchoire, affirmée et volontaire, ses oreilles un peu décollées et sensiblement pointues, sa tignasse fournie, inextricable, comme arrachée d'une parcelle de maquis, ses épaules larges et pourtant osseuses. Malgré sa vitalité apparente, il affichait toutefois un teint hâve qui mettait d'autant plus en évidence les deux traits ombreux sous ses yeux et la noirceur de ses pupilles.

Honoré lui fit enfin part de ses plans, avec tout le sérieux d'un officier d'infanterie présentant la prochaine offensive.

« Si je me plante pas, on doit se trouver dans ces environs-là. T'es d'accord qu'il faut qu'on évite au maximum les routes… Bon, alors on n'a pas d'autre choix que de couper à travers champs. Comme ceci… »

Il traça une ligne médiane du bout de son doigt.

« … Alors, si on prend cette direction, qu'on traverse ces bois, on tombe sur ce bled : Mirimont-la-Grande. Forcément, y a des navettes qui passent par là avant de filer sur Salon… !

— Tu crois pas que c'est un peu risqué de prendre le car ?

— Je sais, mais y a bien un moment où on devra prendre des risques… Si on mise que sur nos gambettes, faut pas compter rattraper ton père avant le siècle prochain… !

— OK, on fait comme ça, alors. T'es sûr qu'on va pas se paumer d'ici jusqu'à Mirimont ?

— Sois cool, le rassura Honoré, tu ne connais pas encore mon sens légendaire de l'orientation. Tu verras, un vrai clebs ! »

Gaspard finit les gâteaux, puis s'éloigna du campement pour aller soulager sa vessie, prenant sciemment la direction dont était revenu Honoré la veille lorsqu'il s'était débarrassé du sachet en plastique bleu. Mais il eut beau parcourir le périmètre, il n'en trouva aucune trace.

Le soleil d'avril leur chauffait la nuque et la soif ne tarda pas à les tarauder.

Gaspard était nostalgique de la Grande Forêt, de ses paysages surdimensionnés et de son étonnante faune. Il était d'autant plus frustré qu'il aurait donné cher pour en parler à Honoré. Peut-être qu'un de ces soirs, il trouverait le courage de lui relater ce qu'il vivait au cours de son sommeil sans craindre de passer pour un illuminé…

Les arbres se clairsemèrent et ils sortirent à découvert au milieu d'un nouveau vignoble.

Gaspard se figea soudain, avant de se débarrasser de son sac et de s'agenouiller.

« Qu'est-ce que t'as vu ?

— Regarde, la scène d'amour la plus gore que j'connaisse. »

Intrigué, Honoré s'accroupit à ses côtés.

« C'est quoi ?

— M. et Mme Mante religieuse sur le point de faire des petits. T'as vu, le mâle est presque deux fois plus petit que la femelle. Figure-toi qu'une fois que monsieur l'aura fécondée, elle le bouffera tout cru, d'abord la tête, puis l'abdomen. Elle ne laissera que les pattes et les pinces.

— Déliiiiire ! Tu vois, les filles, c'est plus dangereux que la peste boulimique ; t'en as la preuve sous tes yeux !

— Bubonique, rectifia Gaspard avec un sourire.

— Quoi bubonique ?

— C'est la peste « bubonique ».

— Ouais, bon, on s'en fout… »

Avec sa tête pivotant à 180 degrés et ses yeux protubérants, la femelle avait tout l'air de leur jeter des regards désapprobateurs. Ses grandes pattes ravisseuses claquaient dans le vide.

Gaspard tira lentement son sac jusqu'à lui et sortit la boîte à cigares qui renfermait ses économies. Il soutira l'argent, plia les billets, rassembla les pièces, avant de fourrer le tout dans sa poche.

« Qu'est-ce tu fais ?

— Un sauvetage. »

D'une pichenette du doigt, il désarçonna le mâle, qui culbuta et atterrit en contrebas sur les feuilles dentelées d'un pissenlit. Puis il le saisit délicatement et le déposa dans la boîte, avant de refermer le couvercle.

« Et ben super ! le chambra Honoré. Merveilleuse idée ! Si je comprends bien, on est trois maintenant. On a un nouveau pote… Et tu vas en faire quoi de ta bestiole ? La laisser sécher pour t'en faire un collier ? »

Un large sourire étira les lèvres de Gaspard.

« Non, pas du tout. Ce premier sauvetage va en permettre un deuxième », déclara-t-il en caressant le dessus de la boîte.

Le sens de l'orientation d'Honoré s'avéra être aussi fiable qu'il le prétendait.

Des cloches carillonnèrent. Midi.

Mirimont apparût, solidement plantée en haut de sa colline. Abritant des tours crénelées à chacun de ses angles et un clocher pointu en son centre, les fortifications dominaient le bourg.

Une fois dans l'enceinte des murs, il y avait un monde fou. À hauteur du syndicat d'initiative, une pancarte annonçait : FOIRE DE PRINTEMPS.

Le visage d'Honoré s'illumina comme un sapin de Noël.

« Écoute ! T'entends ? »

En effet, au-delà du brouhaha, on devinait d'autres bruits plus significatifs.

« Ça doit être de l'autre côté du village. On y va ? »

Gaspard ne cacha pas son manque d'enthousiasme, d'autant qu'ils avaient pour l'instant d'autres priorités. Les horaires de car, les réserves d'eau et les bagages.

« D'accord, mais une fois que tout ça sera réglé, je compte bien faire un tour d'autos tamponneuses. Tu verrais, je pilote comme un dieu ! T'aimes pas, toi ?

— Moyen, je préfère le tir à la carabine et la pêche aux canards », confia Gaspard avec un semblant de sourire.

Tant qu'ils étaient restés à l'écart, dans les bois ou à travers champs, sa fugue lui avait semblé presque un jeu, un truc « pour de faux ». Mais là, le fait de se voir ainsi parachuté dans cette foule lui faisait prendre conscience des risques que comportait leur téméraire entreprise.

« La pêche aux canards… t'es con, j'te jure… »

Descendant en direction de la muraille ouest, ils convinrent qu'il était pour le moment inutile de revêtir bob et casquette ; la population était suffisamment dense pour qu'ils passent inaperçus.

Ils percevaient maintenant le joyeux tintamarre de la fête foraine plus loin sur leur droite. Au sortir de l'enceinte, apparurent les abris de bus et l'enseigne de la compagnie de transports. Mais au préalable, ils repérèrent une fontaine en pierre, sa vasque creusée à même le mur fortifié, son filet d'eau claire s'échappant de la gueule d'une gargouille.

À côté d'eux, un couple d'adolescents s'embrassait. La fille avait le feu aux joues, et le garçon, le front pigmenté d'acné, la serrait contre lui sans lâcher d'une main le guidon de son scooter.

Honoré, penché sur la vasque pour remplir sa seconde gourde, riait sous cape.

« Non mais t'as vu jusqu'où il lui fourre la langue, y va bien finir par l'étouffer ! »

Jetant un coup d'œil rapide dans leur direction, Gaspard se dérida enfin.

« Si ça se trouve, une fois qu'ils se décolleront, y sauront plus quelle langue appartient à qui. »

Alerté par les messes basses, le garçon lâcha la bouche de sa partenaire et tourna vers eux un regard courroucé.

« Hé, les merdeux ! Voulez ma photo ?! »

Rebouchant sa dernière gourde, Honoré donna un léger coup de coude à Gaspard avant de rétorquer :

« Non merci, j'ai déjà fini mon album de crétins. Tu m'la donneras quand je commencerai mon album de débiles ! »

L'ado ne s'attendait pas à une si cinglante repartie car il resta les lèvres entrouvertes, tel un brochet hors de l'eau. La jeune fille réprima un éclat de rire. Les deux garçons détalèrent comme des lapins en se demandant s'il allait enfourcher son scooter pour leur coller au train. Mais il se contenta de leur jeter d'un ton méprisant : « C'est ça, cassez-vous les puceaux ! »

Parvenus aux abris de car, ils restèrent quelques instants courbés, les mains sur les genoux, en attendant de reprendre leur souffle. Face à face, ils se dévisageaient, le sourire aux lèvres. Honoré avait visiblement plus de mal à récupérer.

Gaspard s'approcha du panneau d'affichage, déplaça son doigt sur les colonnes de chiffres.

« Y en a un qui part à 16 h 02. Arrivée à Salon à 17 h 25. C'est marqué qu'on prend les billets directement au chauffeur…

— Parfait ! Ça nous laisse largement le temps de profiter de la foire. Regarde, il y a des consignes là-bas, on va pouvoir poser nos sacs… »

La grande fête mécanique, bruyante et colorée, battait son plein. Installée à l'extérieur du village, en bordure de la ligne de remparts, elle était étonnamment vaste. À l'épicentre, une grande roue dominait le site.

Honoré donna une bourrade amicale à Gaspard, fouilla dans la poche-avant de son jean, brandit un billet.

« Maintenant, c'est moi qui régale ! On va se gaver de sucre, jusqu'à ce que les dents nous tombent !

— 50 euros ?!

— C'est Lili qui me les a refilés en douce. Cool, la frangine, non ? »

Bien qu'il eût maintenant la quasi-assurance de retrouver son père, Gaspard n'arrivait pas à se départir pour autant d'un étrange malaise. Était-ce dû au fait de devoir se séparer d'Honoré ? Son attachement avait été si soudain, si instinctif qu'il avait du mal à s'imaginer sans lui.

Une demi-heure plus tard, ils avaient le sang si chargé en sucre qu'ils auraient pu – selon la formule d'Honoré – pisser du sirop. Faut dire qu'ils avaient ingurgité une gaufre au chocolat, un sachet de churros et une barbe à papa, avant de se finir avec des ficelles de réglisse longues d'un demi-mètre. Pour apaiser leur soif, ils arrosèrent le tout d'une canette de Coca et durent s'asseoir un moment à côté d'un stand, où harnachés à de grands élastiques, des gamins s'exerçaient à des saltos arrière.

Il leur restait suffisamment d'argent pour s'offrir quelques tours, et convinrent d'attaquer par les autos tamponneuses.

Après ça, Honoré tenta de convaincre Gaspard de faire de la chenille, mais sans succès. Il s'y installa donc seul et dès que la scolopendre mécanique atteignit sa vitesse maximum, il se redressa, la tête rejetée en arrière, en poussant un long cri de coyote. Resté à l'écart, Gaspard rit à s'en décrocher la mâchoire.

Quand le manège s'arrêta, le forain sortit de sa cabine pour signifier à Honoré la dangerosité de ses frasques.

« À faire le gugusse comme ça, tu peux te faire sectionner une main ou te faire éjecter ! »

L'enthousiasme d'Honoré fondit comme neige au soleil. La machine repartit, mais cette fois-ci, le garçon demeura silencieux, tassé au fond de son siège. À voir l'opacité de ses pupilles, on aurait dit que ses cris de coyote s'étaient transformés en un long hurlement muet qui résonnait dans ses entrailles.

Gaspard s'appuya contre une borne à incendie. Il jetait par instant des coups d'œil sur sa droite, où un groupe de jeunes disputaient une partie de punching-ball électronique.

Au bout de plusieurs tours, quelque chose attira l'attention d'Honoré.

Pas très loin, il y avait un stand – tenu par un homme et une femme – qui proposait des crêpes. Alors que la dame servait une cliente, son collègue portait sur Gaspard un regard un peu trop appuyé. Occupé à remuer la pâte dans un grand saladier, il avait soudainement suspendu son geste. Il portait une veste à franges élimée et affichait une coupe grisonnante à nuque longue.

Honoré fut aussitôt saisi d'un mauvais pressentiment. Il tournait la tête comme une girouette et décollait les fesses de son siège, de façon à mieux voir ce qui se tramait dans la crêperie, malgré le rythme endiablé de la chenille.

Ses craintes se confirmèrent quand le Grisonnant fouilla dans le fourbis d'une table de camping installée juste derrière lui. Il finit par brandir du papier journal chiffonné qu'il parcourut page après page.

Puis il se figea. Ses lèvres s'agitèrent alors qu'il tapait de l'index la feuille de chou pour faire partager sa découverte à sa compagne. Celle-ci compara attentivement le jeune garçon que lui désignait son mari et la photo du journal. Son hochement de tête affirmatif ne laissait aucun doute sur ce qui allait suivre.

Accroché à la portière de sa cabine, Honoré hurla à pleins poumons :

« GASPARD ! ATTENTION ! »

Sa voix se noya dans le rugissement de la machine. Bien sûr, son ami ne s'était rendu compte de rien.

Le couple semblait chercher à prendre une décision. La femme finit par faire un impatient mouvement de bras pour enjoindre l'homme à s'en occuper tout seul, avant de revenir à ses commandes.

Mais quand cette satanée chenille va-t-elle s'arrêter ?! jura Honoré intérieurement.

Le Grisonnant finit par quitter son poste et se dirigea à grandes enjambées, non pas vers Gaspard, mais en direction de la plate-forme qui jouxtait la grande roue. Peut-être était-ce là le répit dont Honoré avait besoin pour pouvoir intervenir, mais le tour de manège ne semblait jamais finir, et il restait pour l'instant scotché à son siège, captant seulement par bribes le déroulement des choses.

L'homme était allé chercher du renfort. Il réapparut avec un type plus jeune que lui, à l'allure décidée et à la musculature plus affûtée. Les cheveux coiffés en arrière et gominés à l'excès, il arborait le style de la petite frappe mafieuse.

Les deux hommes se dirigeaient droit sur Gaspard. La chenille ralentit enfin sa course. Tel un chat à l'affût, Honoré se tint prêt à bondir.

La scolopendre s'immobilisait à peine que le Gominé avait déjà saisi Gaspard par le bras et le questionnait sans ambages. Descendu du véhicule, Honoré s'approcha à pas prudents. Il avait d'abord pensé foncer dans le tas, mais face à deux adultes, l'entreprise s'avérait bien trop risquée.

Il n'était plus qu'à une embardée quand Gaspard s'aperçut de sa présence.

Complètement pris au dépourvu, il n'avait pas eu la possibilité de se débattre. La poigne de l'homme serrait sa chair plus que nécessaire, d'autant plus que ce dernier avait opté pour son bras blessé.

« C'est bien toi le gamin en fugue qui a sa photo dans le journal, hein ? »

Son haleine était chargée d'alcool et d'effluves de tabac froid.

Le garçon ne comprenait pas l'agressivité de ce type. Après tout, il n'avait commis aucun crime. Sa seule fugue justifiait-elle de se voir malmener de la sorte ?

« Je t'ai posé une question ! Est-ce que c'est toi le gamin qu'a sa gueule dans le journal ? »

Gaspard poussa un faible cri quand la main le serra plus encore.

« Lâchez-moi, couina-t-il, vous me faites mal…

— Nom d'un chien ! » gronda Honoré dans sa barbe. Il marcha d'un pas rapide jusqu'au stand des crêpes. Frôlant l'étal, il subtilisa le premier ustensile qui lui tomba sous la main, qu'il glissa adroitement dans sa manche, sans que la dame, trop affairée, ne se rende compte du larcin.

« Alors ? renchérit le Gominé, tu vas le cracher, le morceau ?!

— Inutile de s'énerver ! » intervint soudain le Grisonnant. Sa voix suait la peur et le manque d'assurance. « ... On va appeler les flics de toute façon, comme ça on sera fixés. Putain, Angel, fais gaffe, tu vas finir par le blesser. C'est qu'un gosse après tout. Tu vas nous attirer des ennuis ! »

Le dénommé Angel – Gaspard se dit en passant que certains portaient bien mal leur prénom – ne lâcha pas pour autant sa pression. Un drôle de rictus enlaidissait ses traits. Il était excité ; excité de tenir une proie, excité de lui faire mal.

Gaspard releva la tête, le visage déformé par la douleur.

Honoré se planta devant eux, main droite derrière le dos.

« Lâchez mon copain », énonça-t-il d'une voix tranchante.

— Qu'est-ce que t'as, toi ? cria Angel, les yeux exorbités par la colère. Retourne dans les jupons de ta mère ! »

Le poing du garçon fusa à la vitesse de l'éclair.

Le Gominé eut un réflexe salvateur en reculant légèrement la tête, si bien que la fourchette ne se planta pas dans la mâchoire, mais traça une longue estafilade entre l'oreille et le menton.

Angel lâcha prise. Aussitôt, Gaspard assena un puissant coup de talon sur les orteils du Grisonnant – le malchanceux portait des tongs –, comme s'il écrasait une colonie de cafards. Le craquement qu'il entendit l'assura de la qualité de sa frappe.

Honoré empoigna Gaspard par son bras encore valide.

« On se tire ! Vite ! »

Les deux garçons fendirent la cohue et prirent la direction des murailles.

Courir au milieu d'une foule n'est pas facile. Ils ne purent s'épargner quelques carambolages. Le sol était émaillé d'obstacles, notamment de câbles électriques qui servaient à alimenter les manèges. Honoré avait les yeux qui brillaient comme des topazes. Alerte, il s'excusait gaiement quand subissant une bousculade, des passants peu amènes l'invectivaient. Gaspard tâchait de ne pas se laisser distancer.

« Chaud devant ! Chaud devant ! » criait Honoré, alors qu'ils approchaient enfin de l'entrée nord de la cité.

Ils franchirent l'arche à bout de souffle, et prenant appui contre la muraille, tâchèrent de récupérer un peu. Honoré avait le visage cramoisi et la tignasse trempée de sueur. Il haletait.

« Il doit pas être loin de 4 heures, dit Gaspard. J'espère que ce qui vient de se passer va pas tout fiche en l'air.

— Je pense que… que c'est encore jou… jouable…

— Ouais, mais j'sais pas si t'as entendu ; ils voulaient appeler les flics. »

Honoré s'étira, inspira profondément.

« Je suis pas sûr que l'idée les amuse toujours autant. L'autre affreux t'a quand même salement malmené. Tu sais qu'il risque la taule pour ça. »

Après quelques instants de réflexion, Gaspard secoua lentement la tête.

« Tu oublies que les seuls témoins présents n'iront pas dans notre sens. Tout ce que verront les flics, c'est la joue tailladée de l'autre malade… Non, j'ai bien peur que ce soit fichu pour le car… »

Il était consterné en disant cela ; ce n'était sans doute pas encore pour ce soir, les retrouvailles avec son père. Une déception amère lui étreignit la gorge.

Honoré n'était pas aussi catégorique.

« On peut toujours essayer, non ? Si on se grouille d'aller jusqu'à l'arrêt ; le temps qu'ils lancent les recherches, on sera déjà à plusieurs bornes d'ici.

— Mouais... » concéda Gaspard, peu convaincu.

Mais des cris mirent fin à leur discussion. Angel, le côté gauche du visage couvert de sang, venait d'apparaître sous la voûte en pierre de l'entrée, talonné de près par le Grisonnant, claudiquant.

Les deux garçons n'eurent aucun mal à puiser dans leurs réserves pour prendre la poudre d'escampette. Angel émit un grognement, et, au même moment, on entendit au loin la sirène d'une voiture de police.

Ils avaient l'impression d'avoir des ailes aux pieds, et atteignirent un escalier dont ils gravirent les marches quatre à quatre, le souffle court et le cœur battant. Parvenu en haut, Gaspard jeta un regard en arrière et finit par s'arrêter.

« On peut pas continuer comme ça ! »

Honoré se contenta d'approuver d'un hochement de menton, incapable de formuler le moindre son. Sa poitrine montait et descendait comme un soufflet de forge et sa gorge émettait d'inquiétants sifflements.

« Tu crois qu'on les a semés ? demanda Gaspard.

— J'en... sais... foutrement... rien... »

Mais le bruit d'une cavalcade, pas très loin, leur signifia qu'ils n'étaient pas sortis d'affaire. Ils entendirent des pas qui se rapprochaient, rythmés par des grognements aisément reconnaissables.

« Comment il fait pour nous suivre comme ça à la trace ! fit Gaspard d'une voix blanche.

— C'est le flair... un pré... prédateur. »

Constatant la mine défaite et la respiration de plus en plus haletante d'Honoré, Gaspard comprit qu'il finirait par s'effondrer s'ils se lançaient dans un nouveau sprint : il fallait trouver une autre solution.

Ils s'engouffrèrent dans la première ruelle sur la gauche, passèrent devant plusieurs portes que Gaspard tenta d'ouvrir. En vain, elles étaient toutes verrouillées.

Honoré aperçut alors de grandes poubelles rassemblées au bout de la rue et les désigna du doigt.

Reprenant espoir, ils s'élancèrent tant que leurs jambes pouvaient encore les porter.

« Allez ! l'exhorta Gaspard, c'est notre seule chance ! »

Les containers de couleur brunâtre n'étaient qu'à une vingtaine de mètres, mais le trajet leur parut ne plus finir. La bouche grande ouverte, Honoré semblait au bord de l'asphyxie.

Au moment où ils soulevaient le large couvercle, et, d'une poussée, basculaient tête la première dans la poubelle, Angel et le Grisonnant débouchaient à l'intersection.

Grâce au ciel, la cachette n'était pas trop encombrée et ils purent se tapir en position accroupie sur un lit instable de détritus. Gaspard avait refermé le couvercle en laissant une légère ouverture pour pouvoir y aventurer un œil.

Les deux hommes avaient fait une halte à l'entrée de la ruelle, et, tels des chiens de chasse, tordaient leur gueule en tous sens pour retrouver la piste de leur gibier.

Avant de disparaître dans une ruelle adjacente.

Soulagé, Gaspard se laissa retomber sur les fesses au milieu des déchets. Honoré respirait avec peine.

« Ça va ? lui demanda-t-il dans l'obscurité.

— On... on n'peut mieux... Ça... ça schlingue i... ici. »

Gaspard ébaucha un sourire, et, à tâtons, chercha l'épaule de son camarade.

« C'est vrai que ça pue, mais c'est pas pire que le fumet de tes chaussettes. Si t'as l'idée d'enlever tes baskets, je te fous dehors. »

Entre deux prises d'air laborieuses, Honoré gloussa légèrement.

« On les a bien eus, hein ?

— Ouais, on les a bien eus. »

Gaspard chercha une position plus confortable en ramenant ses genoux contre sa poitrine, et, d'un revers de main, épongea la sueur qui tapissait son front.

Le souffle de son compagnon s'apaisa enfin.

« On va rester planqués là longtemps ? demanda-t-il. J'espère qu'il n'y a pas de rats.

— Mieux vaut attendre un peu. Une chose est sûre, c'est râpé pour le car.

— Faut encore qu'on récupère nos bagages. »

Gaspard réfléchissait.

« On va tenter le tout pour le tout, énonça-t-il au bout d'un moment. Filer sans nous faire repérer jusque là-bas, prendre nos sacs et tracer le plus loin possible de Mirimont. Faut qu'on regagne les bois. Pour ce qui est de mon père, on trouvera une autre solution. Pas le choix. »

Malgré l'odeur nauséabonde, ils décidèrent de ne pas bouger pendant une bonne demi-heure, le temps de reprendre des forces. Puis estimant que le danger était pour l'instant écarté, ils sortirent de leur cachette et prirent la direction de la compagnie de transport.

Les cloches de la cathédrale annoncèrent 17 heures.

Ils eurent la judicieuse idée de se tenir à l'écart l'un de l'autre, occupant chacun un côté de la rue, et marchèrent ainsi d'un bon pas.

En approchant prudemment des départs des cars, ils aperçurent quelques passagers attendant sous les abris, mais point de forains énervés ou de voiture de police. Ils coururent jusqu'à la consigne.

9

La plus fidèle épée

« Viens, dit Gaspard, marchons encore un peu… »

La colline était entièrement recouverte de bois touffus. En l'absence de sentiers, la grimpette fut plus difficile que prévu. Une heure plus tard, ils avaient une vue imprenable sur Mirimont. La luminosité déclinait.

Les garçons se laissèrent tomber sur les fesses, les jambes coupées. Gaspard renifla ses habits.

« Bon sang, je pue la sueur et la vieille poubelle. Je rêve d'une douche.

— Je crois bien que tu vas l'avoir, affirma Honoré en montrant du doigt les nuages qui obscurcissaient le ciel. Je me demande comment on va faire pour cette nuit. Faudrait trouver un abri, mais rien qu'à l'idée de remettre mon paquetage sur mes épaules et de recommencer à marcher… J'ai les pieds et les genoux en compote !

— On pourrait se fabriquer une sorte de cabane.

— Avec seulement mon couteau suisse ? Non, ça prendrait des plombes. Laisse tomber. Y a plus qu'à espérer que ce ne soit pas une trop grosse rincée. Au pire, on dégotera un arbre suffisamment balèze pour se caler dessous en attendant que ça passe. »

Ils restèrent un long moment paresseusement allongés dans l'herbe, le dos appuyé contre leur sac. L'odeur de la pluie sourdait avant même qu'une seule goutte ne soit encore tombée.

« Autant mettre nos K-way tout de suite », fit Honoré d'une voix atone.

Il se releva avec une grimace, se massa succinctement les cuisses et les mollets. Gaspard l'imita, et, une fois revêtu du coupe-vent étroit et inconfortable, il soutira également de son paquetage la boîte à cigares.

M. Mante religieuse s'extirpa lentement de sa léthargie. Il ne paraissait pas en trop mauvaise forme, tendit ses grandes pattes ravisseuses, comme pour réclamer quelque chose.

« Tu sais ce que ça mange, une mante religieuse ? » demanda Gaspard.

Honoré se pencha sur la boîte, l'air renfrogné.

« Qu'est-ce que j'en sais, moi, de c'que bouffent les insectes... Je comprends toujours pas pourquoi tu t'encombres de cette saleté. »

La boîte fut refermée et réinstallée dans un recoin à peu près stable du sac.

Alors que le ciel luttait pour conserver son dernier bastion de lumière, Honoré se plongea de nouveau dans l'étude de la carte et réclama à Gaspard l'encart publicitaire de la tournée. Le plafond de nuages se couvrait d'auréoles noires.

« Même si c'est risqué, décréta Honoré, faut qu'on se débrouille d'une façon ou d'une autre pour prendre ce fichu car... Ce soir la troupe joue à Salon. La prochaine étape, c'est jeudi à Arles. Si on arrive à en chopper un très tôt demain, on sera à Salon en début de matinée. Ce qui nous laisse après assez de temps pour faire le reste à pied. Regarde… »

Gaspard se pencha plus avant, évalua approximativement la distance.

« Ça fait quand même un paquet de bornes, non ?

— Ouais, une bonne trotte. Mais en deux jours, c'est faisable. Surtout si on trouve des astuces en cours de route pour gagner du terrain. »

Il y eut un court silence. Chacun demeurait plongé dans ses pensées.

« Ce qui signifie que l'un de nous doit redescendre au village pour se rencarder sur les horaires de demain matin, finit par dire Honoré. Cette journée de ouf ne finira donc jamais ? »

Puis levant les yeux vers le ciel, il ajouta : « Faut profiter de la nuit qui va tomber…

— Pour demain matin… Y a de fortes chances que le chauffeur soit au jus de nos exploits. C'est quand même vachement risqué. »

La bouche d'Honoré se fendit d'un sourire malicieux.

« Mais d'une, on aime le risque. Et de deux, on n'est pas obligés de prendre le car, disons, *normalement*.

— À quoi tu penses ?

— On pourrait se glisser ni vu ni connu dans la soute. »

Gaspard reprenait espoir.

« Adjugé, vendu ! Mais à une condition, c'est moi qui vais consulter les horaires !

— Pas question, c'est mon idée, c'est à moi d'assumer. Et puis… c'est trop dangereux pour toi. Les flics te recherchent. »

Gaspard n'en revint pas d'une telle mauvaise foi.

« Ah parce que toi, t'es pas recherché peut-être ?! Monsieur qui attaque les gens à coups de fourchette ! »

La pluie, même si elle n'était plus torrentielle, tombait encore bien dru. Ils avaient refait le chemin inverse et se trouvaient à présent au pied de la colline.

« Pendant ce temps-là, je vais tâcher de nous dégotter un endroit pour dormir, dit Honoré en dissimulant leurs sacs dans un taillis. Je te promets pas l'hôtel quatre étoiles, mais qui sait, je vais aller me balader… et avec un peu de bol… »

Gaspard acquiesça. Il ressentait l'inquiétude de son compagnon aussi sûrement qu'un courant d'air glacé en plein mois de juillet.

« Bon, on se retrouve ici. Je t'avertis, ajouta Honoré sur un ton paternaliste, si dans une heure t'es pas revenu, je pars à ta recherche. D'accord ?

— D'accord.

— Bien. Et fais gaffe à tes fesses, surtout ! »

Sur cette dernière recommandation, il fit volte-face et disparut dans l'obscurité.

Devant Gaspard s'étalaient des hectares de vignes.

Réajustant les pans de sa capuche, il se mit en route, suivant la ligne droite des ceps, avec pour seule compagnie le clapotement de la pluie.

Privé de points de repère, il trouva le trajet long et fastidieux. Il n'y voyait pas à plus de trois mètres.

L'éclat des réverbères s'amplifia à mesure qu'il se rapprochait de la nationale. De l'autre côté du bitume, un halo spectral entourait chaque arrêt de bus. Une foule compacte de voyageurs s'y entassait.

Immobile, il hésita encore à traverser. Jusqu'ici, il restait invisible. Pourvu que personne ne soit posté là, à l'attendre. À choisir, s'il devait se faire attraper, autant que ce soit par la police plutôt que par le démon Angel.

Quelle heure pouvait-il être ? Plus de 20 heures, en tout cas. Ces gens attendaient sans doute le dernier car.

Il s'élança, le cœur battant, atteignit l'arrêt, se glissa en tapinois dans la foule. Devant la liste des horaires, son pouls reprit une cadence à peu près normale.

4 h 53. Il se le répéta plusieurs fois pour bien le mémoriser et s'échappa, telle une anguille, de l'essaim de voyageurs.

Il franchissait la première rangée de vignes quand il prit conscience de la présence d'une forme indistincte pile sur sa trajectoire, à seulement quelques mètres devant lui. Ce n'était pas très grand – en tout cas pas plus haut qu'un cep –, de couleur sombre, et ça bougeait imperceptiblement.

Pourtant il avança sans la moindre crainte. Il découvrit deux yeux oblongs, un museau arrondi piqué de moustaches.

Gaspard s'accroupit.

Ils se dévisagèrent ainsi un bon moment, sans bouger. Étonnamment, le chat ne semblait pas importuné par la pluie.

Toute colère à l'encontre de l'énigmatique animal avait disparu. Avec du recul, il se demandait même ce qui avait pu aiguiser à ce point son aversion. Sa rencontre avec la troupe de chats chez Mamie était-elle pour quelque chose dans ce revirement ?

Le regard du félin était fixe, intense, comme s'il souhaitait l'hypnotiser. Il se souvint de son expérience à la ferme et se concentra sur une poignée de mots. Il les formula plusieurs fois dans son esprit, comme un rituel incantatoire :

Je veux être ton ami je m'appelle Gaspard je veux être ton ami je m'appelle Gaspard je veux être ton ami je m'appelle Gaspard…

Le chat émit un demi-miaulement.

Comme la nuit précédente, Gaspard capta des bouts de syllabes très rapprochés, ou au contraire trop éloignés les uns des autres pour qu'il puisse y trouver un sens. Il répéta néanmoins, encore et encore.

Cette fois-ci, il put détacher deux mots du borborygme félin, suffisamment clairs pour qu'il en saisisse la teneur.

Pas ami…

S'ils ne pouvaient être amis, ils n'en étaient pas ennemis pour autant.

Quoi alors ? quoi alors ? quoi alors… ? psalmodia Gaspard avec entêtement.

Mais la même réponse, à la signification équivoque, revint :

Pas ami…

Gaspard commençait à se décourager. La fatigue aidant, il ne parvenait plus à se concentrer comme il l'aurait voulu.

Dans un dernier mouvement de queue, le chat fila entre les ceps.

« Hé, attends ! » Mais l'animal s'était fondu dans les ténèbres.

Le garçon se releva, et le pas traînant, poursuivit son chemin.

Honoré l'attendait au point de rendez-vous, la mine soucieuse.

« Alors, ce car ?

— 4 h 53.

— C'est parfait !

— Et toi ?

— J'ai eu une de ces veines ! Je nous ai trouvé un petit nid douillet ; tu m'en diras des nouvelles ! »

Le faisceau de sa lampe torche balaya l'intérieur d'une grange. Ils avaient utilisé l'échelle pour accéder à l'étage. L'odeur du foin chatouilla leurs narines et une douce chaleur les enveloppa.

« C'est super ! dit Gaspard, mais t'es sûr que ça risque rien ? » s'enquit-il en s'approchant de la balustrade et en se penchant légèrement. On ne discernait pas grand-chose en contrebas, seulement des formes vagues et remuantes. Honoré promena dans le vide l'auréole de sa lampe.

Une vingtaine de vaches apparurent dans la lumière. La plupart étaient déjà allongées et ruminaient placidement en attendant de s'endormir.

« Rien à craindre. La maison des proprios se trouve cent mètres plus haut, et j'ai bien vérifié, les deux chiens sont parqués dans le chenil. On est peinards jusqu'à demain matin ; à l'abri et au chaud. »

La pluie tambourinait maintenant sur le toit en tôle.

Ils étaient tous deux d'humeur joyeuse, chuchotaient pour acclimater leurs voix à l'ambiance feutrée de la grange. Honoré étala ses victuailles. Pain de campagne et diverses charcuteries. Ils mangèrent avec bon appétit.

« Je sais pas comment on va se réveiller demain, signifia Gaspard la bouche pleine de saucisson. Ce sera super tôt et on n'a pas d'alarme. »

Honoré tapota son crâne du bout de l'index. Il dévorait sa seconde tranche de jambon cru avec des poignées de chips.

« J'ai un radio-réveil dans le cerveau. J'peux le programmer comme je veux. Puis désignant son nez : c'est mon autre talent avec mon flair… »

Le vent s'était levé, gémissait en se faufilant sous la charpente. La pluie s'abattait par bourrasques, soulevait des gerbes de paille à l'entrée de la lucarne.

Pour le dessert, ils se confectionnèrent d'imposantes tartines de Nutella et les engloutirent avec des soupirs de contentement.

Le repas fini, Honoré retira ses chaussures et s'apprêta à se coucher.

« J'espère que l'odeur de mes pieds ne va pas faire fuir les vaches ! dit-il en riant. Allez, au lit ! Je suis complètement claqué. »

Gaspard sentit la fatigue lui tomber dessus comme une chape de plomb.

Une fois glissés dans les duvets, ils éteignirent les lampes de poche.

L'obscurité les engloutit.

La grange résonnait du souffle des vaches. La pluie battait inlassablement la tôle laminée du toit.

« T'as déjà embrassé une fille ? » demanda Honoré à brûle-pourpoint.

Sa voix était un murmure, propice à la confidence.

Sans doute à cause du lien puissant qui s'était désormais tissé entre eux, Gaspard opta de suite pour la vérité.

« Tu veux dire... avec la langue ?

— Ouais, avec la langue.

— Non, jamais. Avec ma cousine Adeline – on a le même âge –, on s'est fait des smacks le soir du réveillon de Noël, mais on n'a pas osé aller plus loin. Et toi ? »

Honoré laissa passer une brassée de silence.

« Ça m'est arrivé une fois, y a pas très longtemps », murmura-t-il enfin.

Au timbre de sa voix, Gaspard sut que ce n'était pas un mensonge et qu'il devait souvent y songer.

« … avec la fille de nos voisins. Estelle qu'elle s'appelle. Elle est cool. Plus vieille que moi. Un jour qu'on parlait de ses chats – elle parle que d'ça : ses chats –, sans que je m'y attende, elle a passé ses bras autour de mon cou et elle m'a roulé un patin. J'ai tout de suite vu que pour elle, c'était pas la première fois. Ça faisait un bail que j'en avais envie, mais j'avais peur de faire le premier pas. T'imagines la honte si je m'étais pris un râteau… »

Gaspard ne put s'empêcher d'imaginer la chevelure de Lili lui effleurant la nuque et le bout de son nez pointant contre sa joue alors qu'elle entrouvrait la bouche et d'un mouvement de langue pénétrait ses lèvres.

« Et c'était comment, alors ?

— Bien, mais bizarre. Enfin, j'veux dire, c'est difficile à expliquer. »

Les deux garçons se turent. En contrebas, il y eut des claquements de sabots.

Gaspard remua dans son duvet. Avec son bras amoché, aucune position ne lui était confortable. Bien qu'épuisé, il sentait à présent que le sommeil le fuyait.

« Tu dors ? » demanda-t-il.

Mais il n'eut comme réponse que le meuglement d'une vache. Il tendit l'oreille, et, derrière la plainte du vent, perçut la respiration régulière d'Honoré.

Il ralluma sa frontale, étouffa des doigts une partie du faisceau et farfouilla dans ses affaires en quête d'un sweat-shirt. En l'enfilant, il remarqua qu'à hauteur de sa blessure, une vilaine tache brune suintait du pansement. Il chassa son inquiétude – Mamie saurait quoi faire – et s'assit en tailleur sur son duvet.

Pointant un léger filet de lumière en direction d'Honoré, il constata que contrairement à la nuit précédente, le garçon n'avait pas estimé nécessaire de s'endormir avec une gourde calée contre sa poitrine, pas plus qu'il n'avait rapproché son sac pour garder le miroir à portée de main. Ce soir-là, aucune angoisse ne semblait hanter son sommeil.

Le picotement significatif vint lui chatouiller le bout des doigts et il écrivit comme de coutume, sans interruption, d'un trait précis et continu.

> *Honoré, le meilleur compagnon, mon frère*
> *Mon planteur de fourchette, mon ami, ma lumière*
> *Embrassant Estelle un après-midi*
> *Quand je rêve d'effleurer les lèvres de Lili*
> *C'est un grand chevalier transportant des mystères*
> *La plus fidèle épée pour retrouver mon père*

Puis il déchira la page, avant de la plier en quatre. Il fut bien tenté de cacher le bout de papier dans le paquetage d'Honoré, mais au vu de ce qu'il avait écrit, par pudeur, il se l'interdit. Il se contenta de le glisser dans l'entaille de l'une des poutres, au-dessus de la lucarne.

Après avoir remisé le tout dans son sac, il réintégra son duvet et se saisit de la boîte à cigares. Il souleva le couvercle et vit M. Mante sortir de sa torpeur, dresser ses pinces coupantes et aviser les bords de la boîte pour tenter de se faire la belle.

Mais le garçon renversa lentement le récipient et M. Mante se retrouva, un peu serré il faut le dire, au fond de la grande poche ventrale de son sweat-shirt, prisonnier d'une matière dont la texture lui était étrangère.

« Ne vous inquiétez pas, chuchota Gaspard, vous n'aurez pas longtemps à attendre… »

10

Tamanoirs et Ombregrise

« Je sais, ce n'est pas très ragoûtant, mais au stade où en est l'infection, on n'a pas le choix. »

Attablé dans la salle à manger, Gaspard a le cœur au bord des lèvres. La vieille dame a retiré le pansement le plus délicatement possible, mais le simple frôlement du tissu sur la plaie lui a arraché une grimace de douleur. Du trou béant, cerclé d'un liseré brun, suppure un liquide épais et jaunâtre. Une odeur pestilentielle s'en dégage.

Mamie vient de poser sur la table un petit bac à fleurs rempli de terre mouillée où grouillent des vers blancs, courtauds et remuants.

En voyant sa mine défaite, la vieille dame lui tapote doucement la joue.

« Détends-toi, ça ne fait pas mal. Ça va juste te cha-touiller un peu. Et puis tu n'es pas obligé de regarder. »

Il tourne la tête quand elle saisit les asticots un par un et les disperse sur les contours et à l'intérieur de la plaie.

Les yeux fermés, Gaspard se concentre sur l'étrange sensation que lui procurent ces petits corps flasques se tortillant sur son bras, sensation d'autant plus singulière que les vers émettent de légers bruits de succion en se repaissant des chairs.

Malgré sa répulsion, il ne peut s'empêcher d'aventurer un bref coup d'œil en direction de son coude. Sa peau grouille, soumise à la danse obscène des asticots.

Mamie a les traits tirés. Elle a passé une partie de la nuit au chevet du chat.

« Voilà, c'est déjà terminé. »

Il faut reconnaître que malgré son aspect peu orthodoxe, la méthode s'avère rapide et efficace. Les vers laissent une plaie parfaitement propre. Avec une grimace, Gaspard constate que les bestioles ont doublé de volume.

Le perroquet fait son entrée, suivi d'Idriss, dont l'imposante ramure le contraint à se mettre de profil pour passer la porte.

« Alors, comment te portes-tu, mon garçon ? s'enquiert le volatile. La blessure te démange-t-elle ?

— Non, non, ça me gratte pas.

— Ça *ne* me gratte pas, le corrige-t-il aimablement. J'ai remarqué que tu oubliais fréquemment la négation. »

Mamie applique un nouveau bandage à Gaspard.

Idriss a lui aussi les yeux gonflés.

« Vous non plus, vous *n*'avez pas beaucoup dormi ? demande le garçon en prenant garde à la tournure grammaticale de sa phrase, ce qui lui vaut un hochement de tête approbateur de la part du perroquet.

— Non, pas beaucoup. Ces champignons, c'est une engeance. J'ai passé la nuit à en débarrasser mes arbres.

— Si ça vous dit, je vous referai une coupe dans la journée.

— Ce ne sera pas de refus. Je me sens… encombré.

— Comment va le chat ? s'informe Gaspard.

— Toujours aussi valétudinaire, répond Dr Cot.

— Valétu... ça veut dire quoi ?

— Valétudinaire se dit d'une personne qui a une santé chancelante. Au même titre que la syntaxe, il est grandement nécessaire d'enrichir ton vocabulaire. Adjectif. Vient du latin *valetudinarius*, qui signifie « maladif ».

— Le chat n'est pas sorti d'affaire, précise Mamie, loin s'en faut. S'il s'en tire, je crains même qu'il ne récupère pas entièrement ses capacités motrices. »

Le garçon plie et déplie son bras, puis tâtant doucement la poche de son sweat-shirt, il annonce d'un ton enjoué :

« À propos, j'ai apporté une surprise pour Manthilde !

— Tu as *apporté*, souligne Mamie en plissant légèrement les yeux. Qu'entends-tu par là ? Tu veux dire que tu as pu *transporter* – et ce terme lui semble apparemment davantage convenir – quelque chose en t'endormant ?

— Pas quelque chose, carrément quelqu'un », rectifie Gaspard.

Mamie reste perplexe.

« Qu'as-tu ramené ? demande le touchécorce, intrigué.

— Tu ne devines pas ? intervient la vieille dame. C'est pourtant facile.

— Moi je sais, fait le perroquet. Le gamin a apporté, pardon *transporté*, un géniteur pour Manthilde. »

Gaspard sourit.

Mamie reste, quant à elle, empêtrée dans ses réflexions. À sa moue indécise, il est difficile de deviner si l'événement est de bon ou de mauvais augure.

« D'abord la blessure, murmure-t-elle pour elle-même, et maintenant un être vivant... on dirait que, de plus en plus, *l'Intérieur* rejoint *l'Extérieur*, et vice et versa... c'est troublant.

— C'est grave ? s'inquiète soudain Gaspard.

— Grave, non, juste étonnant. Bon, eh bien allons de ce pas présenter à Manthilde son nouveau Roméo. Elle va sortir de sa dépression aussi vite qu'elle y est entrée ! C'est une bonne idée que tu as eue là, oui, une très bonne idée.

— Dis donc, confie Dr Cot au garçon, c'est bien pratique ton système de *transfert*. Tu ne voudrais pas nous débarrasser de cette enquiquineuse de loutre en l'emmenant avec toi dans *l'autre monde* ? Ça nous ferait des vacances ; elle est sans arrêt en train de se plaindre... »

Une fois les présentations faites entre les deux mantes religieuses, la vieille dame demande à Idriss si les tamanoirs sont prêts.

« Ils attendent dans la cour.

— Parfait. Nous partons, dit-elle à Gaspard. Une petite balade jusqu'aux Terres Désolées. Je suis curieuse de voir à quoi ressemble ce Molosse apparu d'on ne sait où. On fera un détour par l'est. Près du fleuve, il y a un endroit que je souhaite te montrer. De là, on remontera en direction du nord, en longeant le désert. »

Le ciel a de la profondeur, la lumière est brillante, comme après le passage de la pluie.

C'est la première fois que Gaspard voit des tamanoirs. Tout en longueur – pas moins d'un mètre quatre-vingts – et plutôt courts sur pattes, il les trouve tout de suite sympathiques. C'est sans doute dû au museau effilé qui n'en finit plus, et d'où une langue rétractile, un imparable piège à fourmis, entre et sort par va-et-vient rapides. Leur queue en panache rappelle celle de l'écureuil et les pattes antérieures sont munies de griffes impressionnantes.

« Ma chère, je ne comprends vraiment pas que votre choix se soit porté sur ces nonchalantes créatures, déclare

Dr Cot en voletant à leur portée. Ce sont des escargots avec des poils et sans coquille, rien de plus. Quand pouvons-nous espérer votre retour ? Dans un mois ? »

Mamie lève les yeux au ciel, ne daigne pas répondre.

Gaspard va chercher la hachette et fait une nouvelle coupe à Idriss, pendant que la vieille dame s'entretient avec le sergent-chef. Une escouade d'oies se tient au garde-à-vous pas très loin derrière.

« Alors, avez-vous fait votre choix concernant notre escorte ?

— Affirmatif, madame. Soldat Sophie, soldat Anne-Lise, sortez du rang ! Exécution ! »

S'ensuit un claquement de pattes palmées quand les deux élues avancent d'un pas synchronisé.

« Sans doute les meilleurs éléments de cette caserne, affirme le jars. Vous ne pourrez pas être plus en sécurité. Allez, mes gaillardes, nos trois mots d'ordre : rigueur, honneur, courage ! »

La petite troupe se met en route. Ils montent les tamanoirs à cru, Mamie installée en amazone, avec une grosse gibecière en bandoulière. Les fourmiliers ayant une démarche légèrement chaloupée, ils doivent maintenir leur équilibre en se tenant à la poignée naturelle formée par les poils les plus épais.

Dr Cot et Idriss les accompagnent jusqu'à la lisière du territoire de l'Été. Soucieux de leur sécurité, le perroquet se perd en recommandations jusqu'à ce qu'ils disparaissent sous le couvert des arbres colossaux.

« Je vous envoie un moineau au premier souci ! crie la vieille dame. Cessez de vous ronger les sangs ! »

Les flamants sont si nombreux que le ciel se drape d'une étoffe rose.

Mamie et Gaspard échangent un sourire. La beauté du spectacle se passe de mots.

Les oies se contentent d'un regard oblique en direction des frondaisons. Le soldat Sophie éructe un *humpf!* méprisant.

« Non, mais vous avez vu ces crâneurs. En plus de ça, y volent n'importe comment ! On dirait un banc de poissons. Rien ne vaut une formation serrée et ordonnée en pointe de flèche. »

Elle se tourne vers Gaspard :

« À l'occasion, nous t'en ferons une démonstration au-dessus de la ferme. Notre escadrille se compose de onze pilotes, tous plus aguerris les uns que les autres, et tu verras ce que c'est, un ballet digne de ce nom… N'est-ce pas, Mamie ?

— Pour sûr ! »

Gaspard comprend que la vieille dame ne veut pas froisser les oies, car elle semble préférer à l'aéronautique militaire le vol désordonné des flamants.

La chaleur s'appesantit à mesure qu'ils pénètrent plus profondément dans le territoire de l'Été. La végétation s'étoffe de mille couleurs nouvelles. Avec leur tronc vêtu de longues corolles de fleurs, les arbres semblent s'être apprêtés pour le bal. Ici, la nature devient impériale. Des perroquets multicolores volettent d'un arbre à un autre dans une cacophonie presque inquiétante.

Le rythme lent des tamanoirs ne semble aucunement déranger Mamie. Bien au contraire, elle garde un sourire extatique.

« Sais-tu que leur odorat est plus de quarante fois supérieur au nôtre ? »

Et comme pour corroborer la remarque, son fourmilier dresse son appendice nasal avant d'obliquer sur la droite et d'accélérer subitement, filant cahin-caha en direction d'un assortiment de rochers. Gaspard ne peut retenir un éclat de rire quand sa monture s'emballe à son tour et file ventre à terre dans le sillage de son compagnon. Il doit s'accrocher de toutes ses forces au pelage pour ne pas être désarçonné.

« Oh là ! Oh là ! fait la vieille dame, ça sent la fourmilière à plein nez dirait-on ! »

Les tamanoirs freinent des quatre fers devant une construction pyramidale en terre, haute d'environ un demi-mètre et percée sur ses flancs d'une infinité de trous d'épingle. L'arrêt est brutal. Gaspard anticipe en se penchant en arrière.

Les fourmiliers ont tôt fait de fendre la fragile construction d'un coup de griffe, mettant à jour les dédales de galeries, avant d'y promener leur longue langue visqueuse.

Plus loin, ils pénètrent une clairière parfaitement concentrique au milieu de laquelle se dresse, majestueux, le plus grand arbre de la Forêt.

« Et voilà notre Pommier, annonce Mamie. C'est le seul de son espèce. Il est le Père de tous les arbres, le premier à avoir poussé… Elchar, le touchécorce de l'Été, se vante que le Pommier soit sur ses terres, car en toute logique, les pommes poussant en automne, l'arbre fruitier devrait se trouver chez Watkilli… voilà entre eux un sujet de discorde qui perdurera sans doute jusqu'à la fin des temps… mais ce qu'ils refusent de reconnaître l'un l'autre, c'est l'ubiquité du Grand Arbre ; peu importe là où il siège, car ses racines sont si longues et si profondes qu'elles parcourent les sous-sols de toute la Forêt ! »

Plus loin, le terrain est soumis à une légère pente. Au sommet, Gaspard regarde en arrière, aperçoit la tour de la ferme qui se détache de la végétation et se découpe, telle une colonne de Pise, sur le ciel immaculé. Malgré les multiples détours orchestrés par les tamanoirs, ils ont parcouru une distance importante.

Puis ils entrent dans une nouvelle clairière. Au centre, un impressionnant hameau de ruches. Des flux continus entrent et sortent par les portes d'accès au montant arrondi, avant de franchir la lisière en quête de pollen, le tout dans un assourdissant vrombissement d'ailes.

Soudain, un fourré s'ouvre en deux, laissant apparaître une créature furibonde.

« QUI OSE S'APPROCHER DE MES RUCHES ? »

Autant dire que ce touchécorce-là passe encore moins inaperçu que ses deux frères. Il est couvert de fleurs de la tête aux pieds ; un agglomérat incroyable de lilas, d'azalées, de mimosas, d'hibiscus et de pivoines arborescentes, d'œillets, de glycines et de marguerites. À côté, Idriss paraît presque nu. Chacune des branches qui partent du torse de cet homme-arbre, de son dos ou de ses jambes se termine par un volumineux bouquet. Des fleurs de magnolia lui tiennent lieu de barbe. Un nuage bruyant de petits oiseaux volent au-dessus de sa tête, le suit dans chacun de ses mouvements, et plusieurs abeilles butinent à même son corps.

Quand Elchar réalise que Mamie fait partie du groupe, il baisse sa garde, mais sans toutefois se départir de sa colère.

« Que nous vaut un accueil si peu cordial ? demande-t-elle calmement.

— C'est… c'est à cause de l'ours… J'ai cru que c'était encore lui qui venait saccager mes ruches.

— Il vient à peine de sortir de l'hôpital et je doute fort qu'il réitère ses bêtises avant longtemps. Il a eu une sacrée indigestion, et…

— Tu m'étonnes, une ruche entière, un véritable pillage ! ne peut s'empêcher de marmonner Elchar. Jamais vu un goinfre pareil... »

Mamie poursuit, mais avec cette fois une légère impatience dans la voix :

« Je disais donc, une sacrée indigestion. Il a vomi tripes et boyaux et a souffert de maux de ventre sans commune mesure pendant plusieurs...

— Bien fait. »

Le visage de la vieille dame se raidit.

« Elchar, mon garçon, tu commences à me crisper. Je n'arrive pas à terminer une phrase. Je suis certaine que ça lui aura servi de leçon, d'autant qu'avec M. Cot, nous l'avons soumis à un régime drastique dont il se souviendra. Et puis, je subodore que tes abeilles ont été suffisamment zélées depuis pour reproduire la quantité de miel que l'ours t'a volé... je me trompe ? »

Le ton tranchant de Mamie a définitivement fait tomber la colère d'Elchar. Les bras ballants, il se contente de faire la lippe. À voir les coups d'œil en coin qu'il lance à Gaspard, il est honteux de se faire rabrouer ainsi devant le jeune garçon. À la question de Mamie, il acquiesce, penaud. Oui, en effet, les abeilles ont bien, depuis lors, renfloué le stock.

« Et à ce propos... peut-être pourrais-tu nous en fournir un soupçon pour le repas de ce soir ? Notre jeune ami n'y a encore jamais goûté... »

Le visage d'écorce blêmit quelques instants.

« Quelle... quelle quantité souhaiteriez-vous emporter ? »

Le ton de Mamie se fait débonnaire. Apparemment, elle prend plaisir à titiller sa pingrerie.

« Oh, une lichette suffira... de quoi faire un dessert.

— Mmmmmh… très bien. Je vais vous chercher ça »,
concède-t-il sans le moindre enthousiasme.

Mamie fouille dans la gibecière et en sort un pot en
terre, pas plus grand qu'un coquetier.

« Tu vois, loin de moi l'idée de te saigner à blanc… »

Elchar rejoint la ruche la plus proche. Sitôt qu'il s'accroupit devant l'entrée, les abeilles le couvrent des pieds
à la tête.

« Ça… ça ne risque rien ? demande Gaspard, pas très
à l'aise.

— Non, il n'a jamais subi la moindre piqûre. Difficile
de savoir si elles le prennent pour un massif de fleurs qui
a la faculté de se mouvoir ou pour l'une des leurs. »

Elchar revient en se délestant de sa tenue bourdon-
nante et tend à Mamie le miel prélevé. Puis, maussade, il
leur fausse compagnie sans un seul mot d'adieu.

Une heure plus tard, la luminosité baisse à vue d'œil.
Quand ils ne sont pas recouverts de mousse, les troncs
d'arbres sont saucissonnés de lierre. L'air se charge d'humi-
dité. Mamie lisse ses cheveux et rabiboche son chignon.
Son front est perlé de sueur.

Le sol devient spongieux. Des nuées de moucherons
microscopiques commencent à les tarauder. Gaspard fait
des moulinets de bras pour s'en débarrasser, mais rien
n'y fait.

La sylve se referme encore, au point de devenir inextricable. À présent, des lianes à l'infini entremêlent les
arbres les uns aux autres, tissent une gigantesque toile
végétale aux mailles étroites.

« Quel est cet endroit ? demande Gaspard.

— La jungle, confie Mamie.

« — Et vous voulez qu'on entre là-dedans ?! » demande Anne-Lise d'une voix blanche.

À la seule idée de poser ne serait-ce qu'une patte dans ce labyrinthe végétal, l'oie se sent défaillir.

« Non, non, pas nous. Seul Gaspard va y aller. »

Une chape de silence s'abat sur la petite troupe.

Gaspard hoche lentement la tête en signe d'assentiment. Malgré la boule qui vient de se loger au creux de son estomac, il se sent parfaitement décidé. Sans doute veut-il prouver à Mamie qu'elle peut compter sur lui. Il entrera dans ce gros nœud végétal, seul, même s'il ignore dans quel but.

Mamie lui prend délicatement les épaules.

« J'ai absolument besoin d'une plante que l'on nomme Ombregrise. Préparée et concoctée avec d'autres ingrédients, elle se révèle être un puissant fluidifiant. Avec celle-ci, nous augmenterons les chances de guérison du chat.

— De quoi a-t-elle l'air ? »

Les traits de la vieille dame se durcissent sensiblement.

« C'est une… une sorte de plante carnivore. »

Le visage du garçon prend une teinte crayeuse.

« Tu la trouveras facilement, poursuit Mamie, car elle possède une étrange particularité : elle chante. Elle va tenter de te charmer en utilisant des propos… comment dire… qui ne concernent que toi et qui auront pour but de détourner ton attention… Tâche de faire la sourde oreille et contente-toi de l'approcher suffisamment pour la sectionner à la base. »

Mamie extirpe de sa gibecière un outil à la lame épaisse, large et bien tranchante.

« Voici une machette pour te frayer un passage dans la végétation et trancher l'Ombregrise. »

Dans sa main, l'arme est étonnamment légère et rassure un peu le garçon.

« Je ne te cache pas que c'est risqué, continue la vieille dame en sortant à présent de son bagage une torche et des silex. L'Ombregrise a un appétit féroce. Inutile non plus de faire le kamikaze. Si tu vois que l'entreprise s'avère trop ardue, ou si tu es blessé, tu rebrousses chemin immédiatement. Nous t'attendrons ici. »

Il se tourne vers l'énorme nœud végétal, sabre au clair dans la main droite et la torche surmontée d'une belle flamme dans la main gauche. Anne-Lise et Sophie le fixent avec admiration.

Mamie l'observe, un sourire maternel sur les lèvres.

« La jungle est un endroit à part dans la Grande Forêt. Il s'y passe des événements étranges pour celui qui y pénètre. N'y prends pas garde. Le seul vrai danger, c'est l'Ombregrise. Le reste ne sera qu'illusion, car, ici, tout est en suspens. Il n'y a que des choses supposées, fantasmées... ou craintes... »

Puis se penchant et déposant un baiser sur sa joue, elle ajoute :

« Rappelle-toi que cette Forêt, quelle qu'en soit sa partie, reflète qui tu es, Gaspard. Elle est *ton Intérieur*. Toujours. »

Gaspard a le sentiment de s'enfoncer dans les entrailles du monde. Un grognement rageur monte de sa gorge à chaque fois qu'il abat sa lame.

Un toucan prend son envol. Il passe si près que le garçon distingue le cercle bleu autour de son œil. L'oiseau pousse un cri avant de disparaître, aspiré par l'obscurité. Plus loin, sa torche éclaire ce qu'il prend tout d'abord pour un nœud de lianes. Mais quand l'une d'elles glisse dans un chuintement, il comprend qu'il s'agit de pythons, dont l'étreinte indolente lui tire un frisson d'effroi.

Au bout de ce qui lui semble des heures, alors qu'il a le sentiment de n'être plus qu'un ver se tordant dans la fange, il parvient à une large excavation. Il se met à genoux et pousse un soupir de découragement. *Mais où donc se cache cette saleté de plante ?*

À la lisière du halo de lumière produit par sa torche, il y a un raclement désagréable, suivi d'un gargouillement peu ragoutant.

Il distingue une forme ovoïde qui se rapproche lentement dans les ténèbres.

Deux mandibules courbes remuent dans le vide, étirant une bave dont l'odeur rappelle celle de la chair putréfiée.

Un hoquet de dégout lui soulève la poitrine.

« Ce maudit Cafard… » marmonne-t-il.

La noire carapace apparaît dans la nappe de lumière. Les longues antennes se croisent avant de tâtonner dans sa direction.

Depuis quelque temps, l'insecte vient souvent le visiter. *Il* est sa tristesse, son désarroi, sa lassitude.

« Maudit Cafard… Si tu crois que je vais te porter sur mon dos pour avancer dans cette jungle, tu peux aller te faire voir ! »

Zzzzkzzallez… skrukkksssmoimonter… ssssuktépaules… grogne l'insecte.

Une première patte griffue lui caresse les reins.

La blatte va grimper le long de son corps quand un déclic le fait réagir. Est-ce dû à l'incroyable colère qui monte en lui et le submerge depuis plusieurs semaines ?

Il pousse un grognement de bête, repousse le cancrelat avant d'abattre la machette de toutes ses forces.

L'insecte esquive en partie le coup. Il s'en fallait de peu qu'il y laisse une patte, mais la lame claque seulement sur la carapace. L'acier entame à peine la surface noire et polie, laissant une strie tout juste visible.

Krekkzzztuvoisbienquzzzz... zztupeuxrienmefaire... tuesmonrrrrrzzzami... !

Aveuglé par sa fureur, Gaspard plante l'embout de sa torche entre les yeux et les mandibules, tourne puis retourne le bois pour que les flammes puissent se propager.

Le Cafard pousse un ululement de douleur. Une odeur pestilentielle de chair brûlée se propage dans l'air.

Le garçon se met à courir, trébuche à plusieurs reprises, perçoit derrière lui la plainte désespérée de la blatte.

Puis une mélopée s'élève des profondeurs de la jungle. Son répit aura été de courte durée. Le chant est tout proche. Il a beau tendre l'oreille, il n'identifie aucun mot. C'est une mélodie proprement irrésistible. Il n'a plus qu'un seul souhait : se rapprocher le plus près possible de cette musique, la « pénétrer ».

Un sourire béat éclaire sa figure. Quand il écarte un dernier pan de jungle, il parvient à un espace plus dégagé et le chant s'interrompt. C'est comme une douche glacée. Le charme disparaît aussitôt. Il s'accroupit et observe l'Ombregrise par un interstice entre les feuillages.

Dressée sur une longue tige hérissée d'épines, nimbée d'une aura mystique, elle oscille sensiblement sur son axe, dans l'ébauche d'une danse du ventre tout en retenue. La tête est disproportionnée – grosse et tumescente, en forme de figue, rouge sang. En son sommet, une crête jaune semblable à celle du cacatoès s'ouvre et se ferme à la manière d'un éventail. Apparemment dépourvue d'yeux, elle est en revanche équipée d'une mâchoire effrayante. Innombrables, longues et effilées, les dents occupent une telle place qu'il lui est impossible de fermer la gueule. Des filets de salive blanchâtre relient les crocs les uns aux autres.

Gaspard sait qu'il doit agir rapidement. Si la plante se remet à chanter, il est cuit.

La témérité lui revient, roule le long de sa peau, picore ses avant-bras. Quelque chose a radicalement changé à l'intérieur de son être avec l'élimination du Cafard.

Il écarte d'un revers de main les feuillages et bondit en avant.

Mais la plante a senti sa présence. Elle cambre ses épines, s'arc-boute et projette ses mâchoires à une vitesse fulgurante.

Il se lance sur le côté, rentre au maximum les épaules. La gueule claque à un demi-centimètre de son crâne. Un filet de bave lui gifle le visage.

Il fait un roulé-boulé approximatif, réussit à basculer sur ses pieds. Il recule autant qu'il peut, jusqu'à se coller au mur de branchages.

Voyant le garçon hors de portée, l'Ombregrise se redresse à la verticale et se remet à chanter.

Saisi par un soudain éclair de lucidité, Gaspard se jette au sol. La terre est très humide. Il creuse la boue et modèle des boules grossières de la taille d'une olive qu'il s'enfonce précipitamment dans les oreilles. La mélodie s'insinue dans son esprit, comme une nappe de brume glissant sous une porte. Vite, vite !

La créature penche sa grosse tête bulbeuse sur le côté et l'observe, dubitative. Contrariée, elle crache une glaire dans sa direction, qu'il évite sans mal en faisant un pas de côté. Reste maintenant à savoir comment s'approcher sans se faire croquer.

Mais l'Ombregrise n'est pas en reste. Elle chante plus fort et ajoute des paroles à sa mélodie. Le garçon se raidit lorsqu'il réalise que la voix qui sort maintenant de l'horrible gueule est celle de son frère.

Comment se peut-il… ?! Il ajoute de la boue dans ses oreilles, mais c'est insuffisant. Si la musique s'en trouve assourdie, les mots articulés demeurent audibles.

« Gaspard, pourquoi tu rentres pas à la maison ? Pourquoi tu me laisses tout seul ? Maman, elle a oublié que j'existe. Elle me parle plus, elle me câline plus. Et s'il m'arrivait quelque chose avant que tu sois de retour ; si je mourrais, tu serais bien content, hein ? Tout ça, c'est ta faute…

— TAIS-TOI !!! » hurle Gaspard.

Il est prostré, les genoux dans la boue, les mains collées de part et d'autre de sa tête. Le timbre fluet de Simon s'échappant délicatement de cette créature a quelque chose d'abject.

« FERME-LA TOI-MÊME !!! » braille en écho l'Ombregrise.

Oh, mon Dieu, cette fois c'est la voix de sa mère, acerbe, hystérique.

« SALE PETIT MERDEUX ! POURQUOI TU CROIS QUE TON PÈRE EST PARTI, HEIN ?! ÇA NE T'EST PAS VENU À L'IDÉE ?! MAIS IL AVAIT HONTE, TU ENTENDS, HONTE D'AVOIR UN FILS AUSSI DÉBILE !!!

— Pitié, pitié, arrête. Maman, arrête… »

Gaspard est prostré, pleure à chaudes larmes. La boue s'écoule de ses oreilles. Il fixe le sol, se balance d'avant en arrière.

Mais sa mère continue de hurler.

« TU SERAS JAMAIS ASSEZ BIEN POUR NOUS, JAMAIS !!! SI J'AVAIS LE CHOIX, JE PRÉFÉRERAIS CREVER QUE DE DEVOIR TE REMETTRE AU MONDE ! »

Le garçon se relève. Il n'a plus la force de supplier. Il n'a même plus conscience de la présence de l'Ombregrise. Il devine l'unique solution pour que la torture s'arrête : avancer de trois enjambées, se sacrifier.

« Rigueur, Honneur et Courage ! » crie le soldat Sophie en se propulsant telle une fusée hors des feuillages.

À la dernière seconde, elle lance ses pattes palmées en avant, percutant violemment la tête de la créature.

Gaspard reprend subitement pied dans la réalité. Le charme quitte son esprit comme un nocif nuage de poussière. L'oie dessine à présent de petits cercles au-dessus de la créature, caquetant à plein bec. Les dents de l'Ombregrise claquent dans le vide. La plante est folle de rage.

« Qu'est-ce que tu attends ?! s'écrie Sophie. Je ne pourrai pas faire diversion bien longtemps ! Allez ! »

Il saisit la machette, se lance en avant. Les lamentations de Simon et le ton fielleux de sa mère résonnent encore à ses oreilles.

« SALE PLANTE ! PRENDS ÇA ! » hurle-t-il.

La lame émet un sifflement et tranche net la tige. Le soldat Sophie manque un court instant de vigilance. Dans un ultime sursaut, avant de s'écrouler définitivement, l'Ombregrise parvient à ses fins. Il y a un craquement horrible, comme si on avait sauté à pieds joints sur la carcasse évidée d'un poulet.

« NOOOOOOOOOOOONNN ! » s'insurge Gaspard.

La tête de la plante roule au sol avec un bruit mat. Les mâchoires s'entrouvrent, laissant retomber le corps sanguinolent de l'oie.

Le garçon s'assoit en tailleur et la prend dans ses bras.
« Sophie ! »

Le cou gracile de l'oiseau pend mollement sur son poignet. L'Ombregrise l'a quasiment sectionnée en deux. Le sang est tiède, s'étend en taches oblongues sur son jean.

Combien de temps reste-t-il ainsi, à se balancer d'avant en arrière, le cadavre de l'oie lovée contre sa poitrine ?

Il finit par se relever et retire une à une les épines de la plante avant d'enrouler la tige autour de sa taille et de la nouer fermement. De cette façon, il traînera dans son sillage la tête tumescente.

Le retour lui semble durer une éternité. Épuisé, il doit faire plusieurs pauses en chemin. Quand il aperçoit enfin le dernier rideau de jungle qui le sépare de ses compagnons, il tombe à genoux, dépose la dépouille de Sophie.

Et la petite musique se faufile dans son esprit.

♪ ♪ ♪ ♪ ♪ ♪

11

Les Passeurs

« Bon sang, j'ai vraiment l'impression d'avoir fermé les yeux y a moins de dix minutes », gémit Honoré en roulant son duvet.

Le garçon n'avait pas surestimé ses capacités à contrôler son horloge interne. Il s'était réveillé pile à l'heure prévue.

En contrebas, les vaches s'apostrophaient par de faibles meuglements. Alors qu'il faisait encore nuit noire, la pluie continuait de tambouriner contre le toit.

Gaspard profita de l'obscurité pour changer discrètement de pantalon. Son jean était souillé du sang de Sophie.

Bien qu'il doutât de plus en plus de leurs chances d'atteindre Arles le lendemain soir, et malgré la mort de l'oie, il tâchait de garder le moral. Il avait même la certitude que le Cafard ne reviendrait pas l'embêter avant longtemps. Quelque chose d'important avait changé : il aurait été bien incapable d'expliquer clairement ce ressenti, mais c'était comme s'il avait été délesté d'un poids considérable.

Honoré était d'humeur maussade, bataillait encore pour finir son paquetage alors que Gaspard l'attendait, fin prêt, devant l'étroite lucarne.

« Dis donc, tu t'es levé du pied gauche, lui signifia-t-il gentiment pour tâcher de détendre l'atmosphère.

— Ni du gauche, ni du droit ! En vérité, je ne me suis pas encore levé du tout, si tu veux savoir. »

Gaspard sourit et pencha la tête par l'ouverture. Le faisceau de sa frontale balaya les ténèbres.

Ils s'engagèrent par la lucarne, descendirent l'échelle et s'enfoncèrent dans la nuit. La pluie faisait sourdre le puissant musc de la terre.

En silence, ils firent le tour de la colline, puis pénétrèrent dans les champs de vignes.

Alors qu'on devinait maintenant le plexiglas des arrêts de bus, Gaspard se surprit à fouiller la nuit dans l'espoir d'apercevoir le chat. Sans qu'il sût vraiment pourquoi, la filature du félin faisait à présent partie intégrante de son voyage.

Une fois arrivés, ils se tinrent accroupis, les yeux rivés sur l'aire de bus, de l'autre côté de la route. L'éclairage donnait aux voyageurs l'apparence de revenants. Parfaitement immobiles, ils ne parlaient pas, ne se regardaient pas, comme dans l'attente d'une ordalie céleste.

« La navette devrait pas tarder, dit Honoré. Faut espérer que le chauffeur déverrouille les portes latérales des deux côtés, qu'on puisse s'incruster sans se faire voir.

— Regarde, y en a plein qui ont des valises. En règle générale, le type ouvre les soutes, laisse les gens installer leurs bagages pendant qu'il remonte à son poste pour encaisser. Une fois tout le monde assis, il retourne les fermer. On n'aura pas beaucoup de temps et droit qu'à un seul essai. Va nous falloir un sacré bon coup d'bol.

— Ça tombe bien, je vénère le dieu du Sacré-Bon-Coup-d'Bol. Au fait, t'as toujours ta bestiole ? »

Gaspard haussa les sourcils.

« Quelle bestiole ?

— Ben l'autre, là, la mangeuse d'hommes.

— Ah, la mante religieuse ! Non, elle s'est fait la malle cette nuit. »

Ce qui n'était, en somme, qu'un demi-mensonge. Honoré écarquilla les yeux.

« Tu veux dire qu'avec ses petites pinces, elle est arrivée à faire sauter le couvercle de la boîte fermée par les élastiques. Dis donc, fortiche la bête ! Doit avoir quelques heures de muscu au compteur. Tu te foutrais pas un peu de moi, des fois ?

— Pas du tout ! »

Il tenta bien de moduler sa voix avec une pointe d'indignation, mais c'était peine perdue. Il avait davantage envie de rire.

Deux phares apparurent. Le bus se rangea devant les abris. Les voyageurs s'agitèrent promptement. Le chauffeur avait déverrouillé les soutes sur les deux flancs de son véhicule et, le pas alerte, rejoignait sa cabine. Une queue se forma devant les portes en accordéon.

« Loué soit le dieu du Sacré-Bon-Coup-d'Bol ! s'enthousiasma Gaspard.

— Allez, go go go ! » glapit Honoré.

Après une course effrénée, ils se faufilèrent tels des cambrioleurs dans le ventre du car, rampèrent à fond de cale, tirèrent leur paquetage en écartant les valises et les sacs. L'espace était confiné. Ils s'aplatirent derrière l'amoncèlement de bagages.

Des pas approchèrent. On actionna les poignées et les portes latérales se refermèrent. Du coin de l'œil, Gaspard eut à peine le temps d'apercevoir la silhouette du chat de l'autre côté de la route, ses deux grands yeux oblongs fixés dans leur direction. Un sourire lui souleva les lèvres.

Le car se mit en branle.

« Nous voilà des voyageurs clandestins, murmura Honoré. C'est géant.

— Mieux, c'est géantissime. »

Tout l'habitacle vibrait. Gaspard se retourna sur le dos et glissa le sommet du sac à dos sous sa tête. La nuit avait été courte et il sentait une torpeur confortable l'envahir.

♪ ♪ ♪ ♪ ♪ ♪ ♪

« Elle a attendu que nous ayons le dos tourné pour filer dans ton sillage », explique Mamie.

Livide, Gaspard est incapable de détacher ses yeux du cadavre.

La vieille dame enroule un bras autour de ses épaules.

« Tu as fait preuve d'un courage exceptionnel », lui glisse-t-elle en dénouant la tige de l'Ombregrise qui lui entoure la taille.

Le soldat Anne-Lise s'approche et frotte une aile contre sa cheville. Ils échangent un regard entendu. Les yeux de l'oie sont rouges et bouffis. Gaspard pose sa main sur le cou gracile de l'oiseau.

« Sophie disait pressentir les événements. À la caserne, certaines d'entre nous se moquaient gentiment d'elle en l'appelant Le Troisième Œil… C'est sans aucun doute ce qui s'est passé ; elle a dû avoir l'intime conviction que tu ne t'en sortirais pas tout seul… »

Anne-Lise cherche ses mots.

« Je… je n'ai pas sa trempe, car mon devoir aurait été de la suivre. Mais j'ai eu la trouille… Je ne me suis jamais vraiment sentie une guerrière dans l'âme, j'ai…

— Allons, l'interrompt Mamie d'une voix douce mais sans concession, cela ne sert à rien de se torturer de la sorte. Sophie était ce qu'elle était et toi tu es ce que tu es. Personne n'est mieux qu'un autre ; ce n'est qu'une question de complémentarité. Le tout est d'être à *sa* place. Sa mort est en parfaite harmonie avec ses convictions. Ce n'était pas un accident ou un hasard imbécile, mais un choix fidèle à ses propres aspirations. Car je vous le dis, il n'y a qu'une seule chose à faire dans cette vie : être ce que nous sommes. Le reste n'est qu'illusion. »

La vieille dame étudie un moment la tête bulbeuse de l'Ombregrise, puis arrache une à une les plumes jaunes de sa crête. Avant de les enrouler méticuleusement dans un carré de tissu.

Anne-Lise s'approche, désigne la gueule acérée de la créature. Puis elle chuchote quelques mots à l'oreille de Mamie.

« Très bien, convient cette dernière, si c'est ton souhait. »

Plutôt que d'abandonner là le cadavre de la plante carnivore, on sectionne la tige, pour n'en conserver qu'une petite longueur. Ensuite, Mamie sort de sa gibecière une longue lanière en cuir qu'elle noue autour de l'abdomen de l'un des tamanoirs. C'est drôle, car ça lui fait comme une sorte de ceinturon.

« Et voilà », dit-elle en nouant le bout de tige à la lanière. La tête de l'Ombregrise, telle une macabre décoration, pendouille sur le flanc de l'animal

« Maintenant, donnons au soldat Sophie une sépulture décente et reprenons notre route. »

« Pourquoi tu continues le métier de soldat si ça ne te plaît pas plus que ça ? interroge Gaspard.

— Ce n'est pas si simple. Mes sœurs ne comprendraient pas, et cette tête de mule de jars encore moins. Une oie ne peut être que soldat, c'est comme ça, depuis toujours… Enfin, c'est surtout l'Armée de Terre qui me déplaît. Je rêve d'entrer dans l'Escadrille, ça me correspondrait mieux. C'est bientôt qu'auront lieu les prochaines épreuves. Peut-être que cette fois-ci je me montrerai à la hauteur.

— Nous allons bientôt quitter le couvert des arbres, observe Mamie, et entrer dans la plaine. »

Il s'agit d'une immense prairie, tout juste jalonnée de bosquets épars et sillonnée d'un souffle d'air continu. Ils croisent en chemin plusieurs troupeaux d'oryx. Ils sont minuscules. Tout à leur cavalcade échevelée, ils coupent leur route, bondissant entre leurs jambes.

« Aaaah ! Pour une fois que j'ai une telle piste de décollage, je vais pouvoir me dégourdir les ailes ! » crie Anne-Lise, avant de se mettre à courir, le cou tendu en avant.

Elle quitte le sol d'un battement sec et prend de l'altitude. Quand elle est suffisamment haut, elle se lance dans une série de figures acrobatiques.

« Spectaculaire ! commente Mamie, une main en visière devant les yeux. Je ne doute pas qu'elle ait sa place au sein de l'Escadrille.

— Ça fait un bien fou ! dit l'oie en se posant devant eux.

— Tu es un crack, Anne-Lise, la félicite Gaspard. Vraiment !

— Merci ! Mamie, de là-haut, j'ai aperçu une longue colonne qui avance dans cette direction. »

Effectivement, un peu plus tard, ils assistent, ébahis, à un défilé de chenilles processionnaires. Plus hautes qu'un immeuble de trois étages, les mastodontes vont en file indienne, s'arc-boutant en leur milieu puis s'étirant dans une lente convulsion.

« Ne restons pas trop près, suggère Mamie, les longs poils que tu vois sont en soie, inoffensifs. Mais les plus petits, là, se détachent par poignées et sont extrêmement urticants. »

La pharaonique procession rampe vers l'ouest, en direction de la Forêt.

Bientôt, ils parviennent sur les berges du fleuve, un long ruban au ventre si paisible que seules de timides vaguelettes s'enroulent sur ses bords. On devine la rive opposée, mais son relief est si évanescent qu'il est impossible d'en évaluer clairement la distance.

« Nous voilà à la frontière est », stipule Mamie.

Elle chuchote, comme s'ils se trouvaient dans la nef d'une cathédrale pendant un office.

« Vous n'avez jamais essayé de le franchir ? demande Gaspard.

— Non, au-delà, ce n'est plus notre monde. »

Le garçon pointe un doigt.

« Vous avez une idée de ce qu'il y a de l'autre côté ? C'est bizarre, ça n'arrête pas de remuer.

— Je n'en ai pas la certitude absolue, mais je crois qu'il s'agit des rivages d'une autre vie.

— Et ce sont les Passeurs qui nous y conduisent, le moment venu », ajoute Anne-Lise.

Un mugissement s'élève soudain. Gaspard plaque les mains sur ses oreilles. On dirait qu'une dizaine de paquebots ont simultanément conjugué leurs sirènes de départ.

MMMMMMMMMMMMUUUUUUUUU...

« C'est le chant de l'un d'eux, annonce l'oie. Nous ne sommes pas très loin. »

Ils remontent le lit du fleuve et parviennent à un ponton en bois.

Bien que désormais habitué à croiser toutes sortes de choses démesurément grandes, le garçon n'en reste pas moins bouche bée.

Une tortue titanesque se trouve à quai. Son corps massif tangue légèrement sur les eaux. Loin devant, on discerne la courbe du cou, avec à son bout la tête reptilienne au bec corné.

Les tamanoirs refusent d'avancer plus loin et demeurent à bonne portée du quai. On voit avec netteté la faïence irrégulière qui compose l'énorme carapace de la tortue.

« C'est l'espèce la plus vieille de la Forêt, dit Mamie. Elles sont apparues en même temps que le Pommier. Ainsi étaient-elles là au commencement de toutes choses. »

MMMMMMMMMMMMUUUUUUUUU...

Anne-Lise pointe le bout de son aile en direction du sommet de la carapace.

« Regarde là-haut ! »

Le garçon devine un simple fauteuil, de facture classique, fixé sur l'éminence.

Il avance mécaniquement jusqu'à la base du dôme, les yeux fixes, promène ses mains sur la surface dure, se dresse sur la pointe des pieds en quête d'aspérités. Les nervures entre les plaques sont peu profondes, mais il ne se décourage pas pour autant. Il lui faut monter, atteindre le fauteuil, s'y installer. Rien n'a plus d'importance à ses yeux.

« Je ne pense pas que ce soit une bonne idée », conseille Mamie d'une voix calme.

Il s'élève d'un demi-mètre, agite les jambes, mais les semelles de ses baskets glissent sur la surface plane.

« Ça ne sert à rien, lui dit Anne-Lise, tu ne peux pas atteindre le sommet. »

Des décharges de douleur partent de ses doigts tors.

Le cou reptilien se tord dans sa direction et l'énorme tête se poste à sa hauteur. Un éclat, d'une insondable intelligence, traverse les pupilles.

La tortue se remet à chanter, mais cette fois des mots se détachent au cœur du mugissement.

MMMMMUU... PEEETIIITEEE... ÂÂÂÂ-MEEE... TOOON... HEEEURRREE... N'EEEST... PAAAAAS... ENCOOOORRRE... VEEEENUUUUE...

Elle plisse les yeux et souffle un filet d'air en direction du garçon.

Gaspard lâche prise, glisse le long de la carapace et atterrit sans mal sur les fesses. Mamie l'aide à se remettre debout.

La chute l'a arraché à sa transe. Il papillonne des yeux.

« Je... je suis désolé, cafouille-t-il. Je ne sais pas ce qui m'a pris.

— Y a pas de mal, le réconforte la vieille dame. Comprends-tu maintenant ? Seuls les morts peuvent grimper là-haut. Une fois installé sur son dos, la tortue emmènera le défunt sur l'autre rive... Allez, continuons. Je veux atteindre les Terres Désolées avant la nuit. »

Le paysage se dénude progressivement. La terre, jusque-là meuble, se dessèche. Des touffes d'herbe jaunâtres parsèment un sol devenu aride. La faune se raréfie. Ils ne croisent plus que des processions d'insectes, et, à la grande joie des tamanoirs, tombent à plusieurs reprises sur des fourmilières. Des serpents à tête cornue sifflent sur leur passage, enroulés sous le couvert d'empilements rocheux.

Les pattes de l'oie se tordent sur les cailloux.

Le lit du fleuve est à présent très loin sur leur droite, un simple filament serpentant dans le lointain. Une bande de désert l'a peu à peu remplacé.

Cet endroit réveille avec une rare violence la dépendance que Gaspard entretient avec l'eau. Sa gorge le brûle. Mamie sort une outre de sa grosse gibecière, mais l'eau est tiède et ne lui apporte aucun réconfort.

« Ce désert, c'est ta soif », dit-elle.

Enfin ils arrivent à la frontière des Terres Désolées, le territoire des chats, et, depuis peu, celui du Molosse. La barrière des montagnes les domine, étendant son ombre vaste au pied de ses contreforts rocheux, leur fermant définitivement tout horizon. C'est un paysage stérile où rien ne semble pouvoir pousser. Quelques flaques d'eau saumâtre stagnent par endroits.

Mamie tend le bras.

« Tu aperçois cette brèche, comme une balafre dans la roche ? »

Le garçon plisse les yeux.

« C'est l'entrée d'un corridor. Il s'enfonce assez loin dans la montagne. Tout au bout se trouve le Temple. »

On installe le bivouac. La nuit pointe. Mamie ne cesse de lancer des œillades par-dessus son épaule.

« Vous pensez qu'on verra le Molosse ce soir ? demande le garçon.

— Aucune idée. Il peut se montrer à tout moment. Ce soir, cette nuit, demain matin, ou même pas du tout. »

Elle étale deux couvertures épaisses l'une à côté de l'autre.

« Peut-être va-t-il nous attaquer pendant notre sommeil ?

— Mmmmmh, j'en doute. Si nous nous étions installés sur son territoire, je ne dis pas ; mais là, une bonne centaine de mètres nous séparent encore de la limite des Terres Désolées. Néanmoins, avec Anne-Lise, nous organiserons des tours de garde. »

Le garçon penche la tête en arrière. Étrange paysage nocturne. Pas une étoile, pas de lune. Seul un plafond de ténèbres. Les montagnes dentelées font masse.

« Peut-être qu'on devrait faire du feu », propose Gaspard.

Les traits de la vieille dame disparaissent dans l'obscurité et l'oie n'est plus qu'une forme blanche, à peine discernable.

« J'ai mieux que ça », dit Mamie en farfouillant dans sa gibecière.

Elle leur présente un petit coffre en bois, en vide le contenu entre les couvertures. Un monticule d'insectes luminescents éclaire le bivouac d'une fantomatique auréole verte.

« Des lucioles », dit-elle.

Après un repas frugal, Mamie sort le petit pot en terre. Une fragrance sucrée embaume tout le campement.

« Ça fait des siècles que je n'en ai pas mangé ! » fait Anne-Lise, riant à moitié.

La vieille dame trempe un doigt dans le nectar avant de le présenter à l'oie. Cette dernière le suce de sa langue en pointe, jusqu'à ce que l'index se mette à briller comme un sou neuf.

« Vas-y, Gaspard, à ton tour. »

Quand le miel envahit sa bouche et s'écoule le long de sa gorge, il croit bien défaillir de volupté. Un sourire béat illumine son visage.

Mamie éclate de rire, bientôt imitée par Anne-Lise.

Gaspard s'enfonce dans le ventre mou d'un nuage. Il regarde le ciel ténébreux, le tertre des lucioles.

Et la petite musique l'aspire en arrière, accompagnée cette fois d'un capiteux parfum de fleurs.

12

Les gorges

Honoré le secouait comme un diable. Il entendit un hurlement de sirènes. Le car ralentissait.

« Réveille-toi, nom d'un chien ! On se fait arrêter ! »

Le garçon lui enjoignit de ramper en arrière pour se rapprocher au plus vite des portes, côté route.

Le véhicule s'immobilisa. Les sirènes se turent.

« Des motards, évoqua Honoré en fronçant les sourcils.

— Tu crois que c'est un simple contrôle ?

— Ça m'étonnerait. Y nous cherchent… T'es prêt à foncer ? Ils vont d'abord regarder là-haut, et après, sûr qu'ils vont vouloir jeter un œil par ici. »

On coupa le contact. Le *pssshiiiit* significatif de la porte en accordéon, des voix étouffées.

Le plafond grinça. Les flics circulaient dans la travée.

« On réfléchit pas, préconisa Honoré, on traverse la route à fond les manettes et on improvise. »

Comme les hommes redescendaient pesamment les marches, Gaspard tendit ses muscles, prêt à bondir.

Dans un mouvement vertical, les portes s'ouvrirent simultanément sur les flancs du bus. La lumière était faiblarde. Le jour venait tout juste de se lever.

Les garçons sautèrent en bas du véhicule, la tête rentrée dans les épaules, leur chargement collé contre la poitrine, comme des parachutistes au cours d'un exercice.

Restés côté bord de route, les flics avaient une vue obstruée en raison de l'amoncellement de bagages. Se rendirent-ils compte de quelque chose ? D'autant qu'à ce moment-là, plusieurs voitures passèrent en trombe, couvrant le bruit de la cavalcade des garçons. En tout cas, il n'y eut pas de cris pour donner l'alerte.

Sur l'autre versant de la nationale, le terrain ne formait qu'un court méplat avant de dévaler sur une pente herbeuse quelque peu abrupte. Ils tâchèrent de garder au mieux leur équilibre.

« On va se… ! »

La seconde d'après, le pied d'Honoré butait contre une pierre. Ses jambes s'emberlificotèrent et il dériva violemment sur la gauche, emportant Gaspard dans son sillage.

Les deux garçons roulèrent au sol, lâchèrent leur chargement en s'accrochant l'un à l'autre. Ils firent plusieurs tonneaux, avant d'atterrir dans les broussailles en riant aux éclats.

Gaspard se redressa.

« Mince alors ! On est où là ?

— Ça m'a tout l'air d'être des gorges. Viens, continuons de descendre. Vaut mieux pas rester trop près de la route. »

Ils avaient atterri dans une sorte de canyon flanqué de parois en calcaire. Ils se frayèrent un chemin à travers l'embroussaillement de garrigue, de chênes verts et de genévriers, rejoignirent le fond du site où dévalait une rivière. À droite comme à gauche, le défilé se poursuivait en virages tortueux.

« C'est vachement beau ! s'enthousiasma Gaspard. Regarde, y a de l'écho : Wooooho ! »

Wooooho... répondit la pierre.

Ils se trouvaient sur une fine bande de plage tapissée de galets. L'eau était vert bouteille, transparente sur ses bords. De petits ilots rocheux perçaient par endroits sa surface. Les courants semblaient imprévisibles.

Ils eurent la grisante impression d'être seuls au monde.

« Je suppose qu'on n'a pas pied au milieu ? » suggéra Honoré.

Il lorgnait l'eau d'une façon sans équivoque.

« Non, ça m'étonnerait... et je vois bien où tu veux en venir...

— C'est l'endroit idéal, non ? Et une promesse est une promesse ! »

Honoré farfouilla dans son sac, intima à Gaspard de se tourner pour qu'il puisse se déshabiller et enfiler son maillot de bain.

« C'est pas que je sois pudique, ajouta-t-il en ôtant son tee-shirt, c'est juste que je veux pas te rabaisser... !

— Me rabaisser ?

— Ben ouais, à cause de la taille de c'que j'ai entre les jambes. Je voudrais pas qu'après tu fasses un complexe ! décréta-t-il, ostentatoire.

— T'es bête ! » gloussa Gaspard.

Il se déshabillait lui aussi, avait discrètement soutiré son pansement. Heureusement, la plaie de son bras était plutôt discrète. N'ayant pas prévu de maillot, il serait contraint de se baigner en slip. À la guerre comme à la guerre...

« On va encore prendre du retard, murmura-t-il alors. Tu crois qu'on arrivera à rejoindre Arles avant demain soir ? Ça me paraît quand même mal parti, non ?

— Te bile pas pour ça maintenant. On se prendra la tête en temps voulu. Au moins, ici, on est à l'abri. »

Puis il écarta les bras, bomba le torse et fit : « Taintaintain ! »

Gaspard se retourna. Honoré portait un maillot de bain pour le moins singulier : blanc avec de gros pois rouges.

« Alors ? C'est pas la grande classe ?! »

Alors qu'ils empilaient leurs habits sur un rocher plat, Honoré se pencha sur Gaspard et lui renifla le cou.

« Qu'est-ce tu fous ? s'étonna ce dernier.

— Mais… tu sens…

— Quoi ?

— T'as mis du parfum ou quoi ?

— T'hallucines.

— Je te dis que si, insista Honoré en approchant plus encore le nez. Je suis sûr que tu planques du parfum de fille dans ton sac. »

Et il inspira de plus belle.

« Hé, le prends pas comme ça, ça sent bon, j'dis pas. Ma mère porte un truc dans l'style. Enfin, en moins fort, parce que là, ça cocotte grave… »

Honoré le toisait avec un air gentiment moqueur.

« Tu dis n'importe quoi », mentit Gaspard, car en effet, il percevait lui aussi les effluves sucrés s'échappant de sa peau.

« Bon, allez ! » dit Honoré en pénétrant dans l'eau. Il papillonnait des mains.

« Mazette, c'est froid !

— Pas la peine d'aller où on n'a pas pied, précisa Gaspard en le rejoignant et en se trempant complètement. Faut d'abord que je te montre les mouvements. L'idéal pour commencer, c'est la brasse… »

Les lèvres d'Honoré tremblaient un peu, et, sous ses dehors crâneurs, il ne semblait pas très rassuré.

« … Bon, le plus important, c'est que tu comprennes que l'eau est ton amie. Je veux dire par là que tu ne dois pas lutter contre elle, tu dois faire *équipe avec* elle. Tu piges ? »

Le garçon approuva d'un mouvement de tête.

« De toute façon, poursuivit Gaspard, comme t'es rempli d'air, tu fais forcément bouée. Tu peux pas t'enfoncer. T'as bien vu, les gens quand ils se noient, ils arrêtent pas de se débattre. Eh bien, plus tu te débats, plus tu coules.

— Et toi… toi qui disais que tu nageais super bien ? »

Gaspard s'élança tête la première et commença par quelques mètres en apnée. Il enchaîna sur une démonstration de crawl et atteignit sans mal la rive opposée. Avant de revenir tranquillement en brasse coulée.

« Wahou, tu tues tout ! » claironna Honoré.

Les garçons passèrent les deux heures suivantes dans l'eau. Le soleil s'était largement déversé dans les gorges quand ils sortirent enfin. Gaspard renifla ses bras ; malgré la baignade, il sentait encore la fleur à plein nez.

Ils avalèrent goulûment les restes de fromage et de charcuterie entamés la veille.

« J'ai encore dans mon sac de quoi faire un bon gueuleton ce soir, dit Honoré, mais après, ce sera la dèche. »

Alors qu'ils s'appliquaient à finir le pot de Nutella, des cris lointains leur parvinrent. Un groupe de canoës apparut au sortir du virage le plus en amont. Cinq embarcations, occupées chacune par deux rameurs portant casque et gilet de sauvetage. Ils glissèrent devant eux en les saluant.

D'autres flottes suivirent. Les canoës étaient bleu pâle, rouges ou blancs. L'ambiance était bon enfant.

Puis ils se blottirent un moment à l'ombre, les pieds en éventails.

« Tu pues toujours la fleur, gloussa Honoré.

— Vaut mieux ça que ton odeur de rat crevé. »

Ils partirent d'un délicieux fou rire.

Puis Gaspard fixa les nervures de la grande falaise, l'arête tout là-haut qui tranchait net sur le ciel.

Le chant de la rivière le berça. Ses paupières se scellèrent.

♪ ♪ ♪ ♪ ♪ ♪ ♪

Mamie est allongée sur le flanc, pelotonnée sous sa couverture. Sa tête repose sur sa gibecière. Ses cheveux détachés dissimulent son visage. Anne-Lise est à portée de main du garçon. Ce devait être son tour de garde, car bien qu'endormie, elle demeure dressée sur ses pattes.

Les lucioles dispensent un frêle halo de lumière.

Il croit d'abord que l'un des tamanoirs s'est soudainement mis à ronfler, avant de se rendre compte que le bruit provient d'un peu plus loin, là où la terre stérile étouffe sous un anarchique amoncèlement de pierres.

C'est plutôt un grognement. Une saveur métallique imprègne la bouche du garçon. À cinquante mètres de là, pile dans sa ligne de mire, deux points rouges percent la nuit. Un rouge sanguin. Deux boursouflures, sans paupière ni pupille.

Gaspard devine une silhouette massive, un pelage sombre, des oreilles larges à la pointe dentelée, et sous le regard écarlate, des fragments d'éclats blancs ; l'émail des crocs.

Le râle contient une colère, aveugle, destructrice. La fureur à son état le plus primitif. La même qui jaillit par moment des entrailles de son être, énergie sans mesure, incontrôlable, qui fait de lui un *autre* Gaspard, une marionnette.

Car c'est bien ça. Il en a l'absolue certitude. Le Molosse est un condensé abject de toute sa colère.

Le Molosse se rapproche un peu. Gaspard garde l'espoir que Mamie ne se trompe pas, que la bête ne franchira pas la limite de son territoire.

À peine trois mètres, puis elle s'immobilise.

La main d'Honoré qui lui pressait doucement l'épaule. « On bouge ? »

Ils convinrent de poursuivre leur route dans les gorges. Ils s'y sentaient à l'abri.

Gaspard dénicha le sentier, une saignée étroite à flanc de falaise. La végétation, extrêmement dense, formait une sorte de boyau naturel. À cette heure de la journée, la chaleur avait atteint son point culminant. L'encaissement du canyon agissait comme un four.

Ils convinrent d'attendre la venue du crépuscule pour quitter discrètement la vallée. Honoré avait beau se creuser les méninges, il ne trouvait pas de solution à cette impasse. Que feraient-ils après avoir rejoint le plateau et la nationale ? À quelle distance se trouvait Arles ? Par quel moyen rallier la ville d'ici le lendemain soir ? Et où dormiraient-ils cette nuit ?

À deux reprises, ils durent passer à gué. L'eau leur montait jusqu'à la taille, les baskets dérapaient sur les galets glissants. C'était presque effrayant, mais tellement grisant !

13

Barbe-Noire

Gaspard fixait la page de son carnet. Dans sa main droite le stylo était devenu son sixième doigt.

Ils avaient beaucoup marché. L'après-midi touchait à sa fin. Le soleil chutait mollement vers l'arête du canyon. Avec la lumière déclinante, la rivière en contrebas avait sensiblement changé de teinte. Les canoës avaient cessé de parader et les hautes parois n'avaient d'autres échos à renvoyer que le glougloutement de l'eau.

Honoré lui avait faussé compagnie un moment. « J'vais aller te couler un bronze, un truc historique ! » avait-il clamé en agitant son rouleau de papier toilette. « Ben hésite pas à marcher deux trois kilomètres avant », l'avait charrié Gaspard. Honoré était parti d'un grand rire en se fondant dans la végétation.

L'odeur qui émanait de sa peau s'était amplifiée depuis le matin, au point de l'écœurer lui-même. Accroupi au bord de l'eau, il avait bien essayé de se frictionner avec du savon, mais rien n'y faisait. À croire que le miel d'Elchar avait irrémédiablement intégré son organisme.

Un léger picotement parcourut le bout de ses doigts.
D'une traite, il écrivit :

> *Nous marchons dans la gorge d'un Géant*
> *La rivière de salive avale les bateaux*
> *Nous marchons dans la gorge d'un Géant*
> *Rapides et discrets comme des mouches*
> *Dans quel trou allons-nous atterrir ?*
> *Son estomac, ou bien sa bouche ?*

Déchirer soigneusement la page et la plier en quatre le
tira de sa transe. Il se releva, le poème serré dans le poing.
Où allait-il dissimuler sa nouvelle œuvre ?

Il se fraya un passage à travers les taillis et retrouva
la sente étroite qui grimpait à flanc de gorge. Le roulis
sporadique de la circulation se faisait entendre, loin au-
dessus de sa tête. Il devina un espace dégagé dont la cir-
conférence se hérissait de chênes verts. C'était là comme
un îlot, une trouée dans la garrigue, au sol tapissé de
calcaire. Gaspard glissa le poème dans une encoche, la
choisissant peu profonde pour que la tranche du papier
dépasse légèrement.

Il s'apprêtait à revenir sur ses pas, quand un bruisse-
ment sur sa droite attira son attention. Il se raidit.

Trois hommes apparurent à seulement dix mètres d'où
il se trouvait ; deux policiers en uniforme précédés d'un
grand type filiforme à l'allure dégingandée. Sa gabardine
couleur crème se prenait dans les ronces et il pestait en
tirant dessus pour s'en libérer. Il avait le crâne dégarni et
étrangement bombé, des yeux anormalement grands.

Trop occupés à batailler contre la végétation, ils ne
remarquèrent pas tout de suite Gaspard. Le premier flic
accusait un surpoids, devait se plier à une gymnastique

dont il n'avait pas l'habitude. Le second, athlétique celui-là, avait les cheveux hirsutes et la barbe noire.

La surprise du garçon fut telle qu'il ne put profiter des quelques secondes de répit avant d'être découvert. Il resta tétanisé – un écureuil tombé nez à nez avec un groupe de renards.

Le grand échalas tira plus violemment encore sur sa veste. Le tissu émit un long craquement et un lambeau d'étoffe demeura accroché dans son sillage. Son regard tomba enfin sur le garçon et il se figea à son tour. Ce type était le fameux « aspecteur » dont lui avait parlé Simon ; ça ne faisait aucun doute. Son expression passa par toute une gamme de sentiments que Gaspard eut bien du mal à déchiffrer. Au final, il opta pour un air candide qui, sur son faciès énervé, sonnait faux.

Cela suffit à faire réagir Gaspard. Il bondit en arrière et fila entre deux chênes verts, sans se soucier du terrain accidenté.

Sans le poids de son chargement, il se sentait léger comme une plume. Chacun de ses pas était précis. Malgré la cadence endiablée de son cœur qui battait jusque dans ses tempes, aucune peur n'entravait son esprit, à croire qu'elle se trouvait jugulée par le rythme de ses jambes.

Gaspard savait fuir comme personne.

Un taillis de genévriers plus volumineux se dressa sur sa route.

Il bondit, lançant sa jambe droite le plus loin qu'il pût, effleura à peine du bout des orteils l'excroissance en pierre, l'utilisant comme un nouveau tremplin, avant de finir pieds joints un mètre plus loin.

L'un des trois hommes s'était lancé à sa poursuite. Il percevait derrière lui une respiration saccadée. Autant la course de Gaspard était aérienne, autant celle de son poursuivant ressemblait à la charge d'un taureau. Facile de deviner lequel des policiers l'avait pris en chasse.

Ce ne pouvait être que Barbe-Noire.

Gaspard tâcha de ne pas se déconcentrer. Il avait seulement une toute petite longueur d'avance.

Il parvint dans une nasse de garrigue. Les buissons épineux pointaient à hauteur de ses hanches et il fut contraint de lever haut la jambe pour avancer. Le flic gagnait du terrain.

Il ne pouvait pas continuer ainsi indéfiniment. Il avançait en transversale, se rapprochait peu à peu du lit de la rivière. S'il bifurquait plus encore sur la droite, il finirait par rejoindre l'endroit où se trouvaient les sacs. Mauvaise idée. Cela rabattrait son poursuivant sur Honoré. Il devait dès que possible prendre la direction de la nationale.

Quand il s'extirpa enfin des broussailles, le type le talonnait de seulement quelques mètres.

Le garçon déboucha sur le chemin étroit qui grimpait en tournicotant à flanc de gorge. Il s'y engouffra en levant les mains à hauteur de visage pour ne pas se faire gifler par les branches qui obstruaient le passage. Peut-être parviendrait-il à atteindre la route, d'autant que Barbe-Noire semblait moins à l'aise dans les montées. Sa respiration se ponctuait de râles et il perdait de nouveau du terrain.

À la sortie d'un virage, il devina le défilé tortueux où coulait la rivière au loin, et la seconde suivante, se trouva aveuglé par l'inattendue décharge de lumière. Surpris, il évalua maladroitement la courbe de son prochain pas. Sa basket buta contre une pierre et il s'affala de tout son long. En un clin d'œil, l'autre fut sur lui.

Il se laissa tomber sur son dos comme un cheval mort. Gaspard chercha de l'air. Du gravier était entré dans sa bouche et il eut du mal à le recracher. Barbe-Noire dégageait une odeur âcre, mélange de transpiration et d'eau de toilette bon marché. Le garçon se débattit pour tenter de déloger son assaillant, mais en vain. Il se sentait comme un serpent coincé sous un tronc d'arbre. Il ramena ses bras contre sa poitrine, et, poussant sur ses mains, parvint à soulever la cage thoracique de son assaillant de quelques millimètres. Au moins pouvait-il saisir à présent un mince filet d'air entre ses dents.

« Fin de course, mon gars », postillonna le flic à son oreille.

La barbe drue, aussi rêche que de la toile émeri, frottait sa tempe.

Soudain, une tache noire, jaillissant du bord du chemin, bondit sur eux, accompagnée d'un feulement sourd. Elle agrippa le visage du flic, enserrant sa tête à la façon de ces créatures pondeuses dans *Alien*. L'homme roula sur le côté, libérant ainsi Gaspard.

Barbe-Noire se tortillait au sol en poussant des cris étouffés, alors que le chat à pattes blanches, habité d'une rage féroce, le labourait de ses griffes. Fou de douleur, l'homme parvint néanmoins à se relever, les mains tirant sur le pelage de l'animal pour le déloger.

Gaspard, hagard, s'ingéniait à retrouver ses esprits, quand un mot résonna dans sa tête.

COURS !

Le message télépathique du chat était on ne peut plus clair. Toutefois, il hésita un instant.

Barbe-Noire tourna alors plusieurs fois sur lui-même avant de s'écrouler dans les fourrés, le félin toujours accroché à sa tête.

Une deuxième injonction tonna dans la tête du garçon :

COURS !

Gaspard obéit, fit volte-face et se lança dans l'ascension du sentier, qui lui sembla tanguer sous ses pas. Ses bras dessinaient d'étranges moulinets. Il titubait plus qu'il ne marchait.

Barbe-Noire ne pourrait le rattraper, mais restaient encore les deux autres flics.

Il parvint sur un méplat dégarni. Largement incurvée, la paroi rocheuse formait un arrondi. C'était comme un balcon juché à flanc de falaise. En bordure, le vide, vertigineux, plongeait jusqu'au fond du défilé. Loin en dessous, la rivière amorçait un virage serré avant de mener à un tronçon de rapides. Le sentier s'arrêtait net, puis reprenait son fil dans un trou de ronces plus loin sur la droite.

Il allait poursuivre son chemin quand un bourdonnement familier parvint à son oreille. Poussé par la curiosité, Gaspard s'avança prudemment en longeant la paroi. En se dressant sur la pointe des pieds, il aperçut les toits pentus de constructions miniatures en bois, accolées les unes aux autres. Un nuage effervescent d'insectes s'y agitait.

Des ruches.

Il sourit en repensant à la pingrerie d'Elchar et au goût incomparable de son miel, lorsqu'une voix s'éleva dans son dos.

« Vous voyez, Guillermoz, ces gamins ne sont jamais à court de ressources… »

Gaspard fit volte-face. « L'aspecteur » le détaillait le plus tranquillement du monde, les mains plantées dans les poches de sa gabardine, une cigarette coincée dans le coin de la bouche. À ses côtés, le gros bonhomme s'épongeait le front avec un mouchoir plus grand qu'une serviette de table. Il avait remisé son képi sous son bras et lançait un œil inquiet vers le gouffre à quatre enjambées de là.

Un nuage de fumée voila le regard de l'échalas, recouvrit un instant son crâne chauve d'une pellicule laiteuse.

Il a de grands yeux ronds, comme les poissons, ne put s'empêcher de penser Gaspard.

L'homme tira une dernière bouffée sur sa cigarette, la laissa tomber au sol et mit un temps fou à l'écraser, tournant et retournant le talon plus qu'il n'était nécessaire.

« Chef, je me demande bien où a pu passer Clovis. Je ne l'ai jamais vu lâcher une piste, comme qui dirait, quand il se met en chasse. »

L'aspecteur fit un pas en avant. Gaspard, un en arrière.

« Alors, mon garçon, je suis curieux de savoir… Comment as-tu fait pour semer l'agent Clovis ? C'est que c'est pas n'importe qui, notre Clovis, une vraie légende dans la brigade. »

Gaspard n'avait pas peur. Il se tenait seulement sur ses gardes, bien conscient que les deux adultes avaient engagé la discussion pour « l'endormir ». Il était bel et bien acculé. Derrière lui et sur sa droite, la paroi rocheuse. À gauche, le précipice. Et les flics lui interdisaient l'accès aux sentiers. Ce promontoire était un véritable piège. Devait-il une fois encore foncer dans le tas ? Depuis son départ de la maison, il aspirait de plus en plus à une liberté sans concession et était prêt à prendre des risques, même inconsidérés.

« Ben maintenant, ça va être une légende sans visage, votre Clovis à la con. »

Le gros Guillermoz le regarda avec des yeux grands comme des soucoupes.

« Qu'est-ce… qu'est-ce que ça veut dire ? bafouilla-t-il en remettant son képi. Tu… tu l'as agressé ? »

Une vague de colère prenait lentement naissance dans le bas-ventre de Gaspard. À peine un chatouillis pour l'instant, mais une véritable pelote d'épines qui lui faudrait recracher plus tard. Il s'imaginait entrer de plein fouet dans la lourde panse du flic, l'évider comme un poisson, et avec ses intestins, se tisser une corde pour descendre du promontoire.

Il inspira, chassa la scène sanglante de son esprit pour pouvoir donner une réponse cohérente.

« D'abord, c'est lui qui a commencé. Il m'a plaqué au sol et... »

L'échalas restait de marbre, continuait de fixer intensément le garçon.

« Et ensuite, que s'est-il passé ?

— Un chat qui me suit depuis plusieurs jours lui a sauté au visage et j'ai pu m'enfuir.

— Ah non, mais c'est la meilleure ! s'esclaffa le gros flic. Un chat de garde, maintenant ! Y s'est cru dans un de ces foutus *Disney* !

— Fermez-la, Guillermoz. »

Le ton était sans réplique. L'agent s'en trouva tout penaud.

Difficile de deviner ce que pensait l'aspecteur.

« Voilà ce qu'on va faire, dit-il enfin d'une voix calme. Tu vas venir avec nous. On va sortir de ce canyon, se trouver un bistro sympa et s'offrir un Coca. Ensuite, nous aviserons. Où se trouve ton copain ?

— On s'est disputés ce matin. Il est allé de son côté, et moi du mien.

— Bon, bon, bon... nous nous occuperons de son cas plus tard, alors. »

L'homme fit mine de se rapprocher du sentier qui conduisait à la nationale, et d'un geste plutôt amical, enjoignit le garçon à le suivre. Mais Gaspard recula encore d'un bon pas.

« C'est impossible, je ne peux pas... Je dois continuer. »

D'un mouvement de bras, l'homme balaya les lieux.

« Je ne crois pas que tu aies une autre solution. J'admire ta pugnacité, mais il faut te rendre à l'évidence, tu es bel et bien coincé.

— C'est impossible, je vous dis.

— Têtu comme une mule, hein ? Et tu comptes faire quoi, te jeter dans le vide ? Nous passer sur le corps… ? Bon, bon, bon, alors tu ne nous laisses pas le choix, reconnut l'aspecteur en faisant signe à son subordonné. En douceur, Guillermoz, je vous rappelle que ce n'est qu'un gosse.

— Et qu'est-ce qu'on fait si une horde de chats sauvages nous tombe dessus ? »

La vanne ne fit pas même sourire l'échalas. Néanmoins, il répondit :

« Vous aboyez. »

Les deux hommes avancèrent très lentement, les bras écartés pour faire de leurs corps un filet.

Gaspard s'arc-bouta comme une bête traquée, recula. Son dos buta contre la haie de genévriers. Deux options, donc :

Sauter dans le défilé, en espérant qu'il ne rebondirait pas contre la roche avant d'atteindre l'eau. Ou tenter une percée dans le barrage de flics.

Il était encore à jauger laquelle des deux solutions était la moins terrifiante, quand l'échalas et Guillermoz s'immobilisèrent soudainement.

« Bonté divine », murmura l'aspecteur.

Les deux hommes fixaient un point au-delà, comme si Gaspard était devenu transparent.

Il s'apprêtait à se retourner pour voir de quoi il s'agissait lorsqu'un premier chatouillement lui titilla le bras. Puis un second, un troisième, un quatrième, et ainsi de suite…

Les abeilles.

Bouche bée, il leva la tête. Un nuage d'insectes, compact et grouillant, s'agitait au-dessus de lui, s'écoulait en rigoles, sur tout son corps, jusqu'à recouvrir chaque millimètre carré de sa peau.

Le miel d'Elchar.

Les insectes le butinaient avec enthousiasme, s'empêtraient dans ses cheveux, exploraient allègrement ses paupières, les orifices de ses narines, de ses oreilles. Il n'y voyait déjà plus rien, n'entendait plus rien au-delà du bourdonnement.

Il tangua sur lui-même, étrange homme-ruche.

Aucune abeille ne le piqua. Elles se contentaient de le palper à la recherche de la précieuse substance.

Derrière sa nouvelle peau d'insectes, Gaspard percevait vaguement les voix paniquées des flics.

Il n'avait plus du tout forme humaine. Alors, quelle alternative ?

Tant pis s'il devait ricocher sur la paroi des gorges et finir en bas, brisé et désarticulé. Seule l'eau pouvait le débarrasser des abeilles.

Avec de multiples revers de main, il chassa la masse grouillante qui couvrait son visage, au moins le temps de situer le gouffre, puis s'élança.

14

Le grand saut

Difficile d'évaluer le temps que dura la chute.

Il avait pris le plus d'élan possible, mais il ignorait la profondeur des eaux à son point d'atterrissage. Il n'était pas à l'abri de s'empaler sur des pitons saillant à la surface ou de se briser les jambes sur un éboulis de rochers au fond de la rivière.

Il fendit la surface en faisant exploser une gerbe d'eau glaciale. L'essaim se détacha aussitôt de sa chair, virevolta sur place quelques secondes avant de reprendre la direction des ruches sous la forme d'un étendard. Des centaines d'abeilles moins rapides furent condamnées à la noyade.

Gaspard se lança dans une brasse frénétique pour remonter à la surface.

La hauteur des falaises était écrasante. Loin en haut, il devina l'aspecteur et son acolyte penchés au-dessus du vide. L'échalas gesticulait dans sa direction tandis que le gros flic aboyait dans un téléphone.

Gaspard, qui avait déjà un mal fou à garder le nez hors de l'eau à cause du courant, réalisa qu'à l'aval un tronçon de rapides l'attendait. De petits îlots rocailleux perçaient çà et là. Il s'essaya au crawl, mais le courant trop impétueux l'empêchait de rallier la berge. La fatigue commença de le gagner.

Il renonça à nager et tenta de retrouver son calme. Se laisser porter, tout simplement. *L'eau est mon amie, l'eau est mon amie,* se répéta-t-il intérieurement.

S'il parvenait à franchir les rapides sans encombre, il trouverait ensuite des eaux plus calmes.

Il entra dans la zone de turbulences. Un enchevêtrement tumultueux de trous et de bosses. Un temps, il était aspiré vers le fond, et l'instant suivant, rejeté en surface comme un insignifiant bout d'écorce. Incapable de prévoir quoi que se soit, il but plusieurs fois la tasse.

Le courant s'accéléra encore. Emporté sur le ventre, puis roulant subitement sur le dos, il finit par percuter un îlot de plein fouet. Sa hanche rebondit violemment contre la pierre.

Tel un pantin désarticulé, Gaspard s'enfonça alors. Ses poumons rétrécirent jusqu'à n'être plus que deux noyaux de pêche.

Par réflexe, il ouvrit bêtement la bouche. L'eau s'y déversa à foison et il perdit connaissance.

♪ ♪ ♪ ♪ ♪ ♪

En un clin d'œil, le roulis tumultueux de la rivière a laissé place à une mer d'huile couleur gris acier.

Après le rodéo des rapides, Gaspard se baigne dans une immobilité quasi méditative. Un long mugissement crève le silence.

MMMMMMMMMMUUUUUU…

Tout se met à vibrer. Le garçon réalise où il est :

Juché sur le dos du *Passeur*, confortablement assis dans un fauteuil.

Bouche bée, il contemple la faïence de la carapace, les vaguelettes qui viennent s'écraser au pied de l'énorme dôme, et, loin devant lui, le cou reptilien qui oscille d'avant en arrière.

La berge de l'autre côté du fleuve se rapproche. Il perçoit les formes fantomatiques, les ébauches de silhouettes se faisant et se défaisant.

Le mastodonte avance lentement.

Le garçon se lève d'un bond, sans lâcher des mains les accoudoirs du fauteuil.

« Mais c'est... c'est pas possible ! hurle-t-il. Je suis... mort !? »

La tortue chante de nouveau. Son cou trace une longue courbe sur la droite, et la tête gigantesque apparaît à sa hauteur.

TUUUU... LEEEEEEE... SEEEEEEEE-RAAAAAAAS... QUAAAAAANNNND... NOOOOOOUUUUUS... AUUURRRONNNNS... AAAAATTEIIIINNNT... L'AUUUUUUTREEEE... RIIIIVEEEEE...

« Mais..., mais je n'ai pas envie de mourir ! »

CEEE... NNNN'EEEEST... NIIIII... ÀÀÀÀÀ... TOOOOIIII... NIIIII... ÀÀÀÀÀ... MOOOOOIIII... D'EEEEN... DÉÉÉÉÉCIIIIIDER... PEEE-TIIITEEE... ÂÂÂÂMMME...

Gaspard secoue la tête, crie plus fort :

« Je n'ai pas fini de faire ce que j'ai à faire ! Je ne veux pas mourir ! Je vous en prie ! Ramenez-moi sur le ponton ! »

LAAAA...MOOORT...NNN'EEEST...PAAAS... LAAAA... FIIIIN... CEEE... NNN'EEEST... QU'UUUNN... CHANNNGEEEEMEEENT... RIIIIENN... DEEEE... PLUUUS...

Il n'y avait plus de haut ni de bas.

À travers le filet de conscience qui lui restait, Gaspard était comme un cosmonaute perdu dans l'espace. Lentement, il vrillait sur lui-même. À un moment, il devina le lit caillouteux de la rivière, puis le dos argenté d'un poisson, puis de nouveau le film transparent de la surface.

Il lâchait prise. C'était grisant de ne plus lutter, de se laisser porter par les courants.

C'était comme si son corps se mettait à se dissoudre. Bientôt, il ne serait plus qu'une particule de rocher ou une particule d'eau.

La voix de Mamie papillonne un bon moment dans les ténèbres avant qu'il puisse en mesurer le sens. C'est d'abord un son continu, comme la tonalité d'un téléphone. Enfin, tout cela devient une guirlande de mots :

« Par la sève du Grand Pommier, on est en train de le perdre ! »

Bien que le ton de la vieille dame s'effiloche sous l'effet de la panique, Gaspard se surprend à espérer. À même de sentir l'inquiétante décélération des battements de son cœur, il lui semble qu'il esquisse néanmoins un mouvement vers la surface.

Agenouillée tout contre lui, Mamie garde deux doigts posés sur sa jugulaire.

« Son pouls est de plus en plus faible. »

De l'air frais ventile le visage du garçon par intermittence. Anne-Lise, toute proche elle aussi, bat scrupuleusement des ailes.

« Il nous faut l'intervention d'Archibald. Je ne vois que ça pour le sortir d'affaire.

— Mais on ne sait pas où il est, et le temps qu'il arrive, ce sera certainement trop tard ! » panique l'oie.

En quête de lumière, Gaspard continue de fouiller l'obscurité, un simple point, même d'une extrême fragilité, un jalon auquel il pourrait se raccrocher.

« Continue de lui faire de l'air », préconise Mamie en se relevant.

Une faible lueur parcourt enfin la surface. Le garçon s'en saisit et lutte pour ne pas la perdre dans les ténèbres. Ses paupières se soulèvent quelques instants. Il voit l'aile d'Anne-Lise battre au-dessus de lui, la blancheur de ses plumes trancher avec le couvercle de la nuit. Derrière, la ligne d'horizon dentelée des montagnes.

« Il a ouvert les yeux ! crie l'oie.

— Parle-lui, Anne-Lise, et surveille tes battements d'ailes, je te prie. Là, tu ventiles dans le vide.

— D'accord, d'accord, d'accord ! Tiens bon, Gaspard, tiens bon. Il est hors de question que tu me claques entre les plumes ! Tu devras être là pour mon entrée dans l'Escadrille ! Gaspard ! »

Mamie pousse un long sifflement, et l'instant d'après des centaines de moineaux virevoltent au-dessus de sa tête.

« Votre attention à tous ! clame-t-elle d'une voix forte. Hâtez-vous aux quatre coins de la Forêt ! Trouvez-moi l'éléphant ! »

Le nuage se disloque, file à tire-d'aile en direction du sud. Gaspard sent ses paupières lentement s'affaisser. Il chute de nouveau dans l'abîme.

Les rapides étaient à présent derrière lui. Son corps inerte oscillait lentement sur des eaux plus calmes. Il flottait sur le ventre et seul l'arrondi de sa colonne vertébrale perçait la surface des flots.

Il n'était plus qu'une outre pleine, animée d'un seul battement de cœur discontinu. Un temps infini s'étirait entre chaque coup.

Ka koung… Ka koung…

Combien restait-il d'impacts avant que le Néant ne l'avale définitivement ?

Ka… koung…

Quelque chose le saisit par la taille et le sortit de l'eau. Il sentit qu'on le roulait sur le dos.

« Gaspard ! Gaspard… ! »

Ka…

… koung…

Ka…

… koung…

Était-ce la réalité ? Ses yeux s'étaient-ils légèrement entrouverts ? Un rai de lumière, pas plus épais qu'une entaille dans l'écorce. Le visage grave d'Honoré penché au-dessus de lui. Ses mains qui tâtaient sa poitrine, cherchant un point précis à proximité du sternum.

Ka…

Fermement accroché aux accoudoirs du fauteuil, Gaspard a le visage baigné de larmes.

« Je vous en prie ! Par pitié, arrêtez-vous ! »

La tortue tord son cou et lui adresse un regard bienveillant.

*NOOOUUUS… SOOOOMMES… SUUUUR…
LEEEEE… POOOIIINT… D'AAACCOOOOSTER…
PEEETIIITEE… ÂÂÂMMME…*

… koung…

Gaspard est de retour au campement.

Anne-Lise s'entête à battre des ailes, mais sans doute pour se ventiler elle-même, car, éprouvée par la situation, elle n'est pas loin de tourner de l'œil.

… Ka…

La terre tremble. Plusieurs fois.

Deux pattes massives se plantent de part et d'autre de ses jambes. Une tête encadrée d'oreilles surdimensionnées. Comme *Dumbo* ; un éléphant volant.

« Anne-Lise, recule-toi ! ordonne la voix de Mamie. Laisse faire Archibald ! »

… koung…

Le bout de sa trompe collé sur le torse de l'enfant, l'éléphant se fige et inspire à fond. Le corps de Gaspard se soulève avec violence. Puis dans un deuxième mouvement, le pachyderme expire avec tout autant d'énergie, relâchant sa prise.

… Ka…

Archibald réitère l'exercice, encore et encore.

♪ ♪ ♪ ♪ ♪ ♪ ♪

L'odeur du genévrier, le chant de la rivière.

Les mains l'une sur l'autre, bras tendus, Honoré donnait des à-coups sur sa poitrine avec la régularité d'une machine à pistons. Sa bouche psalmodiait une litanie de chiffres.

« … huit, neuf, dix… »

Gaspard ne se lassait pas de le contempler. Sa tignasse épaisse, ses sourcils se rejoignant sous l'effort, son regard concentré, farouchement décidé à l'éloigner de la frontière du royaume des morts.

« … douze, treize… »

Il perçut le mince filet d'air se frayer un chemin à travers sa gorge. Une douleur sourde incendia sa cage thoracique.

Son corps vomit des quantités d'eau. Il toussa, une main agrippée à l'épaule de son ami.

Avant de perdre de nouveau conscience.

… *Ka koung… Ka koung…*

Et pour la première fois depuis des jours et des nuits, la petite mélodie ne se fit pas entendre.

Il sombra dans un sommeil de plomb où nul rêve ne pouvait entrer.

Il se réveilla au fond d'une grotte.

Maintenu entre quatre pierres, un feu se tortillait, traçait sur les parois des ombres dansantes. Ses habits séchaient à proximité.

Il grimaça quand sa main effleura par hasard sa hanche gauche. Jetant un œil à l'intérieur de sa couche, il découvrit un bleu énorme, qui s'étendait de son flanc jusqu'à mi-cuisse. Il se souvint du rocher qu'il avait percuté dans les rapides.

Toutes leurs affaires se trouvaient là, disséminées un peu partout.

Le lieu, avec sa voûte basse, son silence, seulement ponctué par un régulier goutte-à-goutte suintant de la roche et le doux crépitement des flammes, avait quelque chose de rassurant. Un cocon creusé dans la falaise.

Ils étaient donc encore dans les gorges.

Gaspard renifla ses épaules. Le parfum capiteux avait bel et bien disparu.

Il se hissa sur les coudes, mais n'alla pas plus loin. La tête lui tournait. Honoré avait réuni toutes leurs gourdes. Il avait dû dénicher une source car elles étaient pleines. Gaspard vida l'une d'elle entièrement. La faim le tenaillait, ce qui était plutôt de bon augure.

La cavité se rétrécissait en un boyau étroit. En tendant l'oreille, au-delà du conduit rocheux, il devinait le fredonnement de la rivière.

Honoré apparut enfin, les bras chargés de bois. Dans l'obscurité des lieux, la pâleur de ses traits jurait tant, qu'on aurait dit qu'il s'était confectionné un masque avec un morceau de lune. Il s'éclaira d'un joyeux sourire quand il vit que son ami était réveillé.

« Alors, qu'est-ce tu penses de notre nouvelle planque ? C'est pas le top du top ?

— C'est génial. J'ai l'impression d'être un homme des cavernes. Qu'est-ce qu'on mange ce soir ? Du mammouth ou du lézard ?

— Saucisses et merguez de raptor au barbecue. Dehors c'est la jungle ; y a que des flics et des dinosaures. C'est vraiment la colo dont j'ai toujours rêvé. »

Gaspard parvint à s'asseoir.

« Comment tu te sens ?

— Comme Superman qui aurait pris un missile nucléaire en pleine poire. J'aurais bien besoin d'un peu de *kryptonite*. Va me falloir encore un moment avant de pouvoir tenir sur mes jambes. En revanche, j'ai perdu le fil du temps.

— Il fait presque nuit. »

Honoré remua les braises, ajouta du bois. Gaspard avait une furieuse envie de poser son front sur son épaule, mais par pudeur se contenta de lui tapoter amicalement le dos.

« Tu m'as sauvé la vie.

— T'aurais fait la même chose pour moi, répondit Honoré sans quitter les flammes des yeux. Puis j'étais pas seul. Le chat est venu me prévenir. Sans lui, tu te serais noyé.

— Ça alors, t'as vu le chat ?

— Un peu que j'l'ai vu. Tout noir, avec le bout des pattes blanches. Y m'a foutu une trouille bleue. Il était couvert de sang. Je te jure, j'ai cru à un chat mort-vivant. Il me fixait en miaulant super fort ! J'ai mis un moment à comprendre qu'il voulait que je le suive. »

Honoré souriait.

« C'était coton de pas me faire distancer. De temps en temps, y faisait une pause pour vérifier que j'étais encore derrière et se remettait à miauler, comme pour m'encourager. Y a même un endroit où il m'a fait changer de rive ! »

Le garçon partit d'un rire franc et tapa plusieurs fois dans ses mains.

« À croire qu'il connaissait les lieux comme sa poche, les passages à gué et tout ça ! Il a pas hésité à se foutre à l'eau ; j'avais encore jamais rencontré un chat de cette trempe ! Au bout du compte, j'ai pas vu quand t'as sauté de la falaise. J'ai juste assisté à l'atterrissage. Il m'a semblé comprendre ce qui se passait quand j'ai aperçu les deux types là-haut. Et puis surtout que l'un des deux portait un uniforme.

« Après, l'a fallu que je coure le long de la berge pour tâcher de rester à ta hauteur. Le chat et moi, on était complètement paniqués, surtout quand t'es arrivé dans les rapides. Encore un peu et je me mettais à miauler aussi ! Quand j'ai enfin réussi à te repêcher, j'ai bien cru que c'était trop tard – tu flottais comme un macchabée. Par chance, t'es passé suffisamment près du bord pour que j'arrive à te chopper. Si t'étais resté au milieu de la rivière, c'était pas avec une seule leçon de natation que j'aurais pu te récupérer. »

Honoré marqua une pause, sortit son couteau suisse. Avec application, il tailla des branches fines qu'il avait gardées de côté.

« C'est des pics pour mettre les saucisses à cuire. J'ai une de ces dalles… »

Gaspard planta les premières saucisses sur la branche préparée par Honoré. Les flammes crépitèrent quand il les plaça au-dessus du feu. L'odeur de viande grillée ne tarda pas à emplir la grotte.

« Et tu sais faire les massages cardiaques ?

— C'est ma mère. Avec son éternel flip qu'il nous arrive quelque chose, elle s'est mis en tête qu'on devait apprendre. Elle a participé à une formation de secourisme, et voilà pas qu'un jour elle se ramène à la maison avec un mannequin pour qu'on s'exerce. Mais bon, je t'avoue que pour le nombre d'insufflations et tout ça, je me souvenais plus trop. J'ai dû faire au pifomètre.

— Tu veux dire qu'tu m'as fait aussi du bouche-à-bouche !? »

Honoré grimaça.

« Ben oui, bien obligé. À ce propos, t'as une haleine de chiottes. »

Gaspard lui assena un coup de poing dans l'épaule.

« Et le chat ? Il est resté à te regarder ?

— Aucune idée, j'étais trop concentré sur ce que je faisais. Mais une fois que t'étais tiré d'affaire, quand je me suis retourné, il avait disparu… Après je t'ai porté sur mon dos. Je peux te dire que tu pèses ton poids. Par chance, j'avais repéré la grotte en me cherchant un coin pour caguer. L'entrée est dissimulée par des taillis en pagaille, complètement invisible. Une fois que t'étais à l'abri, je me suis magné de récupérer nos affaires. C'était moins une. Peut-être un quart d'heure plus tard, les gorges grouillaient de keufs. »

Gaspard tourna les saucisses. Son estomac gargouillait.

« Et maintenant, ils sont repartis ?

— Tu rigoles ! Ils continuent de passer le coin au peigne fin. J'ai dû faire super gaffe en allant récupérer du bois. Non, non, y a même une équipe de plongeurs qui drague la rivière. Doivent croire que tu t'es noyé. Y a de grandes chances pour qu'ils poursuivent les recherches jusqu'à ce qu'il fasse nuit noire. »

Le garçon tressaillit.

« Ils me croient mort ? Mais… mais alors ça veut dire que mes… mes parents et mon frère vont me croire mort eux aussi… »

Son appétit s'était subitement envolé.

« Pas tant qu'ils n'auront pas retrouvé le corps. Une chose est certaine, c'est plus nécessaire qu'on essaye de rattraper ton père. Il ne va quand même pas continuer sa tournée en sachant ce qui est arrivé. Je sais pas, moi, mais si j'avais un fils et qu'on m'apprenait qu'il s'était peut-être noyé, je serais à l'heure qu'il est en train de fouiller la rivière avec les secours. Non ? »

Gaspard resta plongé dans ses pensées, le regard aimanté par les flammes. Une ombre inquiétante agitait ses traits. Malgré sa fatigue, la colère revenait lui brûler le ventre.

Pas très à l'aise, Honoré se tortilla sur lui-même.

« Je ne rentrerai pas chez moi », décréta soudainement Gaspard.

Son ton était sans appel, tranchant comme un couperet.

« Je téléphonerai à la maison pour dire que je suis encore vivant, mais j'irai au bout de ce voyage, quoi qu'il arrive. Après tout, peut-être que mon père en a rien à foutre de savoir si je respire encore ou pas. Et puis, je t'ai dit qu'on verrait la mer, alors on verra la mer. »

Honoré se garda bien de le contredire, même s'il était quelque peu dérouté par cette décision.

« Comme tu veux, finit-il par acquiescer en lui tendant une saucisse. Je pense pas qu'on arrive à atteindre Arles demain soir. Vendredi, la troupe joue aux Saintes-Maries. C'est pas beaucoup plus loin, ça nous laisse du coup plus de temps, et puis c'est au bord de la mer… Enfin, va déjà falloir qu'on sorte des gorges sans se faire pincer. Mais on s'en fout, on avisera. »

La colère retourna se tapir sous son lit de braises. Gaspard croqua dans la viande avec avidité.

Au bout d'un moment, alors qu'ils mettaient à cuire la deuxième fournée et que l'ambiance était plus détendue, Honoré lui demanda de lui relater ce qui s'était exactement passé après qu'il se fut retrouvé seul. Gaspard lui en fit le récit par le menu, omettant le comportement inhabituel des abeilles.

« Incroyable ! s'enthousiasma Honoré quand il eut terminé. Pas étonnant que le matou était couvert de sang. Je me demande bien dans quel état ils ont retrouvé le type. »

Le repas terminé, ils réalimentèrent le feu. Honoré tira de longues bouffées sur sa cigarette. Ils discutèrent à bâtons rompus sur la meilleure façon de quitter les gorges. Les stratégies envisagées devinrent de plus en plus rocambolesques. Prendre en otage un canoë avec ses occupants. Ou voler l'une des voitures de flics. Honoré assurait que son père lui avait enseigné les rudiments de la conduite… Mais bon, seulement sur le chemin viticole qui menait à leur ferme. Ou alors, carrément rester dans la grotte. Dormir le jour, sortir la nuit. Même un mois, si nécessaire, le temps que la police abandonne les recherches, et qu'ils soient devenus deux parfaits Robinson Crusoé.

Gaspard fut pris d'un besoin pressant, mais il eut du mal à se mettre debout. Des points blancs, semblables à une brassée de flocons, traversèrent son champ de vision. Il tituba jusqu'au fond de la grotte, se glissa dans le conduit étroit, écarta des bras le pan de végétation qui dissimulait l'entrée et déboucha à l'air libre.

La nuit avait pris possession du canyon. Le ciel était parfaitement dégagé, révélait tout un cortège d'étoiles. Au fond de la gorge, aucune lumière, aucun bruit ne dérangeait les ténèbres. La police avait dû interrompre ses investigations en attendant le lever du soleil.

Pieds nus, il contourna un massif de genévriers avant de se soulager, sans quitter des yeux le scintillement du cours d'eau en contrebas.

Alors qu'il s'apprêtait à revenir vers l'entrée de la caverne, une silhouette s'échappa des buissons, se planta devant lui et le dévisagea de ses larges pupilles.

Gaspard s'accroupit en face du chat. Malgré la pénombre, il devina le poil noir hérissé de crasse et les entrelacs de sang qui enlaidissaient le blanc des pattes.

Plein d'espoir, il tâcha de faire le vide dans son esprit et demeura immobile, dans l'attente d'un mot.

Mais une bonne minute passa sans que rien ne vienne. À défaut d'envoyer des messages télépathiques, le félin faisait des moulinets avec sa queue et ronronnait bruyamment.

« Bon, c'est pas encore pour ce coup-ci, alors. Tant pis. En tout cas, je voulais te remercier pour… pour être intervenu quand Barbe-Noire m'a attrapé… et puis aussi pour avoir prévenu Néné… »

Le chat s'approcha, se frotta contre son genou.

C'était la première fois qu'il le touchait. Une émotion violente le submergea. Il dut cligner des yeux pour retenir ses larmes. L'animal ouvrait une brèche en lui qui laissait percevoir un océan de tristesse jusqu'alors insoupçonné.

Ébranlé, il s'assit à même le sol. Le félin recula un peu. La lune se mira un court instant sur la pupille de ses yeux en amande.

Puis une voix, chaude, épaisse, résonna dans la tête du garçon.

Tu dois faire attention, car dorénavant je ne pourrai plus veiller sur toi dans ce monde-ci.

« Pour… pourquoi ? »

Bientôt, tu comprendras. Nous nous reverrons.

Et comme à son habitude, il fit volte-face et se coula sans bruit dans l'obscurité.

Gaspard pleura tout son saoul avant d'aller retrouver Honoré.

« T'en as mis du temps. J'ai bien cru que t'avais encore des embrouilles… Y reste des flics ?

— Non, pas l'ombre d'un képi.

— Tant mieux. Allez, au lit ! Tu dois te requinquer. »

Glissé dans sa couche, Honoré avait pris soin de laisser les réserves d'eau à portée de main.

Gaspard aperçut également le miroir de poche, en partie dissimulé dans les plis du duvet. Aussi, quand son ami le questionna, l'air de rien, sur l'état du ciel, il ne fut pas étonné de le voir presser l'une des gourdes contre sa poitrine, la mine soucieuse.

« Clair, avait-il répondu. Pas l'ombre d'un nuage. »

Une fois couché, Gaspard concentra toute son attention sur la valse des flammes.

La brèche s'était plus ou moins refermée.

Jusqu'à quand ?

Le sommeil le gagna. Et fidèle au rendez-vous, la petite musique s'éleva dans un recoin de son être.

15

Pastèquénergie

Les mains en coupe, Mamie récolte les lucioles par grappes avant de les déverser dans le coffret en bois, usant pour ce faire d'une extrême délicatesse. Au-dessus des Terres Désolées pointe une aube sans soleil.

« Cette nuit, on a frôlé la catastrophe », déclare-t-elle en relevant la tête.

Son regard est patiné. Des rainures profondes tailladent son front ; fatigue et soucis s'y disputent la place.

« Si Archibald n'avait pas été là... », complète Anne-Lise.

Depuis que le garçon a réapparu, l'oic refuse de s'en détacher. Ses deux ailes enroulées autour de l'une de ses jambes, elle tend vers lui de grands yeux inquiets. Un peu indisposé par de telles effusions, Gaspard garde les mains dans les poches. Rester debout lui est difficile – l'épuisement l'a accompagné jusque dans ses rêves.

Mamie l'a obligé à manger des gâteaux secs. Il les a mastiqués longuement, sans aucun appétit.

« Je me suis retrouvé sur la tortue, confie-t-il. Nous n'étions pas loin d'accoster sur l'autre rive quand Né... Archibald est intervenu... »

Les tamanoirs piaffent, impatients de se mettre en route. La gueule béante de l'Ombregrise pend toujours sur le flanc de l'un d'eux, trophée abject au rictus figé, dont les babines retroussées laissent encore pendre dans leur sillage des filins de bave.

Le campement plié, Mamie se tient immobile, à contempler elle aussi l'horizon obstrué par les montagnes. Elle n'a pas pris la peine de se recoiffer. Son chignon ressemble à un gros épi.

« Inutile d'attendre ici, décrète-t-elle enfin, j'ai le sentiment que nous ne *le* verrons pas. Autant retourner à la ferme. Les chats nous tiendront informés.

— Moi, je *l'*ai vu », annonce Gaspard d'une voix grêle.

Anne-Lise relâche son étreinte.

« Cette nuit. J'ai fait une courte apparition au campement, vous dormiez. Il était juste là. »

Le garçon pointe un doigt légèrement tremblant.

« Une sorte de loup énorme, avec des yeux sans pupilles, rouges comme du sang.

— Et qu'a-t-il fait ? s'enquiert Anne-Lise.

— Rien. Il se contentait de m'observer et de grogner. C'était un grognement terrible, très grave. J'ai... j'ai senti de la colère, ouais, un gros paquet de colère... comme si...

— Comme si quoi ? l'encourage Mamie.

— Comme s'il n'était fait que de ça : de colère. »

La vieille dame hoche lentement la tête. Les yeux plissés, elle frotte son index contre ses lèvres, signe qu'elle réfléchit.

« Vous pensez qu'il n'a rien fait de plus parce qu'on était en dehors de son territoire ? interroge le garçon.

— Oui, sans doute. Mais je ne peux pas vraiment l'affirmer non plus. Ce ne sont là que des supputations.

— Des quoi ?

— Des suppositions. Pardon, voilà que je me mets à pérorer comme M. Cot... Je veux dire que cette créature est tout autant un mystère pour moi que pour toi. D'où vient-elle ? Comment est-elle arrivée ici ? Que cherche-t-elle ? »

Mamie regarde le ciel. La lumière s'est accrue. Après l'aube diaphane, des taches bleues apparaissent çà et là.

« Une chose est sûre, tu n'es pas en mesure de prendre la route dans cet état, tu tiens à peine sur tes jambes. Et les tamanoirs sont trop affamés pour être chevauchés. Il te faut un remontant. Et du costaud. »

Elle fouille dans la gibecière. Gaspard fait la grimace.

« Je n'ai pas très envie de remanger du miel, Mamie, j'ai eu des effets secondaires un peu... bizarres.

— Qui te parle de miel. Non, j'ai plus approprié... Ah, la voilà ! »

Elle brandit un pot de confiture de la taille d'un dé à coudre. Il y a une étiquette où est écrit en pattes de mouche : « Pastèquénergie »

Anne-Lise tend le cou, renifle l'objet.

« Je me débrouille plutôt pas mal pour ce qui est des confitures, dit Mamie. Goûte donc, en plus d'être très efficace, celle-ci est très savoureuse. »

Gaspard dévisse le minuscule couvercle.

« Contente-toi de tremper le bout de ta langue, précise-t-elle, ce sera suffisant.

— Et moi, je peux en avoir ? »

Bec pointé, l'oie sautille sur place.

« Tu n'en as pas besoin. Désolée. Et puis, il y en a trop peu ; nous devons nous montrer économes. »

L'oiseau se renfrogne.

« Alors ? demande Mamie. Tu trouves ça comment ? »

À peine Gaspard a-t-il pointé sa langue dans le pot qu'il a la sensation d'avoir dévoré une pastèque entière.

« Ça a du goût, dis donc.

— Oui, sans vouloir me vanter, cette recette-ci est particulièrement réussie. »

Soudain, Gaspard éprouve une étrange sensation, comme s'il était parcouru d'un courant électrique à basse tension. Un fourmillement agréable lui picote le nez, le menton, les oreilles. Avant qu'un énorme frisson ne parte de son cuir chevelu et ne dévale jusqu'à ses chevilles.

« Oh, là là, ça fait vraiment tout bizarre ! C'est comme si je ne pesais presque plus rien !

— Faudrait voir à ce qu'il ne s'envole pas, plaisante Anne-Lise en battant le sol de ses pattes palmées.

— Ah, se libérer du poids, commente joyeusement Mamie, ce n'est pas une mince affaire, mon garçon, non, pas une mince affaire. »

Elle lui reprend des mains le petit pot, revisse méticuleusement le couvercle. Gaspard danse d'un pied sur l'autre, presque incapable de rester en place.

« Je pète le feu ! »

Il a même du mal à moduler le volume de sa voix.

« Merde, Mamie… heu, pardon… mince, j'veux dire… qu'est-ce qu'il y a de mélangé à cette pastèque ?

— Allons, allons, je doute que l'un des effets secondaires de ma confiture soit la grossièreté, tout de même… Bon, puisque la Confiturologie t'intéresse, sache que…

— Ça existe ça, la Confiturologie ? l'interrompt Anne-Lise.

« — Je n'ai encore jamais essayé de fabriquer une confiture à base d'oie, répond la vieille dame à brûle-pourpoint, mais ça peut s'envisager. »

Anne-Lise déglutit avec un drôle de bruit.

« Et sache pour ta gouverne que oui, ça existe la Confiturologie, pour la bonne raison que c'est moi qui l'ai inventée. »

La vieille dame s'ébroue, chasse d'un coup d'épaules sa susceptibilité. Gaspard et l'oie échangent un regard, se font violence pour ne pas rire. Les tamanoirs viennent se frotter à leurs jambes, agitent leurs longs appendices en direction du sud.

« Oui, oui, on va y aller ! râle Mamie à leur encontre. Bon, qu'est-ce que je disais déjà... ?

— La composition de cette confiture ?

— Oui, c'est ça... la composition. Alors, pour avoir autant d'intensité dans le goût, compte bien que j'ai dû passer au broyeur pas moins de cinquante kilos de pastèques. Un travail de forçat. Pour l'aspect tonique, j'ai ajouté de la sueur d'écureuil, des déjections de colibri, des membranes d'ailes de mouche et du sang de puce. Je t'épargne l'équilibrage des différents dosages ; secret professionnel oblige... Oui, voiiiilààààà ! On s'en va... inutile de me pousser de la sorte ! »

Le tamanoir a enroulé son nez autour de la taille menue de Mamie et tire comme un forcené.

Gaspard grimace.

« Je ne sais pas si c'était une bonne idée de m'expliquer la recette... Pouah ! »

Ils se mettent enfin en route. Gaspard est toujours soumis à d'imperceptibles soubresauts électriques.

Mamie décide qu'ils longeront encore un temps les Terres Désolées en direction de l'ouest. Elle préfère attendre le dernier moment avant de bifurquer pour revenir vers la Grande Forêt. Sans doute espère-t-elle encore apercevoir le Molosse.

Le garçon a l'esprit aussi agité que ses membres, un imbroglio de pensées, qui, par ricochets, orchestre dans sa tête une incomparable sarabande.

« L'agitation va vite s'atténuer, lui dit Mamie. C'est toujours ainsi avec cette confiture. Bientôt, tu te sentiras en pleine forme, rien de plus. »

Gaspard opine du chef. Même les mots dévalent de sa bouche.

« C'est-comme-si-j'avais-bu-quarante-cafés-ou-comme-si-j'étais-branché-sur-du-courant-électrique-un-truc-de-dingue-genre-si-Anne-Lise-en-avait-pris-elle-pourrait-voler-jusqu'à-la-ferme-en-un-éclair !

— Hé, j'ai pas besoin de drogue pour relier la ferme en un temps record ! crâne l'intéressée.

— Comme-maintenant-je-peux-transporter-des-petites-choses-dans-mon-sommeil-comme-ce-qui-s'est-passé-avec-la-mante-religieuse-et-bien-je-me-demandais-si-vous-seriez-d'accord-pour-que-j'emporte-un-peu-de-votre-confiture ? »

Elle s'arrête, le dévisage quelques instants. Les tamanoirs prennent le large.

« Hé ! Stop ! » crie Anne-Lise en volant derrière eux.

Difficile d'évaluer la teneur des sentiments de Mamie. Néanmoins, le garçon y perçoit davantage de curiosité que de suspicion.

« C'est-pas-pour-moi-hein-non-moi-j'ai-eu-ma-dose-c'est-pour-un-ami-qui-en-aurait-aussi-besoin. »

Mamie ne pipe mot. Son regard se perd un moment vers les montagnes aux arêtes coupantes. Puis elle fouille dans ses poches, retire le pot miniature et le lui donne.

« Merci, dit-il un peu confus, avant de le glisser dans son pantalon.

— De rien. En contrepartie, je veux seulement que tu me parles de cet ami. Tu le connais depuis longtemps ? »

Ailes déployées, Anne-Lise fait face aux tamanoirs en émettant un sifflement continu.

« Non, depuis seulement quelques jours, mais j'ai l'impression qu'on est amis depuis toujours. »

Mamie acquiesce.

« Je comprends… Tu as remarqué, ça y est, tu parles de nouveau normalement.

— Ah oui.

— L'amitié, Gaspard, est une chose extrêmement précieuse qui a besoin d'être soigneusement entretenue. Comme un jardin, tu vois. Comment se nomme ce garçon ?

— Honoré, mais il préfère qu'on l'appelle Néné.

— Et il a décidé de t'aider à trouver ce que tu cherches.

— Oui. »

Elle frotte ses lèvres du doigt, glisse une mèche de cheveux derrière son oreille.

« Et toi, en quoi l'aides-tu ? »

Gaspard se plonge dans les yeux bleu océan.

« Je… je ne sais pas trop », bafouille-t-il, pris de cours.

Elle sourit.

« Tu dois certainement, sans le savoir encore, l'aider aussi à trouver *quelque chose*. Vous êtes tous les deux en quête. Chacun d'une chose différente, mais en vous épaulant l'un l'autre. C'est cela, la définition exacte de l'amitié.

— Mais… je ne sais pas ce qu'il cherche.

— Tu l'apprendras en temps voulu, sois-en certain.

— Hé ! les interpelle vivement Anne-Lise, je suis pas dresseuse de tamanoirs, moi ! Je pourrai pas les retenir éternellement ! »

Alors qu'ils parviennent dans la plaine, la vieille dame pointe un doigt.

« Un messager arrive. »

Malmené par le vent, le moineau est sujet à de violentes embardées.

Tant bien que mal, il finit par se poser sur le poignet de la vieille dame en pépiant comme un diable.

« Krüg a des soucis », traduit-elle.

Elle se tourne vers Gaspard et Anne-Lise.

« Cette fois-ci, nous n'avons plus qu'à reprendre le chemin du sud. Une fois dans la Forêt, nous couperons par le territoire de Watkilli. Nous n'arriverons pas avant la nuit.

— Qui est Krüg ? demande le garçon.

— Le touchécorce de l'Hiver. Autant dire qu'on va se cailler les palmes, ronchonne l'oie.

— Oui, et à ce propos, ajoute Mamie en s'adressant au moineau, file jusqu'à la ferme et demande à Idriss de nous rejoindre avec des vêtements chauds. Arrange-toi aussi avec l'un de tes collègues pour porter un message à la République Travailliste. Négociez avec Borgota, le président. Tâchez de voir s'il est en mesure de nous fournir une escouade de ses castors. Mon petit doigt me dit que nous risquons d'en avoir besoin. Merci de te montrer diligent. »

Et à l'instant même où le moineau quitte le poignet de Mamie, Gaspard disparaît.

16

Bêtimondes

Le visage d'Honoré était un bout d'étoffe découpé dans un linceul.

« Ils m'ont retrouvé, dépêche-toi de plier tes affaires. Faut qu'on se tire en vitesse. »

Le feu expirait. Le garçon s'était rhabillé dans la précipitation, car son tee-shirt était à l'envers. Il avait installé les gourdes devant lui, sur une ligne, bouchons ouverts. Avec une impatience croissante, il fouillait le fond de son sac.

Grâce à la confiture de Mamie, Gaspard se sentait dans une forme olympique.

« De qui tu parles ? De la police ? »

Honoré secoua la tête avec véhémence. Il respirait par saccades.

« Non, ce qui nous attend dehors, c'est cent fois pire. Magne-toi, je te dis. C'est un cul de sac, cette grotte… si on ne réagit pas, on va se retrouver dans une merde puissance dix. »

Néné déraillait complètement.

Son visage s'éclaira un instant quand il mit la main sur ce qu'il cherchait : une boîte en carton de petite taille, en tout point semblable à un emballage de médicaments.

Gaspard enfila ses baskets, l'oreille aux aguets, mais nul son ne provenait du conduit rocheux qui menait à l'extérieur. Cette nouvelle menace existait-elle seulement dans l'esprit tourmenté de son camarade ?

« Si c'est pas les flics, alors qui c'est ? »

Honoré s'évertuait à soutirer la bande de scotch qui fermait la boîte, mais il était trop agité et ses doigts maladroits butaient sur l'ouverture. Gaspard s'en empara, descella le carton.

« Mince alors, constata-t-il en lisant l'emballage, des préservatifs. Mais qu'est-ce que tu veux faire avec ça ?

— Des bombes à eau. C'est la meilleure arme pour nous défendre. »

Passé l'étonnement, Gaspard tendit les petits sachets en plastique, puis, d'une main ferme, lui saisit le menton, l'obligeant à plonger ses yeux dans les siens.

« Néné, tu vas enfin me dire… Qu'est-ce qu'il y a dehors ?! »

Les lèvres du garçon tremblaient légèrement. Du bout des doigts, il chassa de son front une fine pellicule de sueur.

« Des Bêtimondes », confia-t-il dans un murmure, comme si le terme même avait quelque chose d'inavouable.

« Depuis des années, ils essayent de me choper. Y a que ça qui les excite : la chasse. Ils m'ont déjà attrapé une fois et, par miracle, j'ai réussi à m'évader…

— Comment tu dis ? Des bêtes immondes ? Je veux dire, j'ai du mal à te suivre, là… Elles ressemblent à quoi ? »

Honoré avait déchiré l'étui dans lequel était logé le préservatif. Il serra l'embout entre le pouce et l'index, s'apprêta à souffler dedans.

« On dit *ils*..., et tu le prononces mal. C'est tout attaché : Bêtimondes. À quoi ils ressemblent ? C'est... c'est trop compliqué à décrire. Ils sont vraiment... Ah, laisse tomber, y a pas de mot... »

Il prit une large inspiration. La capote gonfla comme un ballon. Il s'empara d'une gourde, tâcha de ne pas trembler, versa le contenu dans le ventre rebondi. Une fois la poche pleine, il s'aida de ses avant-bras pour la maintenir contre sa poitrine pendant qu'il nouait l'orifice.

Gaspard lui tendit un autre préservatif.

« Tu vas vraiment réussir à me foutre la trouille. Vas-y, parle-moi d'*eux*, que je sache quand même à quoi m'attendre.

— Gaspard, on n'a pas le temps. Chaque seconde compte. Range tes affaires pendant que je finis de préparer les munitions.

— D'accord, d'accord... mais au cas où ils arrivent à nous attraper, qu'est-ce qu'ils vont nous faire ? »

Honoré eut un drôle de regard – un mélange de résignation et de terreur.

« Nous bouffer. »

Gaspard se mit debout. La tête lui tournait. Honoré remplit la deuxième capote.

« Com... combien sont-ils ?

— Ils ne chassent jamais en grand groupe. Pas plus de dix.

— Et tu dis que t'es déjà arrivé à leur échapper ?

— Oui, plusieurs fois.

— Grâce à l'eau.

« — Entre autres, ils détestent ça. Tu verrais, ça les fait hurler à la mort, comme si pour eux c'était de l'acide. Les miroirs marchent bien aussi. Ils ne supportent pas de voir leur propre reflet.

— C'est donc pour ça que t'es tout le temps à espérer qu'il pleuve.

— Essentiellement la nuit. Ces saletés ne sortent que la nuit.

— Alors ils craignent la lumière du soleil, comme les vampires ou les gobelins.

— Ouais. Ils habitent sous terre. »

Gaspard tâcha de faire le tri de ces nouvelles informations abracadabrantes. Néanmoins, la peur d'Honoré était hautement communicative. Il plia ses affaires et l'assista de nouveau dans la confection des bombes.

« Tu crois qu'on aura assez de munitions ? »

Ne restaient que cinq gourdes pleines, de quoi faire tout au plus trois projectiles chacun.

« Non. Notre seule chance, c'est d'atteindre la rivière, de s'y planter jusqu'à la taille en attendant que le jour se lève.

— Mince alors. À moins qu'il se mette à pleuvoir.

— Ça, c'est le job du dieu du Sacré-Bon-Coup-d'Bol... »

Quatre bombes étaient maintenant prêtes.

« Faut bien faire gaffe en les manipulant, avertit Honoré, ça se perce comme de rien. »

Gaspard n'avait plus de salive. Plus il jetait des coups d'œil en direction de la sortie, plus son estomac se nouait.

Honoré entortillait le nœud de l'avant-dernier projectile. L'obscurité, plus épaisse que jamais, s'écoulait dans chaque interstice de la cavité.

« Tu vas tenir le coup ? On a peu dormi, t'as pas dû beaucoup te requinquer. »

Gaspard s'agenouilla en face de lui.

« Ben, figure-toi que j'ai une pêche d'enfer. Et d'ailleurs, en parlant de ça, y a un truc que j'aimerais que tu prennes. »

Il lui tendit le pot de la taille d'un dé à coudre.

« Qu'est-ce que c'est ?

— Une sorte de confiture bourrée de vitamines. Ça a le goût de la pastèque. Tu vas voir, ça a un effet surprenant.

— Je sais pas si c'est bien le moment de déguster de la confiture.

— Prends-la, je te dis. Fais-moi confiance. »

Honoré obtempéra, fourra l'index pour y recueillir le nectar, gratifia Gaspard d'une moue circonspecte.

« On est aussi fou l'un que l'autre, c'est ça ? »

Gaspard esquissa un sourire.

« Ouais, ça m'en a tout l'air. »

Fin prêts, ils mirent leurs sacs à dos.

« On se dirigera avec ta frontale, dit Honoré. On doit avoir les mains libres pour tenir mes munitions. Quoi qu'il arrive, on essaye de rester groupés, d'ac ? »

Honoré s'immobilisa à un demi-mètre de l'ouverture.

La lune était une simple virgule. Un ciel perforé d'étoiles et pas l'ombre d'un cumulus. Le glougloutement de la rivière s'élevait en contrebas. Ils écoutèrent la nuit.

Ne percevant absolument rien, Gaspard se demanda si Honoré n'était pas en train de le mener en bateau. Son cœur battait à tout rompre et son imagination caracolait.

« T'es sûr que tu te fais pas des films ? chuchota-t-il. Y a que nous deux dans ces fichues gorges.

— Ils-sont-là-à-observer-l'entrée-ils-attendent-qu'on-bouge-les-premiers-j'me-sens-tout-speedy-avait-quoi-dans-ta-confiture ? De-la-drogue ? Merde-j'parle-à-cent-à-l'heure…

— Je te l'ai dit, c'est de la méga vitamine. »

La Pastèquénergie de Mamie opérait.

« Encore-une-chose-protège-bien-tes-yeux-les-Bêtimondes-en-sont-friands-pour-eux-c'est-comme-des-bonbecs. »

Il y eut un grognement singulier, loin sur leur droite. Gaspard se figea.

Honoré planta ses yeux dans les siens.

« J'voulais-te-dire-j'suis-content-qu'tu-sois-là-avec-moi-pour-affronter-ces-saloperies-j'ai-toujours-été-seul-jusqu'à-maintenant-mais-comme-t'es-là-j'crois-qu'j'ai-un-peu-moins-la-frousse-que-d'habitude. »

Gaspard approuva d'un hochement de tête avant d'actionner l'interrupteur de sa lampe.

Ils poussèrent un cri de guerre en s'élançant comme un seul homme.

Alors les grognements s'élevèrent de toutes parts, ponctuant la nuit d'un inquiétant concerto animal.

Un cri retentit, aigu, semblable à la plainte d'un paon. Honoré se serra contre Gaspard. Dans la traînée lumineuse de sa lampe, il surprit les traits liquéfiés du garçon, sa mâchoire serrée comme un étau.

D'autres cris répondirent en écho, devant, derrière, sur leurs flancs. Ils étaient cernés.

La chasse était ouverte.

La conversation qu'ils avaient eue dans la grotte seulement quelques minutes plus tôt lui sembla s'être déroulée des siècles auparavant. *Au cas où ils arrivent à nous attraper, qu'est-ce qu'ils vont nous faire ?* C'était sa propre voix, étouffée, extrêmement lointaine. *Nous bouffer*, avait répondu Honoré.

Nous bouffer.

La première créature s'afficha dans le faisceau de la lampe.

Gaspard cligna des yeux plusieurs fois, comme si la partie la plus cartésienne de son cerveau était soumise à de petites ondes de choc. Sa raison s'ébrécha de façon imperceptible. Une fêlure.

C'était une femme, ou quelque chose s'en approchant. Une chevelure noire tombait en rideau devant son visage, cachant ses traits. On devinait juste les yeux. Pupilles dilatées d'un noir intense où se lisait une haine absolue. Un nez scindé en deux par une vilaine cicatrice. Une bouche tordue avec des rangées de dents, petites, jaunâtres, pointues. Une peau très pâle. Elle dégageait une odeur pestilentielle. L'estomac de Gaspard se recroquevilla.

« Oh, nooooooon ! Qu'est-ce que c'est que ce truc ?! »

Il n'attendait évidemment pas de réponse. Il devait juste entendre le son de sa voix pour ne pas devenir fou.

Un troisième bras partait du milieu du torse, entre lequel pendaient des seins misérables, mous et fripés, deux outres de chair aux tétons violacés. Dans le prolongement de ses larges hanches, une seule jambe. Comble de l'horreur, tel un simulacre humain, elle portait un chandail noué autour de la taille, une pièce de tissu si sale qu'il était impossible d'en deviner les motifs ou la couleur. Il prit conscience du danger en apercevant le hachoir à viande à la lame aiguisée que la créature brandissait et faisait tourner au-dessus de sa tête. Ses deux autres mains griffaient l'air dans leur direction.

Gaspard était sur le point de pousser un hurlement de terreur, mais Honoré cria « SALOPERIE ! » en jetant l'une de ses munitions.

La créature hennit de surprise quand le préservatif lui explosa au visage, lâcha son arme, porta ses trois mains à sa figure, comme si l'eau l'avait rendue aveugle.

Gaspard eut un sursaut d'espoir. Au moins pouvaient-ils se défendre contre ces Choses. Il comprit tout l'intérêt qu'ils avaient à atteindre au plus vite le lit de la rivière.

La femme était pour l'instant hors d'état de nuire. Elle s'était affaissée sur son unique genou, prise de violentes convulsions.

Gonflé d'un nouveau courage, Honoré donna l'impulsion suivante. Il entraîna son compagnon dans la sente.

Les cris apaches résonnaient de toutes parts.

Quelque chose éructa d'un genévrier et saisit la cheville de Gaspard. Des dents, devina-t-il avec effroi, lui pincèrent la peau, tentant de percer au travers du jean.

« AIDE-MOI NÉNÉ ! AIDE-MOI ! »

Sa lampe frontale balaya le sol.

Monstruosité dans l'assemblage des chairs.

Une tête de vieillard. Un crâne bombé où bataillaient des touffes éparses de cheveux. Une figure ridée de fruit pourri. Des orbites creuses, avec au fond de petits yeux mauvais.

Une tête de vieillard juchée sur un corps d'enfant de un ou deux ans… Des bras dodus et des mains potelées dépassaient de ce tronc supporté par deux fesses joufflues et sous lesquelles il n'y avait plus rien : un cul-de-jatte.

Gaspard n'arrivait pas à détacher ses yeux de l'hideuse apparition. La voix d'Honoré lui parvint de très loin :

« BALANCE-LUI UNE BOMBE ! »

Gaspard ne lança pas sa bombe, mais l'écrasa directement sur son assaillant, avec une violence à la hauteur de sa terreur. Les gencives fripées de la tête de vieillard lâchèrent aussitôt prise, et la Chose poussa sur ses bras d'enfant, rampant à l'abri des fourrés.

Ils reprirent leur course désespérée.

Même dans ses pires cauchemars, jamais Gaspard n'aurait imaginé être confronté à des choses aussi abjectes. Il se surprit à lever la tête un court instant pour évaluer l'état du ciel. La voûte demeurait dégagée, seulement décorée par de minuscules étoiles.

Une autre Chose barra le sentier, mais emporté par son élan, Honoré lui rentra dedans en assenant au passage une nouvelle déflagration d'eau. Il y eut un hurlement de douleur. Dans le chassé-croisé des lampes, Gaspard aperçut seulement des éclats de chair. Un homme avec deux têtes, collées ensemble à la siamoise, trois yeux en furie. La créature chuta sur le bas-côté.

Le sentier se resserrait. Ils déboucheraient bientôt sur une inclinaison rocheuse, avant d'atteindre les eaux salvatrices de la rivière.

Des cris de singe résonnaient dans le canyon. Les gourdes vides carillonnaient en haut de leurs sacs.

Comment de si abjectes créatures avaient-elles pu se frayer un passage jusque dans la réalité ? Peut-être que les rêves d'Honoré recelaient un cauchemar tel qu'il n'avait eu d'autre solution que de les expulser de son sommeil.

Honoré stoppa net. Le bras levé, il s'apprêta à lancer sa dernière bombe.

Un autre Bêtimonde leur faisait face.

La stature d'un guerrier. Sa peau était jaune. Un jaune horrible, pisseux, déclinant sur le vert. Une peau de cadavre. Bien qu'il n'eût qu'un bras droit – sur le côté gauche pointait un moignon de chair rabougrie –, il compensait largement ce handicap par deux paires de jambes. Il était si rapide que ses déplacements provoquaient presque un effet d'optique. Son crâne était lisse comme un œuf, déformé, étiré vers l'arrière. Une tête de vautour.

Mon Dieu, pensa Gaspard, *son visage…* En dehors des yeux, grands et très écartés, plusieurs nez imbriqués les uns aux autres dressaient une éminence difforme percée de multiples narines. Ce groin émettait une respiration visqueuse.

Sur ses lèvres, l'esquisse d'un sourire conquérant. Dans son unique main, le long manche d'une fourche. Il fit jouer dans le vide les quatre dents métalliques.

Honoré envoya son missile.

Maladroitement, il faut dire. Et l'adversaire, bien trop rapide, esquiva sans mal. Par pure provocation, il creva la bombe d'un habile coup de fourche avant qu'elle n'atteigne le sol.

Honoré était à présent désarmé.

« Pousse-toi ! » cria Gaspard en faisant un pas chassé et en projetant simultanément ses deux préservatifs.

L'un d'eux fit mouche, atteignit le Bêtimonde à l'épaule. Le hurlement qui monta de sa gueule tordue se propagea dans les gorges, se démultiplia avec l'écho. L'arme tomba au sol.

La seconde suivante, Honoré et la créature se jetaient en même temps sur la fourche. Le garçon, qui beuglait un charabia incompréhensible pour se donner de l'ardeur, lutta vaillamment, martelant de coups de pied la créature tandis qu'il s'agrippait au manche.

Gaspard allait lui prêter main-forte, mais une nouvelle horreur venait de débouler sur son flanc gauche. Des doigts froids, crochus, touchèrent son cou. Ongles noirs et phalanges décharnées.

Une autre femme. Des cheveux courts, hirsutes. Sur son ventre saillait une excroissance tout à fait singulière. Une tête, un cou et des épaules de nouveau-né. Et tout ça vivait, remuait, braillait même, via la petite bouche ourlée du nourrisson, comme s'il réclamait auprès de Gaspard une éventuelle tétée.

Une abomination.

Elle chercha à atteindre son visage.

Elle veut mes yeux, constata-t-il froidement.

Au-delà de la terreur, il jetait des regards éperdus vers la rivière.

Ce geste resterait longtemps dans sa mémoire comme l'acte le plus abject de toute son existence. Il se jucha sur son pied gauche, rentra les épaules pour faire contrepoids – le sac à dos risquait de le faire basculer en arrière. Une seconde pour se stabiliser, puis, de toutes ses forces, il envoya sa jambe droite frapper du talon la tête du nourrisson.

Il entendit craquer sous sa semelle.

La femme se plia en deux avec un gargouillis.

Honoré était toujours aux prises avec le meneur. Enroulés l'un à l'autre, amants tumultueux, ils avaient abandonné l'idée de s'emparer de la fourche. Ils roulaient sur les galets, s'empoignaient comme deux bêtes sauvages en essayant de se mordre. Honoré n'était plus lui-même ; aussi parvenait-il à ne pas se faire dominer. À terre, le Bêtimonde tirait peu d'avantage de ses quatre jambes, et, habilement, le garçon s'acharnait à lui immobiliser son unique bras.

Gaspard s'empara de la fourche. De nouveaux Bêtimondes étaient déjà presque sur lui. Il fit faire un demi-cercle à son arme pour les tenir à distance, érafla au passage une peau livide. Puis il abattit la fourche sur l'adversaire d'Honoré. L'une des dents métalliques se planta profondément dans la cuisse. Surpris par la douleur, la créature roula sur le côté et lâcha son ami.

« ALLEZ !!! » vociféra Gaspard à l'adresse du garçon, tout en l'aidant à se relever.

Ils coururent jusqu'à la rivière et sautèrent dans l'onde, s'arrêtant quand ils eurent de l'eau jusqu'à la taille. Le courant était suffisamment fort pour les déloger.

Gaspard mit alors la fourche à la verticale et l'abattit. Le sol, mi-sablonneux mi-caillouteux, fit de l'outil un solide point d'ancrage une fois planté. Ils se tinrent au manche comme des naufragés. La frontale, toujours juchée sur la tête de Gaspard, promenait un cercle flou sur la berge.

La horde s'était rassemblée sur la plage. Ils avançaient et reculaient du rivage en poussant des cris de frustration, comme des loups devant un mur de flammes. La scène était effroyable.

Des aberrations, mais en même temps à l'apparence tellement humaine.

« Pour l'instant, on est en sécurité », fit Honoré en grimaçant.

Malgré le courant, il gardait une main collée sur son flanc.

« T'es blessé ?

— À peine une égratignure. Le bout de la fourche quand l'autre ordure a tenté de la récupérer. Rien de grave, t'inquiète… Maintenant, va falloir tenir. Y partiront pas tant que le soleil se sera pas levé.

— C'est pas si certain », objecta Gaspard en se tordant le cou.

Le faisceau de sa frontale zigzagua contre la paroi rocheuse, ripa sur l'arête et se dilua dans l'écume noire du ciel. L'encoche lunaire, avec son bataillon d'étoiles, avait disparu. Un vaisseau de nuages s'était glissé là en catimini et se refermait tel un couvercle sur les cloisons étroites du canyon.

Honoré papillonna des paupières, leva une main incantatoire, comme s'il était témoin d'un véritable miracle.

Les cumulus étaient incroyablement bas. Une brise roula sur la surface de l'eau.

Les Bêtimondes s'agitèrent. Tous fixaient le ciel. Les rugissements s'étaient tus, remplacés par des petits cris plaintifs. Même le grand chasseur avait perdu de sa superbe et tendait son groin vers l'orage.

« Le dieu du Sacré-Bon-Coup-d'Bol ! » cria Gaspard, triomphant.

Le ciel se déchira comme une vulgaire feuille de papier. Un éclair illumina les gorges. Les créatures s'enfuirent vers les hauteurs dès que le tonnerre lança son premier coup de semonce. Les premières gouttes tombèrent, plantureuses.

Les garçons sortirent de l'eau. La fourche en main, Honoré s'empressa de récupérer sa lampe tombée sur la plage et s'engouffra dans le sentier.

« Dis ?! l'interpella Gaspard. Tu crois que je pourrais avoir besoin de ça ? »

Il tenait le hachoir de boucher que la femme à une jambe avait abandonné dans sa fuite.

« Pour sûr ! » répondit Honoré.

Ils devaient hurler pour couvrir les claquements sourds de l'orage.

Nouvel éclair.

Avec ses cheveux noirs en bataille, son teint pâle et sa fourche dressée, le garçon avait l'air d'un diable.

Ils remontèrent vers la nationale.

Honoré s'arrêta brusquement. Il poussa un soupir singulier, et d'une voix dans laquelle tintait une note malsaine, commenta :

« Tiens, tiens, tiens… on dirait qu'il y a des retardataires. »

Gaspard regarda par-dessus l'épaule de son camarade. Un éclair lui dévoila la scène.

L'enfant cul-de-jatte à tête de vieillard s'était entravé dans un nid épineux de broussailles. La bouche presque édentée poussait un gémissement monocorde, sursautait chaque fois qu'une goutte de pluie la touchait.

La créature poussa sur ses avant-bras boudinés pour s'enfuir, mais Honoré abattit la fourche, le plus simplement du monde, comme s'il pêchait du poisson.

L'une des tiges pénétra la chair lisse, juste au-dessous du poignet. Le Bêtimonde poussa un cri d'enfant, alors que le visage ridé comme un vieux fruit se plissait dans d'invraisemblables grimaces. Il était cloué au sol. Honoré sortit son miroir de poche et le brandit, cherchant les yeux de la créature.

« Regarde ta sale gueule, pourriture ! Vas-y, regarde ! »

Gaspard s'interposa.

« Qu'est-ce que tu fais ?! »

Honoré leva les yeux vers le ciel.

« Je veux la voir se tordre de douleur quand la pluie tombera à foison !

— Pour ton simple plaisir ? » demanda-t-il, glacial.

Le Bêtimonde tirait sur son poignet, accrochant de son autre main la dent de la fourche, mais sa force d'enfant ne lui permettait pas de se dégager.

Honoré durcit le ton.

« Oui, pour mon simple plaisir ! J'en ai bien le droit ! Ça fait des années, tu entends, des années qu'ils me poursuivent ! Ma vie est devenue un enfer ! Et puis ça te regarde pas !!! »

Gaspard ne sourcillait pas, conservait ses yeux plantés dans ceux de son ami.

« Aujourd'hui, je les ai affrontés avec toi, alors si, ça me regarde. Je n'ai pas envie qu'on devienne comme eux, tu comprends ? »

La pluie s'intensifia. Rideau opaque qui les trempa en un rien de temps.

Le Bêtimonde hurla, puis, avec voracité, planta ses quelques dents dans son propre bras. Il préférait se sectionner le poignet plutôt que de subir encore la pluie.

« Alors ? réitéra Gaspard. Tu crois pas que c'est mieux ? »

Honoré esquissa un hochement de tête. Toute haine s'était évaporée de son regard.

La pluie tombait en rigoles sur son visage. Des larmes s'y mêlaient.

Il retira la fourche d'un coup sec.

Le Bêtimonde leur grogna une dernière fois dessus avant de disparaître dans l'obscurité.

« Tirons-nous de ces gorges », décréta Honoré en s'essuyant les yeux.

Les garçons pataugèrent pour remonter. En un rien de temps, les eaux avaient transformé le chemin en bourbier. Le ciel était houleux, serti de cicatrices lumineuses.

Gaspard insista pour regarder la blessure d'Honoré. Une légère grimace tordit sa bouche quand il souleva son tee-shirt. Une estafilade courait du nombril jusqu'à la hanche.

« Ça va, c'est juste en surface, dit-il, les yeux papillonnant à cause de la pluie... Bon sang, je suis fier de nous. Les fois d'avant, je me suis contenté d'essayer de leur échapper. Ce coup-ci, on leur a mis, comme qui dirait, une raclée. »

Gaspard, qui avait encore bien du mal à réaliser ce qu'ils venaient de vivre, se contenta d'opiner du chef.

Il était déboussolé. Bien qu'il n'éprouvât pas encore une trop grande fatigue – sans doute l'effet persistant de la Pastèquénergie –, il n'aspirait qu'à une chose : sombrer dans le sommeil, retrouver Mamie, Anne-Lise et Idriss. Oublier les chairs déformées, les regards meurtriers de ces créatures trop humaines qui venaient de pénétrer dans sa réalité, la rendant plus terrifiante que n'importe quel autre cauchemar. Car même sa courte apparition sur la tortue, sa confrontation avec l'horrible Ombregrise ou sa rencontre avec le Molosse lui avaient causé moins d'effroi.

Et dire que c'était là le quotidien d'Honoré depuis des années. Il en frissonna.

« Qu'est-ce qu'on va faire maintenant ? s'interrogea-t-il tout haut.

— On va faire du stop.

— Du stop ? C'est clair que dans l'état où on est et vu la quantité de voitures qui passent à cette heure-ci, on a toutes nos chances, ironisa Gaspard. Toi avec ta fourche, et moi avec mon hachoir de boucher, les gens vont se précipiter pour nous venir en aide.

— Évidemment, je parle pas du stop traditionnel, mais d'un stop un peu plus… musclé.

— Je vois… du style qui nous apporte de nouvelles emmerdes ; c'est ça ? »

Ils longèrent la nationale, se positionnèrent après la sortie d'un virage. Tandis que son camarade demeurait dissimulé sur le bas-côté avec les bagages, Gaspard se planta au milieu de la route, prêt à rallumer sa frontale.

Le tonnerre avait cessé, mais les eaux continuaient de s'abattre, diluviennes, à croire que désormais il en serait toujours ainsi : il pleuvrait jusqu'à la fin des temps.

Quand une paire de phares apparut enfin, Gaspard courut à sa rencontre en agitant les bras. Il y eut le gémissement des freins. Le break mit un temps fou à s'arrêter, et pour cause, il tractait une imposante caravane. Les essuie-glaces s'activaient avec frénésie. Gaspard contourna le capot fumant de la voiture. La vitre électrique s'abaissa.

Cheveux longs et raides, nez affûté surmonté d'une légère bosse, petits yeux, plantés derrière une paire de lunettes rondes.

« Qu'est-ce qui se passe, mon petit ? Y a eu un accident ? demanda le conducteur d'une voix nasillarde.

— Non, non, vous pourriez juste nous prendre en stop, s'il vous plaît ? »

Les yeux du bonhomme s'élargirent sensiblement.

« *Nous* ? »

Il remua la tête comme un hibou, tâcha de décrypter la nuit à travers le pare-brise.

« Il y a un autre gosse avec toi ? Mais qu'est-ce que vous faites dehors à une heure pareille et par ce temps ? Vous… »

Le claquement de la portière arrière mit un terme à son questionnement. Il se retourna. Une main pressant toujours sa blessure, Honoré le dévisageait avec un inquiétant sourire. Le type pâlit, d'autant qu'une pointe de fourche lui infligea une légère pression à la naissance de la pomme d'Adam.

« Qu'est-ce…

— Tcheu, tcheu, tcheu, l'interrompit aussitôt Honoré. C'est moi qui parle. Tout d'abord, bien l'bonsoir. Auriez-vous l'obligeance de nous conduire aux Saintes-Maries-de-la-Mer ?

— Mais ce n'est pas du tout ma direction ! » rouspéta l'homme dans un sursaut de courage.

Honoré donna une petite pression sur le manche de son outil.

« Si, si, maintenant, ça l'est. Vous verrez, c'est génial, la Camargue. Les taureaux, les flamants roses, tout ça. »

Gaspard alla fourrer les sacs à l'arrière et s'installa sur le siège passager.

Le voyage dura une éternité. Avec le poids de la caravane et l'entrelacement des routes, le conducteur n'alla jamais au-delà de la troisième vitesse. La nationale était déserte. On se serait cru dans un monde post-apocalyptique. Alourdi par la chaleur qui flottait dans l'habitacle, le ronronnement du moteur et le tambourinement de la pluie, Gaspard lutta pour ne pas s'endormir. C'était pareil pour Honoré. À plusieurs reprises, il dut se mordre l'intérieur de la joue pour rester éveillé et maintenir sa fourche pointée sur la gorge de l'homme. Au bout d'une heure de route, il lui commanda de monter le son de la radio. Les Beatles entonnèrent *Across the Universe*.

Le conducteur, plus détendu, s'autorisa à fredonner sur le deuxième refrain. Sans doute se rendait-il compte que ses preneurs d'otage n'étaient pas si dangereux que ça. Aussi, alors qu'ils passaient un panneau indiquant que leur destination n'était plus qu'à une vingtaine de kilomètres, se hasarda-t-il à demander :

« C'est vous, les deux gosses dont on parle à la radio ? En début de soirée, ils ont annoncé que l'un d'eux s'était noyé dans les gorges.

— Contentez-vous de conduire », répondit laconiquement Honoré.

Le type ne moufta plus jusqu'à leur point d'arrivée, quand les garçons lui intimèrent l'ordre de se garer sur le bas-côté. Ils se trouvaient encore en pleine cambrousse, à moins de quatre kilomètres de leur destination.

« Merci quand même ! » lança Gaspard, alors que la caravane se remettait en branle.

Il ne pleuvait plus. La nuit pâlissait. Dans moins d'une heure, l'aube pointerait le bout de son nez. Fourbus, ankylosés par le voyage, ils s'éloignèrent de la nationale et se mirent en quête d'un endroit pour dormir. Ils tenaient à peine sur leurs jambes.

Le paysage s'était aplani. Des champs immenses entrecoupés de clôtures, des grappes de taureaux, taches sombres dans les dernières vapeurs de la nuit.

Honoré respira à pleins poumons.

« C'est quoi cette odeur ?

— C'est la mer. »

Ils eurent bien du mal à trouver un coin pas trop humide – et davantage encore, du bois suffisamment sec pour que le feu prenne et qu'ils puissent faire un peu sécher leurs habits. Les duvets étaient trempés. Aussi, s'installèrent-ils en chien de fusil, seulement couverts de leur pull, collés dos à dos, blottis au plus près des flammes.

Gaspard atterrirait dans la Grande Forêt de nuit. Mamie, Anne-Lise et les tamanoirs avaient dû marcher toute la journée pour atteindre le couvert des arbres géants.

Avant que la mélodie ne vienne flotter dans son esprit, il se concentra sur la vieille dame et imagina à quoi pouvait ressembler le territoire de l'Hiver.

♪ ♪ ♪ ♪ ♪ ♪ ♪

17

Neige et Réglissansouci

La nuit crache d'énormes flocons. Les arbres géants sont figés dans un hiver éternel. Leurs serpentins de racines disparaissent sous le manteau blanc. D'énormes congères montent très haut le long des troncs. Au-delà des fûts les plus proches, la pénombre se mue en ténèbres.

Mamie est vêtue d'un poncho en laine. Un bonnet pointu surmonté d'un gros pompon rouge lui mange les trois quarts de la tête. Anne-Lise grelotte, râle dans sa barbe.

Alors qu'Idriss tend à Gaspard des habits chauds, le chant martial, entonné par plus de trente castors, roule dans la nuit.

Camarade, je bâtis la plus belle fagotière
Camarade, un château dans le lit de la rivière, Camarade !

Le rythme cadencé est efficace. Ça donne de l'entrain, du cœur au ventre.

On a planté un cercle de torches autour du chantier.

Les ouvriers et ouvrières s'activent sur les flancs d'un énorme tas de neige. Le sommet atteint plus de quatre fois la taille d'un homme, et avec une vigueur et une discipline propres à leur espèce, ils utilisent leurs larges queues comme des pelles pour creuser une excavation.

« Krüg est coincé sous une avalanche », explique Anne-Lise.

Elle souffle sur le bout de ses pattes palmées.

« Une avalanche ? s'étonne le garçon. Mais il n'y a pas assez de pente. »

Idriss pointe un doigt tordu vers les hauteurs.

« C'est un arbre qui lui a joué un tour en se délestant de la neige accumulée sur l'une de ses branches. Ici, ils sont acariâtres. »

Camarade, un palais de bois et de pierre
Camarade, le dur labeur est notre affaire, Camarade !

Un castor plus massif et plus grand que ses congénères vient au devant d'eux. L'une de ses incisives est cassée et une longue cicatrice traverse sa gueule de part en part.

« Je fais enfin la connaissance du fameux Gaspard. Très honoré. Tu es bien frêle. Tu ne tiendrais pas plus d'une semaine comme travailleur dans notre colonie.

— Cela n'a jamais été son ambition, intervient Mamie. Il a déjà été embauché comme infirmier dans mon hôpital. Alors, Colonel, le dégagement de ce pauvre Krüg se précise-t-il ?

— Nous mettons les bouchées doubles pour le tirer de là, mais l'avalanche est plus importante que les fois précédentes. »

Idriss se tourne vers Gaspard. D'un mouvement de tête, il balaye du regard les hautes frondaisons enneigées.

Des stalactites d'une taille effrayante pendent des branches les plus basses.

« C'est très difficile de s'occuper de ces arbres-là, crois-moi. Leur sève est aussi froide que leur humeur. Ici, rien ne pousse, rien ne germe. La plupart du temps, ils se montrent vindicatifs, envieux et revanchards. Mon frère fait ce qu'il peut, mais, malgré tous ses efforts, il n'est jamais à l'abri d'une colère de l'un d'eux.

— Pourquoi reste-t-il dans ce coin de la Forêt si c'est si difficile ?

— C'est là tout le paradoxe de Krüg. Nous le soup-çonnons de se complaire dans cet état de désespoir. À vrai dire, je ne pense pas qu'il soit très doué pour le bonheur. »

Le Colonel se racle la gorge, bombe le torse.

« Bien évidemment, si mes effectifs étaient au complet, nous pourrions œuvrer beaucoup plus vite. »

Mamie prend le temps d'essuyer la buée sur les verres de ses lunettes.

« Mon cher Colonel, épargnez-moi d'inutiles simagrées. Si vous faites allusion à votre camarade retenu chez moi, sachez que j'ai l'aval de Borgota, votre président. Le fautif n'a pas fait qu'un simple manquement au règlement. »

Le castor se renfrogne.

« En rien je ne minimise les faits dont il s'est rendu coupable. Je déplore seulement que la peine encourue soit appliquée chez vous, et non au sein de notre colonie.

— Et si vous en aviez été seul juge, dites-moi, quelle aurait été la sentence ?

— Humpf ! Un mois avec double charge de travail. Pas moins !

— C'est bien là que nos avis divergent. Je tenais à ce que le prévenu puisse réfléchir à ses actes, et ce n'est pas en se tuant à la tâche qu'il y serait parvenu, mais bien dans une atmosphère d'inactivité et de silence… »

Même s'il fulmine intérieurement, le gros castor prend sur lui et reste coi.

« La voix de Krüg se rapproche-t-elle ? demande Mamie.

— Nous allons vérifier », dit-il en se rapprochant du point de chute de l'avalanche. D'un simple frappement de queue, il ordonne que les chants s'arrêtent.

Gaspard remarque une femelle castor qui jette d'incessantes œillades dans sa direction.

Les ouvriers qui œuvrent à l'intérieur du boyau s'écartent pour libérer le passage. Mamie invite Idriss à s'y glisser. Ses branchages laissent de longues estafilades sur les parois de neige.

« KRÜÜÜÜÜÜG ! EST-CE QUE ÇA VA ?! »

Tout le monde tend l'oreille. La valse des flocons s'est accrue.

Une voix étouffée leur parvient. Mamie fait la grimace.

« Je ne comprends pas un traître mot. Et toi, Idriss ?

— Il dit qu'il respire tout juste, mais qu'une autre chose l'inquiète.

— Quoi donc ? demande le Colonel.

— C'EST QUOI QUI T'INQUIÈTE ? » crie Idriss, les mains en porte-voix.

Nouveau son étouffé.

« Il dit qu'il est tellement coincé qu'il ne sent plus *sa merveille* », traduit-il.

Mamie soupire.

« J'aurais dû m'en douter. Ce ballot est plus inquiet de la bonne santé de *sa merveille* que de sa propre vie. Une affaire de touchécorce, ça… »

Les chants reprennent et les castors se remettent à l'ouvrage.

Le Colonel se saisit d'un tambour, le met en bandoulière, posé sur sa large bedaine, et du plat des pattes, entame un enchaînement de percussions simple. Peu à peu, il accélère. Les ouvriers greffent alors leurs efforts sur la nouvelle cadence.

« Rudement efficace comme méthode, commente Idriss.

— Oui, concède Mamie, l'orgueil du Colonel peut générer parfois un redoutable carburant. »

Gaspard songe aux bancs de rameurs s'éreintant sur les galères romaines.

La vieille dame s'avance au-devant de l'officier.

« J'ENTENDS BIEN QUE KRÜG SOIT DANS UNE POSITION PRÉCAIRE ET QU'IL FAILLE S'ACTIVER, hurle-t-elle pour couvrir les battements de tambour, MAIS CE N'EST PAS NÉCESSAIRE POUR AUTANT DE TUER VOS TROUPES À LA TÂCHE ! »

Le Colonel secoue la tête pour signifier qu'il n'entend rien – ou plutôt qu'il ne veut rien entendre. Mamie n'insiste pas. Elle doit suffisamment bien connaître le personnage pour savoir que c'est peine perdue.

« Orgueilleux et entêté », se contente-t-elle de glisser aux autres.

Très rapidement, le premier castor au fond du tunnel crie « HALTE ! ». Le Colonel cesse de tambouriner. Un sourire suffisant tord sa cicatrice. Les ouvriers sont haletants. Une voix grave, presque rocailleuse, se fait entendre :

« Ma merveille ! Qu'en est-il de ma merveille ? »

Idriss s'est aussitôt précipité. Il tire de toutes ses forces pour extirper son frère de sa chape de neige. Il y a un grand bruit, comme un pan de drap que l'on déchire, quand Krüg apparaît dans l'ouverture de l'excavation.

Il se tord le cou, cherche quelque chose dans son dos.

« A-t-elle été abîmée ? Ah mon frère, dis-moi, et ne m'épargne pas surtout ! A-t-elle été arrachée ?! Oh, par la sève du Grand Pommier, si c'est le cas, je n'y survivrai pas !

— Calme-toi, lui dit Idriss en le soutenant par le bras, elle est intacte. »

Une petite feuille palpite en bas de son omoplate droite. D'un vert sombre, aux bords tout racornis, elle semble prête à se détacher dès la première brise.

De plus petite taille et davantage trapu que ses congénères, Krüg a le bois couvert de stries et d'encoches. Un bois couleur de charbon, noir dans ses interstices et crayonneux sur ses reliefs. Quelques branches mortes saillent de son dos ; elles semblent provenir des cendres d'un bûcher éteint. Il a le visage ridé d'une vieille souche. Son regard se détache du reste, profond, vif, incroyablement intelligent.

Il remercie chaleureusement les castors, s'incline devant le Colonel. Puis il se tourne vers l'arbre responsable en dressant son poing.

« Avise-toi encore une fois de me jouer ce tour et je mets le feu à tes branches ! Je danserai sur ton cadavre jusqu'à ce que la neige te recouvre et que cette Forêt ait enterré le souvenir même de ton existence ! »

Le fût vibre. Venant des hauteurs, on entend un grincement parcourir les frondaisons. L'arbre répond à sa manière. Le ton est revêche, cassant. Toute l'assemblée se fige.

« Holà ! intervient aussitôt Mamie. C'est peut-être suffisant pour aujourd'hui, Krüg ! »

Elle le saisit par le bras et l'entraîne suffisamment loin de la zone à risque. Un œil méfiant tourné vers le ciel, le Colonel invite tout le monde à faire de même.

Quand ils sont en sécurité, le touchécorce de l'Hiver s'immobilise devant Gaspard.

« Ooooh, tu es là, toi. Enfin nous nous rencontrons. Figure-toi que je rêve de toi de temps en temps. Il a fallu qu'il m'arrive une catastrophe pour que Mamie daigne t'amener ici, constate-t-il maussade. C'est vrai que le coin n'est pas très folichon… Malgré tout, c'est chez moi. »

Le garçon ne sait que dire, impressionné qu'il est par la singularité de ce personnage. Il trouve son attitude pleine de charisme, son regard troublant.

Les castors se regroupent dans une organisation toute militaire. Le Colonel vient leur dire au-revoir, au garde-à-vous.

« Monsieur Krüg, pourrions-nous vous décharger de quelque bois mort ? Cela nous serait fort utile pour la consolidation de notre barrage.

— Bien entendu. Je vous dois bien ça. Servez-vous.

— À bientôt Colonel, fait Mamie du bout des lèvres. Et mes salutations distinguées à Borgota, votre camarade président.

— Je n'y manquerai pas », répond l'autre d'un air tout aussi pincé.

Les castors s'apprêtent à quitter les lieux au pas cadencé.

Alors que Krüg, suivi de son frère, de Mamie et d'Anne-Lise, prennent la direction opposée, la femelle qui tout à l'heure l'observait avec insistance, vient au devant de Gaspard. Elle parle à toute allure, le regard agité, en lui tendant un collier tressé auquel est suspendu un singulier pendentif. Une dent, une molaire précisément, et de taille conséquente.

« Je vous en prie, chuchote-t-elle, je suis la compagne de celui qu'on a mis dans le puits. Ce n'est pas un méchant bougre, vous savez. Ses nerfs ont lâché. Mais ces loutres sont tellement… »

Elle cherche le mot adéquat, mais, s'interdisant toute vulgarité, n'en trouve aucun.

« … tellement… Vous pourriez lui donnez ça de ma part ? Il doit trouver le temps long dans cet horrible trou. Nous, castors, sommes si peu habitués à ne rien faire. Vous pourriez le lui donner, dites, vous pourriez ? »

Comment refuser ? Gaspard glisse le bijou dans sa poche de pantalon. Le visage de la femelle s'illumine. Son sourire étant aussi large que long, le garçon remarque la cavité noire sur le versant gauche de sa dentition. Il comprend ainsi d'où provient la dent du pendentif. Dame Castor file rejoindre la queue du peloton.

Une demi-heure plus tard, Krüg prend congé, retournant dans sa tanière.

« Où vit-il ? demande Gaspard.

— Dans un igloo qu'il a construit. Et le feu qui brûle dans son antre, confie Idriss, n'a pas besoin d'être alimenté. Ses flammes se nourrissent d'elles-mêmes… »

« Alors, très cher, vous êtes-vous senti esseulé pendant notre absence ? » s'enquiert Mamie sur un ton amusé.

Le perroquet se racle la gorge. Bien qu'il affiche une mine contrariée, le début d'un sourire pointe à la base de son bec. Il volette autour d'eux, et, l'air de rien, promène son œil expert pour vérifier que personne n'est blessé.

« Si encore j'en avais eu le temps. Croyez-vous que je sois resté là à me tourner les plumes pendant que vous batifoliez à travers plaines et bois ? J'ai dû abattre un travail de forçat pour faire marcher la boutique. »

Il se perche sur l'avant-bras de la vieille dame.

« Néanmoins, ajoute-t-il, je suis bien content de vous voir. Votre absence m'a semblé longue. J'ai l'impression que vous êtes partis depuis une semaine.

— Et nous donc ! Notre expédition n'a pas été de tout repos. Je suis épuisée. »

Mamie a retiré son bonnet à pompon et son poncho en laine. Elle a les traits tirés et le cheveu hirsute.

Gaspard s'émerveille. C'est la première fois qu'il voit la ferme-hôpital de nuit.

Des lucioles, par paquets, par colonnes ou par nappes, dessinent tantôt des flaques, tantôt des guirlandes. C'est féerique. Ça leur fait à tous des yeux étranges, pailletés et plus volumineux.

Le Dr Cot ne s'attarde pas sur la fin dramatique du soldat Sophie, dont il a été informé par voie de moineau.

« Les fourmiliers sont rentrés ? demande Mamie en se débarrassant de ses bottes.

— Seulement à la tombée de la nuit. D'ailleurs, quelle mouche vous a donc piqués ? Quelle idée de vouloir ramener une telle abomination ? J'ai bien cru rendre mon déjeuner tant l'odeur était abjecte.

— Mais qu'est-ce que vous me chantez là ?

— La tête de l'Ombregrise, intervient Anne-Lise.

— J'étais pourtant certain que vous aviez seulement besoin de la crête pour la préparation du remède ? » s'étonne le perroquet.

Elles échangent un regard de connivence avec l'oie.

« Bon, bon, bon, s'impatiente M. Cot, je n'ai que faire de vos cachotteries. Après tout, j'ai d'autres chats à fouetter.

— En parlant de chat, comment se porte notre malade ?

— Stationnaire. »

Mamie soupire.

« Ce n'est donc pas nécessaire que je m'attelle tout de suite à la confection du remède. J'aimerais pouvoir dormir au moins trois heures. Sans cela, si je n'ai pas les idées claires, je risque de commettre des erreurs en le préparant… Allez, avant de se mettre au lit, je vous propose une tisane. »

Le garçon accepte volontiers, mais Anne-Lise convient qu'il est temps d'aller faire son rapport au sergent-chef. Elle appréhende grandement la tâche, déteste être porteuse de funestes nouvelles.

« Vous ne vous joignez pas à nous ? demande le garçon au perroquet.

— Non, j'attends la chauve-souris. J'ai pu lui enlever une partie de ses bandages ce matin. Elle souhaitait à tout prix tester une nouvelle fois son sonar. Amnésique mais têtue, celle-là. Ça fait d'ailleurs un sacré moment qu'elle est partie. J'espère seulement qu'elle n'a pas encore percuté un tronc d'arbre. »

Idriss leur fausse aussi compagnie pour rejoindre son territoire.

Mamie se laisse choir dans un des fauteuils.

« Je te laisse le soin de t'occuper de la tisane, si tu veux bien. La bouilloire se trouve dans le placard mural, là, sur ta gauche. »

Elle cligne des yeux et enlève ses lunettes.

« Ces escapades ne sont décidément plus de mon âge », conclut-elle dans un long bâillement.

Gaspard met l'eau à chauffer, apporte bols, cuillères et sucre sur la table basse. Son regard se porte sur l'étagère où s'entassent les bocaux.

« On se fait une Réglissansouci ? propose-t-il, l'œil gourmand.

— Je suis partante. »

Il parsème de feuilles séchées l'eau frémissante.

Un doux parfum embaume la pièce. Le breuvage prêt, Gaspard tend un bol plein à Mamie et s'installe en face d'elle.

La neige et le froid leur semblent déjà loin. Le feu crépite dans l'âtre.

« L'aube ne va pas tarder à présent, constate-t-elle après un long moment silencieux. Tu vas bientôt retourner de *l'autre côté*. »

Les effets de la Réglissansouci commencent à se faire sentir. Les membres de Gaspard se mettent en apesanteur, il a l'impression de s'extraire d'une fange adipeuse et de glisser dans un espace sans haut ni bas, libéré de tout ancrage.

Sa langue se délie aussitôt. Il relate ce qui s'est passé dans les gorges, avec un tel souci du détail, qu'il lui semble entendre à l'arrière de sa tête les cris terrifiants des Bêtimondes.

Les coudes posés sur les genoux, la tasse serrée entre les mains, la vieille dame l'écoute attentivement.

Quand il a terminé, sa respiration est sifflante, comme s'il cherchait de l'air.

Mamie repose son bol vide.

« Je vais être franche avec toi. Tout ça me déconcerte et m'effraie un peu. Ton ami est terrorisé, mais par quoi… Tu n'en as aucune idée ? »

Gaspard hausse les sourcils car la réponse lui semble évidente.

« Ben, par les Bêtimondes…

— Non, non, non… ces monstruosités ne sont que la conséquence d'une autre peur. Une peur dévastatrice… Comprends bien qu'à *l'Intérieur*, ton ami est complètement envahi par des choses nocives, à tel point qu'il n'est plus en mesure de les maîtriser. Et tout cela a pour conséquence de se manifester à *l'Extérieur*.

— Comme la feuille qui a poussé derrière mon oreille ?

— Oui. »

Mamie émet un léger hochement de tête, avec une moue singulière au coin des lèvres, comme pour prendre la pleine mesure de ce qu'elle annonce.

« Sauf que *l'Intérieur* d'Honoré a l'air terrible… Oui, terrible. »

Et puis elle écarte les bras en promenant un regard circulaire, comme si elle voulait embrasser la Grande Forêt dans son ensemble.

« Rien de comparable avec ton *Intérieur* à toi…

— Mais… mais Mamie, si tout ça appartient à Néné, comment ça se fait que moi aussi j'ai vu et combattu les Bêtimondes ? C'est un truc de dingue, non ? »

Il a presque crié en prononçant cette dernière phrase.

La vieille dame lui assène une petite tape sur la cuisse. Puis sa bouche se fend d'un sourire oblique.

« Oui, c'est assez… inhabituel. Tu te sens proche d'Honoré ?

— C'est le meilleur ami que j'aie jamais eu.

— Et lui, crois-tu qu'il ressente la même chose pour toi ?

— Oui, j'en suis sûr.

— Alors laisse-moi te dire que lorsque deux êtres sont extrêmement proches, leurs *Extérieurs* et leurs *Intérieurs* s'entremêlent, comme deux pans de lierre grimpant le long du même tronc d'arbre. »

Les pensées de Gaspard battent la campagne. Il finit sa tisane, et, sans quitter des yeux le tango des flammes dans la cheminée, attend qu'apparaisse la petite mélodie.

Mais la musique ne vient pas. Et en relevant la tête, il constate que Mamie s'est endormie. Elle semble beaucoup plus âgée dans son sommeil. Son visage est un inextricable labyrinthe de rides. Ses paupières, enchâssées, ressemblent à des boutons de veste. Ses lunettes ont glissé de guingois sur le bout de son nez.

Le garçon se lève, va chercher le poncho qui traîne négligemment sur un dossier de chaise. Il en couvre la vieille dame, puis s'agenouille devant l'âtre pour y ajouter plusieurs bûches, avant de sortir sur la pointe des pieds.

Il croise Dr Cot, qui tout en sautillant pour rejoindre l'hôpital, soutient une chauve-souris titubante. L'assortiment des deux ailes, l'une noire et membraneuse et l'autre duveteuse et colorée, a quelque chose de cocasse. Le perroquet peine à faire avancer sa patiente, d'autant qu'elle cherche à l'embrasser. Bien qu'il soit obligé de l'enlacer pour ne pas qu'elle tombe, il pointe l'embout de sa baguette sous la gueule de sa soupirante pour se prémunir de ses baisers.

Mais malgré ses rebuffades, on devine bien que M. Cot n'a pas que du déplaisir à essuyer les assauts de sa cavalière. D'ailleurs, comme par hasard, son ton se durcit quand il s'aperçoit de la présence de Gaspard.

« Allons, mademoiselle, reprenez-vous ! Vous ne m'avez pas habitué à de telles manières... ! Alors cessez sur-le-champ ces frivolités ! Aussi, aurais-je dû me montrer plus ferme et vous contraindre à ne pas vous lancer dans ce désastreux essai. C'est sans doute d'avoir une fois de plus percuté un arbre qui vous met dans cet état ! En plus de la mémoire, vous perdez la tête ! Non, non et non ! De mémoire d'oiseau, on n'a jamais vu une chauve-souris compter fleurette à un perroquet... ! »

Le garçon pouffe. M. Cot émet un claquement de bec désapprobateur mais ne relève pas.

Gaspard s'allonge dans le parc, observe le jour se lever. Il tente de se rassurer. Après tout, Néné et lui étaient épuisés et avaient sans doute besoin de dormir plus longtemps. C'est la seule explication.

La matinée s'avère si chargée qu'il n'a pas le loisir de s'inquiéter outre mesure. Dr Cot ne lui laisse aucune minute de répit. Même s'il reste directif, le perroquet a le verbe léger et s'essaye même à quelques plaisanteries.

Heureusement, celui-ci ne le missionne pas pour l'étiquetage dans la réserve. Il aurait difficilement supporté de retrouver l'espace ténébreux des sous-sols, d'autant que maintenant il redoute les grognements et les coups qui viennent de derrière la porte condamnée.

Un silence inhabituel règne sur la caserne. Les manœuvres quotidiennes ont été suspendues. L'enclos est désert. Impossible de savoir si les oies se sont mises en quarantaine ou si elles ont momentanément quitté les lieux.

Peu avant midi, Gaspard va s'accroupir au bord du puits. La flamme de la bougie se débat au fond du gouffre. Il glisse sur le ventre et avance son bras droit au-dessus du vide. Il tient le pendentif du bout des doigts.

« Hé ! J'ai quelque chose pour vous. C'est de la part de votre femme ! »

Il ouvre la main et le bijou file dans la nuit. Quelques instants plus tard, une petite voix ponctuée de sanglots monte jusqu'à lui :

« Oh, merci ! Merci mille fois ! »

À son retour dans le dortoir, Dr Cot est en plein conciliabule avec Bulb. Le pélican fait grise mine et lance un regard noir au garçon. Gaspard comprend tout de suite de quoi il retourne et lui adresse aussitôt un wagon d'excuses. Il a oublié de le remercier pour avoir nettoyé le bocal cassé dans la réserve.

Puis Mamie apparaît enfin, les yeux encore ensommeillés.

« Je vois que tu as décidé de faire du rab, dit-elle à Gaspard.

— Je n'ai rien décidé du tout », répond-il à brûle-pourpoint.

La matinée avançant, l'inquiétude crispe légèrement le visage du garçon.

La vieille dame lui ébouriffe les cheveux.

« Il doit y avoir une bonne raison à ce retard, et pas forcément une raison dramatique. Ne te fais pas de souci. Je suis sûre que tout se passe pour le mieux de *l'autre côté*... Docteur Cot, mangeons un bout vite fait, voulez-vous, que je commence au plus tôt la fabrication du remède. C'est la cloche qui m'a réveillée. Un moineau a aperçu les chats. Ils sont à moins de deux heures d'ici. »

Peu avant que la troupe arrive, le remède est prêt. C'est un liquide ambré, avec d'infimes reflets d'or, comme des paillettes. Il est administré par injection.

L'effet est saisissant. Moins d'un quart d'heure plus tard, le chat tente de se redresser sur ses pattes. La vieille dame l'enjoint néanmoins à ne pas trop bouger.

Les chats font leur entrée dans la ferme. Malgré leur évidente lassitude, ils se réjouissent de l'état de santé de leur compagnon. Le grand couleur crème avec le bout de la queue marron vient frotter ses flancs contre les chevilles de Mamie en guise de reconnaissance.

Gaspard reste en retrait. Cette fois-ci, il capte tout de la conversation. Les mots silencieux échangés entre le félin et la vieille dame apparaissent clairement dans son esprit. C'est comme des bulles de savon qui gonflent et éclatent à mesure que se construisent les phrases.

— *C'est un miracle, ce que vous êtes parvenue à faire. De quelle façon pourrions-nous vous remercier ?*

— *Je n'attends rien*, dit Mamie, *en aucun cas vous ne m'êtes redevables.*

Le grand chat pose ses pattes avant sur la couchette et appuie délicatement sa truffe contre celle du malade.

— *Quand pensez-vous qu'il pourra nous rejoindre ?*

— *C'est encore trop tôt pour que je puisse l'évaluer, mais ça risque d'être encore long avant qu'il ait recouvré suffisamment de force pour repartir vers les Terres Désolées.*

Le chat tourne la tête vers Gaspard. Les yeux bruns mouchetés de vert le traversent de part en part.

— *Tu as fait des progrès depuis notre dernière rencontre.*

Trop intimidé, le garçon reste coi.

— *C'est en partie grâce à Gaspard si votre ami est tiré d'affaire*, intervient calmement Mamie. *C'est lui qui a récupéré l'ingrédient principal pour la fabrication du remède.*

Le chat courbe légèrement l'échine.

— *Alors toute ma gratitude à toi aussi, petit humain.*

— *De... de rien*, parvient-il à articuler.

C'est à peine un balbutiement, maladroitement formulé dans sa tête, mais le félin semble l'avoir capté.

— *Un autre événement vient de survenir*, continue le chat. *Un nouveau vient d'arriver dans les Terres Désolées, et sans qu'on en connaisse la raison exacte, le Molosse en a fait sa proie privilégiée.*

Il remue ses bouquets de moustaches.

— *Sa colère s'est encore accrue. Il est comme fou. Il veille aux abords du Temple. Notre nouveau compagnon n'a eu d'autre solution que de s'y réfugier. Depuis, il n'ose plus en sortir.*

Mamie se frotte l'arcade sourcilière.

— *Il n'attend donc plus à la frontière ?* en déduit-elle.

Le chat secoue la tête.

— *Il alterne les deux. On dirait que... qu'il attend comme un signal... Et nous... nous ne savons comment venir en aide à notre nouveau compagnon...*

Gaspard frissonne, avant de demander :

— *Il est comment ce chat ?*

— *Noir*, répond le félin. *Noir avec le bout des pattes blanc.*

18

Confidences

Honoré finit enfin par ouvrir les yeux.

Sa touffe de cheveux noirs se dressait en mode punk.

Il s'assit en fronçant les sourcils, comme s'il doutait que l'endroit où il se trouvait était bien réel.

« Quelle heure il est ? » demanda-t-il d'une voix pâteuse.

Gaspard s'affairait à regrouper leurs affaires. Il s'approcha de son ami et lui assena une petite tape sur l'épaule.

« Le soleil vient tout juste de se lever. Allez, debout ! La mer nous attend ! Tu devrais être en forme, vu qu'on a dormi une journée et une nuit entières !

— Sérieux ?! »

— Ouais. Du coup, on s'est remis pile poil dans le timing par rapport à la tournée de mon père... »

Honoré s'extirpa de son duvet.

« C'est une veine qu'on se soit pas fait piquer nos sacs... »

Gaspard promena un regard circulaire. Ils avaient bivouaqué dans un vaste champ. Cent mètres plus loin, au-delà d'une clôture, des taureaux broutaient tranquillement.

« Ça risquait pas, on est au milieu de nulle part... comment va ta blessure ? »

Honoré souleva son tee-shirt, suivit d'un doigt le tracé de l'estafilade.

« Ça va, j'ai pas mal... »

Puis, souriant :

« En tout cas, ça a d'la gueule, non ? »

Gaspard brandit le hachoir et la fourche :

« J'pense pas que ce soit une super idée de nous trimballer en ville avec ces trucs-là... Non ? »

Ils avaient retrouvé la départementale et la suivaient d'un bon pas.

Le vaste delta de la Camargue.

De part et d'autre, des étendues de rizières. En maître incontesté, le sel imprégnait tout, la terre et l'eau. Le soleil flashait sur la gauche. En bord de route, des troupeaux de chevaux et des bouquets de flamants roses.

Honoré se remplissait les poumons de ces nouveaux effluves, engrangeait les mille senteurs dans les compartiments de son être.

« L'odeur de la mer, murmurait-il... C'est ça, l'odeur de la mer... »

Il se parlait à lui-même. Une prière égrenée.

Gaspard était empêtré dans ses inquiétudes. Son père était-il enfin rentré à la maison ? Ou allait-il le retrouver aujourd'hui à la salle de spectacle... ? Sa famille le croyait-elle mort ? Qu'allait faire le Molosse ? Pourquoi le chat noir à pattes blanches avait-il changé de *monde* ?

Autant de questions qui virevoltaient dans son esprit. Un essaim d'insectes bourdonnant.

Honoré avait le visage vaporeux ; une découpe faite dans un pan de brouillard londonien. Ses iris étaient enténébrés.

« Faut à tout prix que j'appelle chez moi, décréta Gaspard.

— Te bile pas, je suis certain que tes parents apprendront que tu es vivant avant même que tu leur téléphones. Tu oublies le mec de la caravane. Sûr qu'il aura fait un signalement aux flics. C'est pas tous les jours que deux collégiens déglingués te prennent en otage en te mettant une fourche sous le gosier. »

Honoré secoua sa tignasse.

« Et je comprends pas pourquoi tu te prends encore la tête avec cette foutue tournée. Après ce qui est arrivé, c'est obligé que ton vieux soit rentré… »

La nationale s'élargit, s'enfonça toujours plus dans les terres alluviales. Les Saintes-Maries-de-la-Mer apparurent, avec, plantée en son milieu, l'église altière et protectrice.

Honoré tendit le cou, pointa un doigt en criant :

« Je la vois ! La mer ! Là ! »

Gaspard éclata de rire. Honoré bondissait et tapait frénétiquement dans ses mains.

« On se calme, on se calme ! Avant la baignade, on va s'acheter des sandwiches. Je crève de faim… et puis il nous faut aussi de nouvelles armes… j'pensais à des pistolets à eau. Qu'est-ce t'en dis ? »

Toutes les trois vagues, Honoré avalait une pleine lampée. Le sel lui brûlait délicieusement la gorge.

Il riait, criait, claudiquait, chancelait, tombait, se relevait, puis criait encore. La grande bleue et la plage leur appartenaient – à cette heure matinale, il n'y avait pas un chat. Le vent avait encore forci. Les plus gros rouleaux les faisaient disparaître.

Corps malingre et pâle chahuté par la houle, Honoré semblait plus fragile encore, poussait un hurlement de fille à chaque fois qu'une vague le percutait.

Le soleil finissait d'ouvrir son œil sur la ligne d'horizon. Des mouettes criaient au-dessus de leur tête, se jetaient dans les courants, chorégraphiaient un singulier ballet, anarchique et bruyant.

« C'est… c'est encore plus… plus génial que ce que j'imaginais ! »

Puis d'un large mouvement de bras, juste avant qu'un nouveau rouleau ne le mette à genoux :

« Et j'ai jamais vu un truc aussi immense ! »

Gaspard demeurait près de lui, de façon à pouvoir intervenir si Honoré se faisait emporter. Il partageait sa joie, riait avec lui. Plusieurs fois, il lui prit la main, l'aida à se relever. Les garçons serraient alors leurs doigts, affrontaient ensemble le ressac, jusqu'à s'en tordre les mains.

« C'est le plus beau jour de ma vie ! » hurla encore Honoré en s'essuyant les yeux d'un revers de bras.

Sa tignasse ruisselait. Ses pupilles étincelaient. Il avait une drôle de dégaine, avec son maillot de bain blanc à pois rouges, ses jambes maigres, ses genoux saillants, et le tracé du coup de fourche qui filait de sa hanche jusqu'au nombril.

Gaspard n'avait guère meilleure allure dans son slip blanc détrempé.

Ils restèrent un long moment dans l'eau. Assez pour que leurs doigts soient tout fripés et que leur peau vire au schtroumpf.

« Faut qu'on sorte, avisa Gaspard. J'ai les dents qui claquent. Ça caille grave.

— Oh non ! S'il te plaît, encore un peu !

— Non, mais tu t'es vu, Néné, t'es presque bleu ! Faut qu'on sorte, j'te dis ! »

Honoré abdiqua et se laissa ramener jusqu'au rivage.

Grelottant, ils s'enroulèrent dans leurs serviettes, s'assirent collés l'un contre l'autre, le visage tourné vers l'immensité.

Ils avaient dégoté un coin à l'abri des regards, derrière une barre de gros rochers empilés qui formaient une minuscule crique. Au bout de sa course, l'eau venait presque leur chatouiller les pieds. En se concentrant sur le paysage devant eux, ils pouvaient s'imaginer échoués sur une île déserte. L'idée plut à Gaspard.

Il traça sur le sable mouillé une tête avec des moustaches et des yeux en amande.

« Si tu me racontais pour les Bêtimondes… » demanda-t-il ensuite.

Honoré fixa l'eau, garda un moment le silence avant de répondre.

« Avant, je rêvais d'eux. Juste des cauchemars. Et puis un jour, ils sont apparus dans la réalité. J'me suis dit que j'étais bon pour l'asile. »

Les traits de son visage se mirent à frémir, comme si quelque chose se déplaçait sous sa peau.

« Maintenant, je ne rêve plus du tout, ou alors je ne me souviens d'aucun de mes rêves… »

Silence.

Gaspard frissonna.

Un instant, il eut l'image d'Idriss toquant à la porte de chez lui et sa mère l'accueillant pour le repas du dimanche. Ou encore Dr Cot s'incrustant à un cours au collège et reprenant la prof sur une erreur étymologique.

Il se détendit un peu. C'était tout de suite moins horrible que ce que vivait Honoré. Complètement surréaliste, peut-être, mais drôle. Les Bêtimondes étaient tout autant surréalistes, mais terrifiants.

« Pourtant, nota Gaspard, une fois, t'as parlé dans ton sommeil. Preuve que tu rêvais. T'as dit un drôle de nom. Alradigua… Alraguadi… un truc dans l'style.

— C'est Alguirada. Leur repère souterrain, un grand labyrinthe fait de tunnels qui s'entrecroisent. Certains descendent super profond sous terre. D'autres conduisent à la surface. Et au centre de tout ça, y a une immense grotte. C'est là que vit leur roi. »

Gaspard se dandina un peu sur lui-même. Il avait les mains moites.

« Comment tu sais tout ça ?

— Parce que j'ai été leur prisonnier. J'ai été à Alguirada. Pendant plusieurs jours. J'ai réussi à m'évader. Un miracle.

— Mince alors. Et à quoi il ressemble, leur roi ? »

Honoré s'entortilla les mains. Puis sans s'en rendre compte, passa un doigt sur sa plaie, là où s'était promenée la fourche.

« C'est… c'est une sorte de tas, un amas de têtes, toutes agglutinées les unes sur les autres, comme… comme des profiteroles. Et tous les yeux te regardent, toutes les mâchoires et les bouches se tordent, bavent, poussent des grognements… c'est ignoble. Le roi a tout le temps faim, et les chasseurs lui fournissent sans arrêt de la chair humaine. De toute cette horreur, il y a un bras qui dépasse, ouais, un seul bras. Au bout, une main avec des doigts comme des serres. C'est pour actionner la Roue. Elle est en bois, grande comme… tu vois ce jeu débile à la téloche, *La Roue de la Fortune* ? »

Gaspard approuva d'un hochement de tête.

« Eh ben, c'est à peu près du même genre. À chaque fois que des chasseurs se ramènent avec un nouveau prisonnier – et y font pas dans le choix sélectif, hein, tu vois passer un peu de tout, des hommes, des femmes, des jeunes, des vieux, des enfants. J'ai même vu un type qui devait être en fauteuil roulant quand ils l'ont attrapé, parce qu'ils le traînaient par les cheveux et qu'il avait les jambes maigres… Enfin, ce que je disais, c'est que chaque prisonnier est présenté devant le roi, et en actionnant la Roue, c'est lui qui décide de leur sort. Oh, les règles sont nettement plus simples que dans l'émission télé.

« Y a que trois possibilités en fait. Où t'as le plus de chances que ça tombe, genre soixante-dix pour cent, c'est la réserve de bouffe. Comme ils préfèrent te dévorer vivant, leur système est vachement bien foutu. D'abord, ils t'arrachent les yeux, avant de te larguer dans les boyaux souterrains d'Alguirada. Ça fait comme une nourriture aveugle qui erre dans les couloirs, et dès qu'ils ont un creux, ils se servent. Un garde-manger ambulant, quoi, à portée d'estomac. »

Gaspard avait du mal à déglutir. Il détourna un moment son attention, regarda autour de lui, la mer, le soleil qui clignotait entre deux nuages. Les images macabres que lui envoyait Honoré le rendaient nauséeux.

« La deuxième possibilité, et c'est forcément la plus mince, une fine bande d'à peine deux centimètres de large qui te permet d'avoir la vie sauve. Si t'as la chance de tomber dessus, ils te ramènent à la surface et ils te relâchent. Après, tu peux encore aller raconter ce qui t'est arrivé, mais je crois que tu dis rien si tu veux pas te retrouver enfermé chez les dingues. Et tu dois passer le reste de ta vie à dormir à côté d'un point d'eau ou à espérer qu'il pleuve !

— Et la troisième ?

— La troisième et dernière possibilité, ils nomment ça « la battue ». Une chasse à l'homme. C'est ce qu'ils préfèrent. *Grosso modo*, un tiers de chance de tomber dessus. Après t'avoir remonté à la surface et libéré, ils attendent un jour et une nuit avant de te pister.

— Et toi, t'es tombé là-dessus.

— Exact. Sauf que je me suis tiré avant. Ceux qui ont été choisis pour la battue, ils les installent dans des cages en bois sur les contreforts de la grotte. Ils les laissent crever de faim et les malmènent avant d'en faire du gibier. J'y suis resté deux jours, peut-être trois, du coup j'ai pu bien les observer. J'ai eu du bol, ils avaient oublié de m'enlever mon couteau suisse. Question chasse à l'homme, y sont plutôt fortiches, mais pour ce qui est du bricolage… leurs cages, elles sont toutes pourries et seulement fermées par des cordages. J'ai pas eu trop de mal à me faire la belle.

— Mais pourquoi t'as attendu si longtemps avant de t'échapper ?

— Fallait que je choisisse le bon moment. Qu'est-ce tu crois, j'aurais pas eu droit à une seconde chance ! Le plus dur, c'était pas de sortir de la cage, mais de quitter la grotte et de trouver une sortie !

— Bon sang, t'as dû flipper. Alors, ils kidnappent les gens comme ça, au hasard… c'est dingue.

— Ben ouais. Où tu crois qu'ils sont tous, les disparus dont ils parlent dans les journaux, à la télé ? Ceux qu'on ne retrouve jamais… »

Il sourit. Un sourire vidé de toute joie. Un sourire fané.

« Heureusement, on peut encore se défendre. L'eau, la lumière du soleil, les miroirs… ça rééquilibre un tantinet les choses. »

Gaspard avait bien envie de lui demander ce qu'il y avait dans le sachet en plastique bleu, celui dont il s'était débarrassé le soir de leur premier bivouac, mais il s'en abstint. Honoré s'était déjà beaucoup livré.

Peut-être que c'était son tour maintenant.

« Y a des choses que j'aimerais te dire, lâcha-t-il enfin, des trucs que j'ai encore dits à personne. »

Honoré se pencha un peu plus en avant.

« Je t'avertis, c'est tout aussi dingue que tes Bêtimondes !

— Même pas peur ! Je suis tout ouïe. Entre autres, je suis curieux de savoir où t'as déniché cette confiture que tu m'as refilée dans la grotte ; et aussi ce que t'as fait de la mante religieuse. »

Alors Gaspard raconta ses péripéties dans la Grande Forêt, lui parla de Mamie, d'Idriss, du soldat Anne-Lise, du Dr Cot, des tamanoirs, des Passeurs et de l'Ombregrise. Des chats, de la loutre blessée, du bataillon de castors, du Cafard, des moustiques, de Katalpakân et du Molosse.

À aucun moment Honoré ne l'interrompit. Quand il eut terminé, il se contenta de dire :

« On forme quand même une bonne équipe de foldingues ! »

Et puis ils rirent, comme des bossus, longtemps, jusqu'à s'en faire mal aux côtes.

Ensuite, ils demeurèrent un long moment sans parler. Gaspard ne s'en plaignit pas. Il appréhendait le moment où ils se rendraient à la salle de spectacle. Il craignait d'y trouver une désagréable surprise et ne voyait aucun inconvénient à retarder l'échéance.

Pendant qu'Honoré se remplissait du ciel et de la mer, somnolant par intermittence, Gaspard continua de tracer toutes sortes de choses sur son coin de solitude. Il observa les figures aériennes des mouettes, laissa son esprit vagabonder comme il l'entendait, entre une farandole de moules, la crête blanche des vagues et les clapotis que faisait l'eau en se faufilant sous le ventre des rochers.

Midi carillonna au sommet de la vieille église. Il hasarda un œil au-dessus de leur retraite, constata que la plage s'était remplie.

Ils finirent par se décider, dissimulèrent leurs sacs entre deux rochers – à moins de passer pile à côté, c'était impossible de les voir –, et prirent la direction du centre-ville, avec seulement en poche les restes d'étrennes.

19

Pue-d'la-Bouche

Les rues étroites grouillaient d'une foule bigarrée. Des touristes pour la plupart. Et les gens du cru, avec chapeaux de gardian, visages burinés par le soleil, port altier, mains épaisses.

Partout l'effigie de la Camargue, cette fameuse croix où se mêlent un cœur, un crucifix et une ancre marine. Les échoppes déversaient leurs lots de souvenirs. Taureaux, chevaux et flamants déclinés à l'infini : cartes postales, sets de table, vaisselle, peluches, porte-clés, tee-shirts, parapluies…

Les terrasses des restaurants étaient pleines. Le flamenco hantait la ville, avec des grappes de guitaristes à chaque coin de rue. Toute la mélancolie du monde sourdait du pavé. Ça vous prenait au ventre, ça jouait avec vos entrailles.

Les garçons déambulèrent, mains dans les poches, le regard affamé par toute cette agitation.

Gaspard était dans une sorte d'état second.

Un peu plus loin, Honoré héla un serveur qui courait entre deux consommations pour savoir où se situait la salle de spectacle. On lui indiqua le clocher du donjon qui saillait entre le dédale des toits.

La place était excentrée. Pas âme qui vive.

La salle se trouvait bien là. Une ligne de portes vitrées où tout un tas d'affiches se disputaient la vedette. La porte était close et pas le moindre mouvement à l'intérieur.

Le pouls de Gaspard s'accéléra. Honoré colla son nez contre la vitre, les mains en coupe.

« Y a personne, décréta-t-il. C'est peut-être trop tôt. »

Gaspard désigna une feuille scotchée sur l'entrée où était écrit au feutre noir :

FERMÉ TEMPORAIREMENT
POUR CAUSE DE TRAVAUX

Gaspard restait muet, ne parvenait pas à détacher son regard de l'affiche. Quelque chose remuait en lui.

Une casserole d'eau, avec dessous un feu vif.

Il serra les poings et déclara dans un souffle :

« Faut que j'appelle chez moi. »

Ils entrèrent dans un tabac, achetèrent une carte téléphonique, demandèrent au buraliste où ils pouvaient trouver une cabine.

Dans un square, à deux pas de là.

À part une petite bande d'ados qui gesticulaient et parlaient fort autour de leurs scooters, l'endroit était lui aussi désert.

Gaspard recompta vite fait son argent avant de le fourrer dans la poche de son jean, tira la porte coulissante et se glissa dans l'habitacle.

Il composa d'abord le numéro de portable de son père, tomba directement sur la messagerie, raccrocha d'un geste brusque.

Dans la casserole d'eau, à l'intérieur de son être, les premières bulles s'agglutinaient sur les bords.

Fébrile, il pianota le numéro de la maison.

Une sonnerie. Deux sonneries. Un clic.

La voix de Simon. Pendant qu'Honoré dansait d'un pied sur l'autre, se grattait nerveusement la tignasse.

« C'est moi… »

Silence à l'autre bout.

Puis avec un petit étranglement dans la gorge :

« Gaspard ?! Oh, là là, t'as pas été rappelé par le Ciel alors ! Oh, là là ! Qu'est-ce que je suis content ! »

Sa voix partait dans les aigus, s'entrecoupait de larmes.

« Oui, oui, je suis vivant… écoute, Simon, est-ce que pap…

— MAMAN ! MAMAN ! C'est Gaspard, il a pas été noyé par la rivière !

— Non, Simon ! Ne… »

La voix de sa mère qui arrivait derrière, haut perchée elle aussi.

« Je te la passe, Gaspard, oh, là là, ce que je suis content… !

— Au nom du Ciel, Simon, donne-moi ce téléphone ! » criait maintenant sa mère.

Gaspard raccrocha, si violemment que tout l'appareil trembla.

L'eau dans la casserole frémissait. Son crâne devenait une véritable étuve. Honoré le dévisageait, ahuri.

« Pourquoi t'as fait ça ? T'as même pas demandé si ton père était là…

— Je suis sûr qu'il y était pas. Je m'en fous de toute façon. De lui et de tout le reste. »

Honoré allait rétorquer quand une voix râpeuse les héla.

« Hé toi ! J'suis plutôt à sec en ce moment. Tu me dépannerais pas de quelques euros ? »

Ils firent volte-face.

L'un des ados désignait la poche du jean de Gaspard.

Il avait le cheveu court et rêche, les épaules voûtées. Du genre trapu et costaud. Mais surtout, ce que notèrent les garçons dans la seconde : le regard bourré de mauvaises intentions.

Et ses trois autres copains suivaient nonchalamment la scène en poussant leurs scooters vers eux.

Un joufflu aussi large que haut, qui portait des dreadlocks et un piercing au sourcil gauche. Le genre à tout le temps ricaner, même quand il n'y avait rien de drôle.

Le suivant avait les yeux un peu trop rapprochés. Rasé, le corps noueux, avec un sourire inqualifiable : étiré au possible, le rictus affichait plusieurs herses de dents plantées au petit bonheur la chance sur des gencives incroyablement épaisses. La gueule d'une baudroie.

Le troisième avait les cheveux raides et blonds, un cou de taureau.

Honoré recula d'un pas. Quatre contre deux et plus âgés qu'eux – facile seize ans. Ils ne feraient pas le poids si les choses venaient à dégénérer.

Le meneur prit un air pompeux.

« Allez, mec, donne-moi le pèze que t'as dans la poche. Considère ça comme un frais de passage sur notre territoire.

— Hé, aboya Cou-de-Taureau, j'suis sûr qu'y sont pédés ! »

Gaspard restait inerte, regardait droit devant lui comme s'il n'y avait rien ni personne.

Dans la casserole, l'eau venait d'être portée à ébullition.

« Ah, z'avez vu ses yeux, conclut Rasta-Gras, l'est pas que pédé... c't'un débile en plus de ça. »

Le meneur tendit une main, réclamant sa dîme.

« C'est pas bien compliqué, soit vous filez votre thune et on vous laisse décamper gentiment, soit on vous la prend de force, et en bonus, on vous met une dérouillée. »

Honoré regarda Gaspard du coin de l'œil. Ce dernier n'avait pas remué d'un cil. On aurait dit un arrêt sur image. Jusqu'au moment où sa bouche articula ces mots :

« Je vous donnerai pas un centime. Allez vous faire foutre. »

Il y eut un bref moment de stupéfaction, puis le chef de meute se jeta sur Gaspard, lui envoyant un crochet du droit.

Le coup fut si fort qu'il lui sembla que sa tête allait se décrocher de ses épaules. L'instant d'après, il était ceinturé par derrière. L'autre, l'haleine fétide, lui ronronnait à l'oreille :

« Trop facile, trop facile, trop facile... »

Gaspard avait le côté gauche du visage anesthésié.

Les trois autres avaient saisi Honoré. Gueule-de-Baudroie avait attrapé une pleine poignée de ses cheveux et lui maintenait la tête en arrière.

« Alors voilà ce qu'on va faire, reprit Pue-d'la-Bouche. Ça m'amusera pas des masses de te prendre ton argent de force. Trop facile. Non, ce qui me ferait kiffer, c'est que tu m'le donnes toi-même, tu vois... style tu reconnais que je suis ton maître, et que toi, t'es rien d'autre qu'une pauv' merde sur le trottoir. Pis tant que tu y es, tu vas mettre un coup de langue sur mes pompes pour effacer la vilaine, vilaine phrase qui est sortie de ta bouche…

— Je t'ai déjà dit, s'entêta Gaspard, t'auras pas un centime… T'as mangé quoi ce matin ? T'as vraiment une haleine de chiottes…

— Comme tu voudras… Allez-y, les mecs, mettez l'autre tapette à la roue ! »

À la Roue.

Rasta-Gras enfourcha son scooter, qu'il laissa sur béquille, démarra, tira plusieurs fois sur l'accélérateur. La roue arrière de l'engin tourna dans le vide. Gueule-de-Baudroie et Cou-de-Taureau tinrent fermement Honoré, le plièrent en lui tordant les bras, approchèrent son visage du pneu.

« On en est là, déclara le chef de meute d'un ton grandiloquent. Tu cèdes à mes désirs ou ton copain a la gueule aplatie.

— Ne fais rien de ce qu'il te dit ! » fulmina Honoré.

La roue effleura son visage. Un étrange bruit de frottement. Le garçon hurla.

À l'intérieur de Gaspard, les flammes se propagèrent. L'espace d'une seconde, la petite musique lui traversa l'esprit.

Et l'espace d'un instant, il ne voit qu'une chose :

Le Molosse, qui franchit la frontière des Terres Désolées, et fonce, la gueule écumante, en direction du sud.

L'espace d'un instant…

… avant de réintégrer son corps.

Tout s'enchaîna alors très vite.

Gaspard vociféra. Un cri, à peine humain, qui venait des profondeurs.

« RAAAAAAAAAAAAAAAAAAAA !!! »

Projeta son crâne en arrière.

Le nez de Pue-d'la-Bouche vola en éclats. L'étau se relâcha aussitôt.

Se propulsa en avant.

« RAAAAAAAAAAAAAAAAAAAA !!! »

S'empara de l'un des casques qui traînait par terre, lui fit faire un long arc de cercle. Le sourire de Gueule-de-baudroie s'effaça. Plusieurs dents sautèrent. Un bruit de carrelage brisé. L'ado tomba à genoux en se tenant la mâchoire.

Honoré fut libéré, roula au sol.

« RAAAAAAAAAAAAAAAAAAAA !!! »

Agrippa à pleines mains la tête de Cou-de-Taureau, l'approcha des rayons de la roue.

Tchac-tchac-tchac-tchac-tchac sur le nez et les lèvres.

Le staccato des pales d'une moissonneuse-batteuse.

Cou-de-Taureau glapit, bascula en arrière.

« RAAAAAAAAAAAAAAAAAAAA !!! »

Enfourcha l'arrière du scooter, se lova contre le dos de Rasta-Gras, chassa la béquille d'un revers de talon, empoigna la main droite du conducteur, l'obligea à accélérer à fond.

La bécane partit en trombe.

Aiguilla le guidon. À dix mètres de là, une borne à incendie émergeait d'entre les pavés. Le pilote, yeux écarquillés, poussa un meuglement.

Gaspard s'éjecta du scooter avant l'impact.

La roue avant se planta dans l'obstacle. Tout l'arrière se souleva. Rasta-Gras dessina un superbe salto et s'écrasa lourdement sur le dos.

Tituba. Vint reprendre le casque.

« Qu'est-ce que tu fais ?! l'interpella un Honoré pantelant. Ils ont eu leur compte… »

Mais de nouveau le hurlement.

« RAAAAAAAAAAAAAAAAAA !!! »

Se tourna vers la cabine. Lança le casque de toutes ses forces.

La vitre s'effondra dans un déferlement de verre.

Prit un tesson, aussi long qu'un couteau de boucher. Sa paume s'entailla en deux endroits quand il serra le débris.

« GASPARD ! MAIS ARRÊTE ! JE T'EN SUPPLIE !!! »

N'entendit rien.

« RAAAAAAAAAAAAAAAAAA !!! »

S'agenouilla, saisit Pue-d'la-Bouche par le col de sa veste. Son nez n'était plus qu'un magma de chair informe.

Posa la pointe de l'éclat de verre sous son menton. Une bulle de sang apparut.

« Trop facile, trop facile, trop facile », gronda-t-il en incendiant du regard le chef de meute.

Honoré s'était précipité, retenait son bras, lui gueulait dessus :

« ÇA SUFFIT, GASPARD ! LÂCHE CE TRUC ! REVIENS À TOI ! »

La colère avait tout consumé.

Les flammes retournèrent sous leur tapis de cendres.

Il redevint Gaspard, ouvrit sa main ensanglantée. Le tesson s'échappa.

Pue-d'la-Bouche était terrorisé.

« Tirons-nous d'ici ! » dit Honoré.

Ils avaient réintégré leur coin d'île déserte. Honoré peinait encore à retrouver son souffle.

Des poignées de graviers dans ses poumons.

Chaque geste lui demandait un effort, mais ça ne l'empêcha pas de s'occuper d'un Gaspard chancelant, avec au fond des yeux le chagrin posé comme une enclume.

Il avait le visage un peu enflé du côté gauche. Coudes et genoux écorchés par le frottement des pavés quand il s'était éjecté du scooter. Mais surtout sa main qui – maintenant que le sang avait cessé de pisser – affichait deux droites parallèles assez profondes. Ça barrait l'écheveau de rides, ça lui cisaillait les lignes de vie. Un rail dans sa paume ouverte.

Pour désinfecter la plaie, Honoré n'avait eu d'autre solution que de lui plonger la main dans l'eau de mer.

Ils calèrent leurs sacs contre les rochers et s'installèrent aussi confortablement que possible, le regard perdu sur la grande nappe bleue.

Le soleil trébuchait vers l'ouest, avec toujours dans son sillage un long dégradé de nuages.

Honoré finit par s'endormir, bercé par le charivari des vagues.

Gaspard sortit le duvet de son paquetage, couvrit son ami. Il grelottait, murmurait des choses inintelligibles dans son sommeil. Sur sa joue, une encoche rougie, là où avait ripé le pneu.

L'après-midi se déroula ainsi au ralenti.

Quand la respiration d'Honoré ne fut plus qu'un étrange sifflet, Gaspard paniqua.

Il secoua ses épaules.

« Néné, mais qu'est-ce qui t'arrive ? T'as l'air super malade ! »

Les paupières du garçon se soulevaient à grand-peine. La poitrine se gonflait comme le ventre d'un accordéon déglingué.

Esquisse d'un sourire sur sa face livide.

« Bon, je te porte et je t'amène à l'hosto… Je sais même pas si y en a un dans cette ville… ! »

Honoré lui avait attrapé le bras. Une poigne sans vigueur. Il cherchait à formuler une suite de syllabes.

« Pas d'hosto », entendit-il en approchant son oreille des lèvres de son ami. Et : « Prends carnet. Noter. »

Gaspard se jeta sur la poche ventrale de son sac, en tira papier et stylo.

Comme les mots semblaient très compliqués, Honoré les épela. Et Gaspard de retranscrire scrupuleusement, lettre après lettre.

Une fois qu'il eut les quatre termes savants, Honoré précisa dans un souffle : « Pharmacie »… et « Grouille. »

Alors Gaspard *grouilla* comme jamais il n'avait *grouillé*.

Quitta la crique en volant par-dessus les rochers, traversa la plage comme une flèche sioux, pénétra la foule du centre-ville à coups de « pardon, excusez-moi ! »

Il avait peur. Une vraie trouille.

Plus prégnante encore que celle inspirée par le Molosse ou l'Ombregrise.

Peur pour Néné.

Chercha la croix verte et clignotante d'une pharmacie.

Entra comme un boulet de canon, manqua renverser une vieille dame, dit cinq fois « pardon », battit du pied dans cette maudite file d'attente, et lorsque ce fut son tour, échoua sur l'écueil d'une femme au visage crispé qui refusa de lui donner ce qu'il demandait sans avoir une ordonnance.

Il eut beau tonner, supplier, alla même jusqu'à prendre les autres clients à témoin, jurer grand Dieu que c'était une question de vie ou de mort, rien à faire, la dame n'en démordit pas.

Désespéré, il quitta les lieux, sans oublier au préalable de la traiter de « grosse conne ».

Courut encore, trouva deux autres pharmacies mais buta sur le même refus. On lui conseilla d'appeler le SAMU s'il y avait vraiment urgence.

Gaspard ne savait plus quoi faire. Honoré refusait l'hosto. Il ne se sentait pas de le trahir... Mais s'il n'intervenait pas tout de suite... si c'était extrêmement grave et que son copain n'en réchappe pas...

Ça tournait à cent à l'heure dans sa tête. Un feu d'artifice.

Bon, je retourne à la plage et j'essaye de le convaincre... au pire je l'emmène de force... tant pis...

Courut de nouveau comme un dératé.

Quand il parvint à la crique, Honoré avait disparu.

Leurs affaires n'avaient pas bougé, les sacs à dos, les pistolets.

Il tourna sur lui-même, hurla son nom, dix fois, vingt fois, mais la grève et les vagues demeurèrent muettes. Il escalada les rochers, chercha la silhouette de son ami sur la plage.

Rien.

Revint au campement, tomba à genoux, fouilla le sable à grandes pelletées de mains, comme si Honoré avait pu s'y cacher.

Geste absurde.

Pour une situation absurde.

Cria encore, avec cette fois des sanglots dans la voix.

Et puis il prit conscience de la teneur du ciel. Le crépuscule qui s'achevait, le soleil en fin de course effacé par une vaste plaque de nuages sombres.

Serait-il possible que…

Oui, c'était la seule explication plausible.

Les Bêtimondes.

Un quart d'heure passa où il resta immobile à contempler la mer, hébété.

Que pouvait-il faire ? Il n'avait aucun moyen de retrouver leur piste, ignorait où se situait l'entrée souterraine la plus proche pour rallier *Alguirada*.

Et Honoré était dans un tel état ! Il ne survivrait pas bien longtemps s'*ils* l'obligeaient à se traîner dans les boyaux souterrains.

Il se sentit inutile. Inutile et vaincu.

Il se blottit dans un creux de rocher, le pistolet à eau bien serré contre sa poitrine.

La nuit avait fini de dévorer le jour. La mer lançait des reflets métalliques.

Il n'avait d'autre choix que d'attendre ici, dans l'espoir que les Bêtimondes viennent le prendre lui aussi. C'était la seule façon de pouvoir retrouver Honoré.

Dorénavant, il n'avait plus peur de rien, hormis de perdre son ami.

Il tâcha de veiller, mais le mouvement de pendule des vagues eut raison de lui.

Il sombra.

20

Infernus

Gaspard apparaît, l'arme au poing, sous la grande arche en philodendrons. Sa main blessée le lance.

L'aube se fait attendre. Pétrifié, il contemple le brasier qui consume le toit de chaume. Une vitre explose sous la chaleur. L'appentis n'est pas loin de s'écrouler et l'étable n'est déjà plus qu'une gorge brûlante.

Des hurlements horribles montent de derrière le bâtiment.

Il contourne la tour. Le feu n'a pas encore trouvé de prises sur les hautes parois en pierre.

Bolb et Bulb passent au-dessus de sa tête et vident leur maigre cargaison sur l'incendie. Autant dire que c'est peine perdue. L'entreprise est bien trop vaste. Néanmoins, ils repartent aussitôt en direction du ruisseau.

Les patients de l'hôpital, Mamie, Dr Cot et Idriss sont coincés entre l'abreuvoir en fonte, le cabanon à outils et la cloison enflammée du dortoir. Menée par le sergent-chef, la garnison d'oies fait cercle autour d'eux pour les protéger.

Des dizaines de Bêtimondes attaquent de tous côtés. Une marée de chair humaine abracadabrante. Visages carnassiers tordus par la violence. Certains frappent de leurs mains crochues, d'autres avec des maillets, des couteaux, des hachoirs.

Les oies se battent farouchement, tâchent d'ajuster leurs coups de bec sur les endroits vitaux.

« Gardez la ligne ! » ordonne le sergent-chef.

Deux d'entre elles sont déjà tombées. On les a tirées à l'intérieur du cercle. Mamie est penchée sur l'une pour tenter de la ranimer. Il n'y a aucun espoir pour l'autre – ce n'est plus qu'un amas de plumes ensanglanté.

Idriss frappe avec des grognements sourds. Le bois fracture les os, étourdit les chairs.

La chauve-souris essaye de se carapater, mais le perroquet l'agrippe fermement par l'une de ses ailes. Alors que la loutre, prostrée, fixe la scène, la mâchoire tombante.

Le garçon reconnaît parmi les Bêtimondes l'horrible femme qu'il a frappée au ventre. L'excroissance où naissaient auparavant la tête et les épaules du nouveau-né n'est plus qu'une plaie sanguinolente.

Le chef qu'ils ont affronté dans les gorges est présent lui aussi, facilement identifiable avec ses deux paires de jambes. Il a remplacé sa fourche par une pelle, frappe avec la tranche, un plaisir sauvage au fond des yeux.

Plus loin, sous le couvert des arbres, un autre drame se joue.

Le Molosse affronte les chats.

Il est énorme. Ses dents claquent avec une étonnante rapidité.

Mais les chats, tout aussi vifs, ont entamé un superbe ballet, bondissant, infatigables, autour de la créature.

Tantôt une bourrade, tantôt une volée de griffes ; ils ne lui laissent aucun répit.

Aux pieds du monstre gît l'ours que Mamie a soigné pour son indigestion de miel. La gueule du Molosse est une machine à broyer. L'ours n'a pas survécu.

Gaspard regarde le ciel, prie pour que le jour se dépêche de poindre.

Puis il lance une clameur apache et se creuse un passage dans la bataille à coups de jet d'eau.

Mamie sourit en le voyant. Elle est parvenue à ranimer l'oie et lui emberlificote les flancs avec un pansement de fortune.

Gaspard tire maintenant en hauteur, par-dessus la ligne de défense.

« Comment c'est possible ? »

Il doit hurler pour se faire entendre.

« Je te l'ai expliqué l'autre jour ! Avec ton ami Honoré, vos *Extérieurs* et vos *Intérieurs* ont fini par définitivement s'entremêler… ! Les Bêtimondes sont sortis en masse des sous-sols… ! »

Le pistolet est déjà à sec.

« L'eau ! crie Gaspard à la cantonade. Ils craignent l'eau comme la peste ! Le bassin ! »

Il remplit le réservoir de son arme, hèle Idriss :

« Dans le cabanon, j'ai vu qu'il y avait un seau, prenez-le ! »

Le touchécorce assène un dernier coup de pied à l'une des créatures, arrache la porte du cabanon, s'empare du récipient, fait le plein, et, d'un large mouvement, asperge copieusement toute une rangée de Bêtimondes.

L'engeance vocifère de douleur, recule.

Deux nouvelles oies sont tombées. La première, les pattes sectionnées par une hache. La seconde, saisie au cou, est dévorée vivante. Elle gueule encore quand le Bêtimonde lui mâche les entrailles.

« *Infernus* ! » beugle le perroquet.

Il a fini par assommer la chauve-souris pour qu'elle ne s'échappe pas.

« La lutte est bien trop inégale, dit Mamie. Si les renforts n'arrivent pas rapidement, nous allons tous périr...

— Ne leur cédez rien, mes gaillardes ! hurle le sergent-chef. Couvrez-vous de gloire ! »

Une vaste clameur monte des oies.

Un homme défiguré réussit à se creuser un passage. Il a un énorme bubon sur le côté du crâne. Dans sa main une torche. Mis à mal par un déferlement de coups de bec, il parvient néanmoins à lancer son projectile, qui va se ficher dans les branchages du touchécorce. Sans l'intervention de Gaspard et de ses jets de pistolet, le feu se serait propagé à toute vitesse.

Idriss replonge dans un corps-à-corps effréné. Il hait le feu autant qu'il le craint. Les longues racines de ses mains plongent dans la cohue, attrapent la tête d'*Elephant Man*. Le crâne éclate comme un gros bouton d'acné. Le châle blanc de pâquerettes sur ses épaules est souillé d'éclats d'os et de cervelle.

Dr Cot, qui a assisté à la scène, régurgite le contenu de son estomac.

« *Infernus* ! hennit-il de nouveau.

— Mais qu'est-ce que ça veut dire, ce *infernus* ? » crie Gaspard en immergeant une nouvelle fois son arme dans le bassin pour faire le plein.

Agenouillée, Mamie s'efforce de ranimer une autre oie en lui prodiguant un massage cardiaque.

« *Infernus...* signifie... *ce qui vient... d'en bas...* Ou plus précisément : ... *ce qui vient... des enfers...* »

Dans l'obscurité chancelante, l'incendie poursuit son œuvre, attaque à présent la charpente de la ferme. Les flammes dessinent sur les visages de chacun des arabesques d'ombre et de lumière. Les Bêtimondes n'en deviennent que plus terrifiants.

Quand Bolb et Bulb réapparaissent au-dessus de la bâtisse, Gaspard leur crie d'abandonner leurs vaines opérations d'arrosage et de concentrer leurs efforts sur le remplissage de l'abreuvoir.

Le cercle des oies est près de céder. Le sergent-chef va ordonner aux soldates de reculer de quelques mètres pour resserrer le nœud de défense, quand la première vague de renforts arrive enfin, surgissant d'un coin de ciel.

La célèbre Escadrille a volé à tire-d'aile depuis les contreforts des montagnes pour faire le plein de munitions. Entre ses pattes palmées, chacun tient un rocher. Les missiles sont étonnamment volumineux par rapport à la taille des porteurs.

« Bombardement annoncé à huit heures ! » claironne le jars.

Anne-Lise se trouve parmi eux. Elle porte un singulier collier, semblable à celui de Rahan. Une guirlande de dents effilées et pointues qui bat son poitrail. Les reliques de l'Ombregrise.

Une pluie de pierres s'abat sur les Bêtimondes. Plusieurs s'écroulent, le crâne fracassé.

Puis l'Escadrille atterrit dans le cercle pour prêter palme-forte.

Gaspard donne une accolade rapide à Anne-Lise.

« Je suis super content de te voir ! Joli collier ! »

La gueule du Molosse est ensanglantée, striée de griffures. Les félins ont même réussi à lui crever un œil. En dessous de l'orbite à présent vide, un liquide blanc, épais, imprègne sa fourrure noire. Mais sa rage n'a en rien diminué. L'un des chats est mort, terrassé par les puissantes mâchoires.

Dans un feulement rageur, le grand chat couleur crème se propulse et assène un puissant revers de griffes sur la patte avant du monstre. Sans doute réussit-il à cisailler un tendon, car la créature hurle et demeure tapie au sol pendant quelques secondes.

Sorti de son puits, le castor se jette lui aussi dans la mêlée. Il porte autour du cou le pendentif donné par sa femme.

La ferme continue de se consumer à grandes flammes.

Les infâmes créatures ont maintenant pris le dessus. Le cercle n'existe plus et chacun se bat de-ci de-là, seulement mû par l'énergie du désespoir. Un chaos total règne sur ce champ de bataille.

Seuls les chats tiennent encore en respect le Molosse. Avec son œil crevé et sa patte blessée, il tourne sur lui-même comme un animal traqué et semble sur le point de prendre la fuite.

Idriss campe près de l'abreuvoir, continue d'alterner les lancers de seau d'eau et les coups de pied. Toutes ses branches sont cassées.

Même Mamie a troqué ses instruments médicaux contre une hachette. Couverte de sang, elle a son chignon défait et ses longs cheveux gris tombent de part et d'autre de son visage. Le Dr Cot lutte lui aussi, à coups de bec et de serres.

Quantités de cadavres d'oies jonchent le sol.

Gaspard lève les yeux vers le ciel, cherche le soleil, se rappelle qu'ici il n'y en a pas, comprend pourquoi les Bêtimondes ne rejoignent pas les profondeurs de la terre.

Éreintés, Bolb et Bulb ont du mal à maintenir la cadence.

Puis Mamie cesse de se battre. Perdus dans son visage exsangue, ses yeux océan sont vides. Sans l'entêtement guerrier de quelques oies, du varan et de la loutre pour la protéger, elle serait morte depuis longtemps.

Gaspard met un genou à terre. Outre la fatigue qui achève de le grignoter, il vient de voir le sergent-chef s'écrouler, décapité avec une telle sauvagerie que sa tête va rebondir dix mètres plus loin. Le cou se tord dans tous les sens, asperge les alentours d'un geyser de sang, comme un tuyau d'arrosage soumis à une trop grande pression.

Le garçon pose un deuxième genou au sol, songe lui aussi à renoncer.

Il lâche son pistolet, met les épaules en arrière, offre le tendre de sa gorge à la haine des Bêtimondes.

C'est alors qu'une tache blanche, qui vient de très loin là-haut, grossit, se rapproche à une allure folle.

Un sourire un peu idiot tord la bouche du garçon. Il sent un rire nerveux le gagner. De ceux qui naissent du désespoir et flirtent avec la dinguerie.

La deuxième vague de renforts arrive, avec en éclaireur un lapin rageur qui tombe tel un obus sur le champ de bataille.

À sa suite vient l'inquiétant corbeau, serres grandes ouvertes et dévastatrices. Il fond sur l'ennemi avec un croassement sinistre, éborgnant la lumière du jour de ses longues ailes noires. Elchar apparaît également, puis la voix du Colonel, tonitruante, entraîne une telle clameur derrière elle, que même Mamie s'arrache de sa torpeur.

Avec le grand castor marchent plus de soixante soldats armés de pioches. Les queues plates frappent le sol de la clairière à l'unisson.

Rompus à l'art de la guerre, les castors ont tôt fait de prendre l'ennemi en tenaille.

Dans un concert de hurlements, les Bêtimondes refluent. L'incendie leur coupe toute retraite. Pris de panique, certains tentent de se frayer un chemin à travers les flammes. Le feu les avale. D'autres réussissent à quitter la clairière pour se disperser dans la Forêt.

Le Molosse se résigne enfin, bondit par-dessus le mur d'enceinte et se fond dans les sous-bois.

Gaspard secoue Mamie.

« Vous n'êtes pas blessée ?! »

La vieille dame peine à refaire son chignon, les mains saisies d'un léger tremblement.

« Ça... ça va... »

Le garçon regarde de tous côtés, recharge une nouvelle fois son arme, avant de se baisser pour saisir la hachette que la vieille dame a abandonnée.

« Je vais descendre aux sous-sols. Ces saloperies ont enlevé Honoré. Il est prisonnier dans leur grotte, et dans *l'autre monde*, je ne trouverai jamais une entrée pour Alguirada. »

La vieille dame et le garçon se dévisagent un moment sans ciller. Autour, la mêlée se poursuit. D'un fantastique revers de racines, Idriss vient d'envoyer l'un de ses adversaires *ad patres*.

« D'accord... mais je refuse de te laisser descendre seul. Par qui souhaiterais-tu être accompagné ? »

La toison blanche de Katalpakân est poisseuse de sang. D'un mouvement de cou, Anne-Lise réajuste sa parure de dents. Une lueur déterminée habite ses petits yeux noirs.

Alors que les combats tournent en défaveur des Bêtimondes, ils s'extirpent du bourbier qu'est devenu le champ de bataille, dérapent et trébuchent sur des monticules de chair morte. Ça fait un bruit de succion abject, quand à chaque enjambée l'oie décolle ses pattes palmées de la fange.

« Ça aussi, c'est des humains comme Gaspard et vous ? » demande-t-elle en grimaçant de dégoût.

La vieille dame réfléchit un instant, avant d'admettre : « Oui, ce sont aussi des humains… »

Ils se retrouvent devant le fronton de la ferme. Le brasier tord son énorme ventre dans une danse brûlante. La chaleur leur griffe le visage.

Sur la gauche, l'accès aux sous-sols a été épargné. Ils empruntent l'escalier, longent les étagères et s'arrêtent devant le trou dans le mur. Les planches brisées gisent au sol.

Dans le conduit règnent une obscurité et un silence si denses qu'on pourrait penser à un morceau arraché au vide spatial et posé là par inadvertance.

« Allez, Gafpard, allons ferfer ton ami ! déclare Katalpakân. Ve fuis fûr qu'on va bien fe marrer là en bas… ! »

Difficile d'évaluer combien d'heures ils errent dans Alguirada.

Un complexe labyrinthique de boyaux souterrains. Et un silence, total, qui pèse sur leurs épaules avec le même poids que les kilomètres de roche au-dessus de leur tête.

À plusieurs reprises, ils croisent des humains en totale perdition. Ceux-ci errent dans les intestins du monde, tâtent les parois pour avancer. La peau sur les os, les orbites noires et vides. Tous ceux dont on a arraché les yeux et qu'on laisse déambuler dans la nuit en attendant un jour ou l'autre de s'en repaître.

Des femmes, des vieillards. Ils croisent une fillette qui n'a pas plus de six ans. Ses petites mains écorchées frottent la pierre. Les deux trous dans son visage suintent d'étranges larmes. Sa petite bouche aux lèvres ourlées murmure un « Maman ?! T'es où, maman ? » étonné. Elle semble seulement surprise de ce cauchemar qui ne finit jamais.

Que peuvent-ils faire pour ces âmes perdues, décharnées de leur humanité ? À part se tasser contre la roche pour les laisser passer ?

Ils ne rencontrent en chemin aucune résistance, à croire que tous les Bêtimondes se sont déversés dans la Grande Forêt. C'est seulement en pénétrant dans la vaste grotte, cœur d'Alguirada, qu'un groupe de quatre individus leur barre le passage. Sans doute la garde personnelle du roi.

Et Katalpakân fait place nette avec cette rage guerrière qu'on lui connaît.

À l'exception de celle où se trouve Honoré, toutes les autres cages sont vides.

Le garçon gît, inanimé, sur un matelas rocheux. L'immense grotte est parsemée de torches.

Gaspard s'énerve sur les cordages de l'entrée en tirant sur les nœuds. Ses mains tremblent. La cage en bois grince, bringuebale. Il est si fébrile qu'il a oublié l'existence de la hachette, glissée dans sa ceinture.

Au bout de plusieurs minutes à s'escrimer ainsi sur les cordages, Katalpakân lui tapote gentiment la jambe et le force à se pousser.

Les incisives du lapin ont tôt fait d'ouvrir la nasse.

Gaspard se tortille pour se frayer un passage, tombe à genoux, soulève le corps inerte de son ami en glissant une main sous sa nuque, colle sa poitrine contre la sienne. Il demeure immobile, dans l'attente de percevoir, aussi faibles soient-ils, un soulèvement de poitrine ou un battement de cœur.

La carcasse d'Honoré tressaille, imperceptiblement, mais c'est suffisant pour que Gaspard reprenne espoir.

« Je vais te sortir de là, Néné ! crie-t-il. Je te promets que je vais te sortir de là ! »

Il le saisit à bras le corps, recule pour l'extirper de sa cage.

Anne-Lise désigne d'une patte palmée le centre de la grotte où siège le roi.

« Qu'est-ce qu'on fait de cette… chose ? » demande-t-elle.

Gaspard se redresse de toute sa hauteur après avoir déposé son compagnon au sol avec une infinie délicatesse.

Aucune émotion ne le traverse, si ce n'est un profond dégoût, quand il avance au devant de l'abjecte créature.

Katalpakân le rejoint d'un bond, bien décidé à lui prêter main-forte, mais le garçon l'en dissuade d'un geste de la main.

« Non, je m'en occupe tout seul. »

Le roi. Monarque des Bêtimondes.

L'amas de têtes est bien agité. Abandonné par ses sujets, seulement armé de son patchwork de bouches tordues et écumantes, il est totalement à sa merci.

Un concert de hurlements s'échappe de la masse. Des centaines d'yeux fixent Gaspard.

Plus aucune colère n'anime le garçon. Seulement une froide détermination. Une Némésis.

Les cris se muent en une longue plainte déchirante quand Gaspard abat la lame de sa hachette, tranchant en deux chacun des faciès grimaçants, un à un, méthodiquement, partant de la base, et escaladant lentement la colline de chair.

Craquements de crânes que l'on fend, mâchoires brisées. Des lambeaux de cervelle volent en tous sens.

Ses pieds dérapent sur les peaux déjà mortes. Il écrase un nez, enfonce un front en mettant un genou à terre. Puis se relève, réajuste son équilibre et frappe de plus belle, hurlant à chaque coup porté :

« REGARDE, NÉNÉ ! C'QUE JE LUI METS DANS SA SALE TRONCHE ! REGARDE… ! »

Le bras de la créature brasse l'air comme la pale unique d'un hélicoptère sur le point de se crasher.

Anne-Lise et Katalpakân suivent son ascension funeste. L'oie, médusée, dissimule sa stupéfaction derrière une rangée de plumes. Quant au lapin, excité comme jamais, il sautille sur place. Sous son petit museau rosé, un sourire joyeux lui élargit la gueule.

21

Le Temple

L'apparition de la Vierge, si elle avait été brune et plus jeune.

Il cligna des yeux.

Après la grotte d'Alguirada, il retrouva l'air vif et chargé d'embruns du bord de mer.

Les mouettes se disputaient un coin de ciel. Le soleil pointait le haut de son crâne sur la ligne d'horizon. L'aube démarrait tout juste, alors qu'une brise marine venait lui picoter les joues.

Il avait bien passé toute la nuit à errer dans les profondeurs de la terre.

La vierge brune le fixait, esquissait un sourire. Elle avait exercé une légère pression sur son bras pour le tirer du sommeil, se tenait à genoux. Les larges boucles de sa chevelure valsaient sur l'arrondi de ses épaules.

Et balançant à son cou, les ailes bleues d'un papillon.

Gaspard se redressa lentement sur les coudes.

Se racla la gorge, trop stupéfait pour formuler le moindre mot.

C'était pourtant bien les grands yeux sombres de Lili.

Elle avait les traits tirés, les paupières légèrement gonflées. Sûr qu'elle n'avait pas beaucoup dormi.

Elle désigna la hachette qu'il serrait dans son poing, afficha une drôle de moue.

« Tu me fais un peu flipper avec ce truc… »

Gaspard se mit en position assise et lâcha aussitôt le manche. La lame se planta dans le sable.

Il se sentit idiot, chercha un truc à dire, n'importe quoi pour meubler le silence.

« Quel jour on est ? »

Lili chassa une mèche de cheveux qui la gênait.

« Samedi matin. »

Ça faisait presque une semaine qu'il était parti de chez lui. Un mois, une année, lui semblait-il.

« Néné nous a dit qu'on te trouverait peut-être ici, dit-elle en se relevant. Il veut te voir… Vous êtes vraiment devenus des potes, à ce que je vois… »

Gaspard hocha la tête, glissa sur les genoux avant de se hisser sur les jambes. Il avait mal partout.

« Ouais, des super potes. Les meilleurs du monde, même.

— Tant mieux. Mon frère rêvait de ça depuis des années.

— Où il est ? »

Il avait posé la question en présumant déjà de la réponse.

« À l'hosto d'Arles. »

Elle pointa un doigt en direction de la grève.

« Je suis venue avec ma sœur. Elle nous attend dans la voiture… là-bas.

— OK, allons-y. »

Elle eut un petit rire, moqueur mais gentil, en montrant ses habits.

« T'aurais de quoi te changer ? Ça risque de jaser si tu te pointes comme ça, non ? On dirait que tu t'es sali exprès. T'as fais quoi ? Ah, je sais… t'as pris une méga cuite à la bière, tu t'es vomi dessus, et puis comme c'était pas encore assez gore, t'as décidé d'étaler… »

Elle rit de bon cœur cette fois-ci. Gaspard se détendit.

« … même un punk trouverait ça *too much*… » ajouta-t-elle.

Il faillit lui avouer que ce n'était pas du dégueulis, mais des bouts de cervelle.

Bien sûr, il n'en fit rien.

« Je me change, mais tu te tournes, alors… »

Elle s'abstint de tout commentaire, ébaucha seulement une moue coquine.

Ils enfournèrent les sacs à dos dans le coffre d'une C4 noire.

Stéphanie ne daigna pas sortir de la voiture. La mine sombre, elle agrippait son volant comme si c'était une question de survie. Elle ressemblait à Lili, était tout aussi jolie. Elle paraissait juste plus austère que sa cadette.

Ils grimpèrent tous les deux à l'arrière. Stéphanie lança à Gaspard un bref regard via le rétroviseur, puis un simple hochement de tête en guise de salut. Tous les traits de son visage tiraient vers le bas. Son maquillage partait à vau-l'eau.

Elle baissa un peu sa vitre, enclencha une vitesse pour sortir du parking.

Les Saintes-Maries s'éveillaient tout doucement.

Ils sortirent du centre-ville. La C4 s'élança sur la nationale, au milieu des étendues marécageuses. Le soleil s'était arraché du ventre de la mer. Ce serait une belle journée.

Le bruit du moteur envahissait l'habitacle. Chacun gardait un silence prudent. La main de Lili veillait, immobile, à seulement trois centimètres de la sienne.

Puis sans crier gare, avec un ton incisif, Stéphanie interrogea Gaspard :

« Sais-tu pourquoi mon idiot de frère n'a pas pris son traitement ? »

Saisi au dépourvu, le garçon demeura bouche bée. La grande sœur le fusillait du regard à travers le rétroviseur. Lili vola aussitôt à sa rescousse.

« Pourquoi tu l'agresses ? Il n'y est pour rien. »

Les yeux de Stéphanie étaient cerclés d'un liseré rouge.

Gaspard fit un geste de la main vers Lili pour lui faire comprendre que ce n'était pas grave.

« Ses médicaments, il les avait dans un sachet en plastique bleu ? » demanda-t-il.

Les filles approuvèrent d'un hochement de tête.

« Il l'a jeté le premier soir qu'on a passé ensemble.

— Quel débile, je te jure, fulmina Stéphanie, mais quel débile ! Et voilà où on en est, maintenant… »

Gaspard avala difficilement sa salive, n'osa pas demander ce que signifiait ce *où on en est*.

« Hier soir, il m'a envoyé trouver une pharmacie pour des médicaments au nom compliqué, mais personne n'a voulu me les donner parce que j'avais pas d'ordonnance.

— Tu m'étonnes, railla la grande sœur, c'est pas des *dolipranes*…

— Tu soûles, Steph… ! Arrête de t'en prendre à lui ! »

Il y eut un silence, puis :

« T'as raison… OK, excuse-moi, je… je suis morte d'inquiétude pour mon petit frère, alors je pète un peu les plombs… »

Elle pleura ; des grosses perles sur ses joues. Puis elle les chassa d'un revers de main et se concentra sur la route.

Lili soupira. Aucune larme pour elle. Gaspard devina que pour l'instant elle se contentait de pleurer de l'intérieur.

« Néné prend des tas de cachetons depuis l'âge de cinq ans, confia-t-elle. Il en avait marre, c'est tout… Ça peut se comprendre qu'à un moment donné, il dise "fuck !" à tout ça… Tout ce qu'il voulait, c'était se trouver un ami et voir la mer avant de… et… et c'est ce qui est arrivé… alors, moi je dis tant mieux… »

Gaspard zieuta à travers la vitre, débusqua dans le ciel suffisamment de courage pour demander :

« C'est grave, la maladie qu'il a ? »

Les filles échangèrent un regard. Lili hocha la tête, imperceptiblement.

« Très », précisa-t-elle.

De nouveau un silence. Juste le ronronnement du moteur, le roulis des pneus sur l'asphalte.

Gaspard observait les coupures dans la paume de sa main. Il s'effleura le front, ferma un peu les yeux.

« Quand je suis revenu de la pharmacie, Néné avait disparu, murmura-t-il.

— Des promeneurs sont tombés sur lui par hasard, expliqua Stéphanie. Quand ils ont constaté qu'il respirait à peine, ils ont appelé les secours. Une fois à l'hôpital, ils sont parvenus à le ranimer. Il est resté une partie de la nuit entre la vie et la mort. Il a repris connaissance y a un peu moins de deux heures. Tout de suite, il a réclamé ta présence. »

Une lumière blafarde dans des couloirs sans fin.

Lili s'était rembrunie, avait laissé son sourire à l'entrée du gros bâtiment. Stéphanie les guida à travers un dédale aseptisé de corridors et d'ascenseurs. En fin de compte, l'endroit était similaire au gruyère d'Alguirada, en version high-tech.

Les uniformes verts du personnel soignant. Le chuintement des roues des brancards qui filaient sur le linoléum. Puis des malades déambulant dans les couloirs, errant dans l'attente de la prochaine visite, du prochain repas.

La famille d'Honoré s'était regroupée dans l'antichambre des soins intensifs, autour d'une machine à café qui fonctionnait à plein régime. Des chaises inconfortables meublaient la pièce, ainsi qu'une table basse parsemée de magazines. Personne ne les lisait. Les gens restaient debout, comme prêts à partir. Ils étaient plus d'une quinzaine, par grappes de deux ou trois, le visage grave, tendu.

Gaspard demeura un peu à l'écart, le dos appuyé contre une cloison, avec l'étrange impression de s'être immiscé dans une séquence de vie qui ne lui appartenait pas.

Honoré était encore vu par les médecins. Il fallait attendre.

Gaspard identifia sans mal la mère de son ami, une femme ronde qui se massait les tempes du bout des doigts. Les gens lui parlaient en approchant de très près leur visage, chuchotaient comme dans la pénombre d'un confessionnal. Elle semblait ne pas vraiment écouter, s'acharnait à frictionner les pans de son crâne pour en faire sortir quelque chose.

Un peu plus loin, facile à reconnaître, le père d'Honoré. Même tignasse que son fils, avec pour seules nuances des filaments gris le long des tempes. Une silhouette osseuse. Tout aussi absent que sa femme, le front bas, il dénombrait ses doigts. Une longue litanie psalmodiée dans sa tête pour ne pas perdre pied.

Au bout d'un moment, le téléphone arabe fonctionnant, des regards curieux ricochèrent sur Gaspard. Bien entendu, tout le monde était plus ou moins au courant de leur folle cavalcade.

Une porte s'ouvrit. Un visage familier apparut. Le garçon se crispa. C'était un grand type filiforme, flottant dans une gabardine couleur crème. Des yeux agités qui valsaient dans tous les sens et eurent tôt fait de s'arrêter sur ceux de Gaspard.

L'« aspecteur ».

Ils s'étudièrent quelques instants. À quoi pensait le policier ?

Peut-être se demandait-il comment ce gosse avait réussi à se dépêtrer d'un Barbe-Noire en lui lançant un chat au visage… ? Et par quel sortilège il avait bien pu se couvrir d'un manteau d'abeilles pour échapper à ses poursuivants, se jeter d'un promontoire avant de se laisser passer pour mort dans les rapides d'une rivière ?

Gaspard se mordit la lèvre, refusa de baisser le regard.

Le flic s'avança, sortit une main de sa poche. Des doigts longs et maigres aux articulations saillantes. Il les lui tendit.

Le garçon glissa sa main dedans.

« J'ai prévenu ta famille, se contenta de dire l'homme. Ils sont en route. »

Sa poigne était ferme. Puis il fit volte-face et se dirigea à grands pas vers la machine à café.

Une demi-heure s'écoula encore, avant qu'un interne ne vienne chercher Gaspard pour le conduire dans une autre salle, plus petite. Il souhaitait examiner la plaie à sa main. Lili l'accompagna.

On le fit asseoir sur une table d'examen, paume ouverte sur la cuisse. L'interne glissa ses lunettes sur le haut de sa tête, se pencha, palpa les chairs.

« Comment tu t'es fait ça ?

— Avec un bout de verre.

— Hum… Ça te fait mal quand je touche ?

— Un peu mais pas trop.

— « Un peu mais pas trop »… bon, bon, bon… ce n'est pas assez profond pour des points. On va se contenter de désinfecter et de te mettre un bandage. »

On frappa à la porte. Une infirmière glissa sa tête par l'entrebâillement, demanda un renseignement.

L'interne s'excusa avant de s'absenter un moment.

Lili et Gaspard demeurèrent seuls.

La jeune fille se hissa à côté de lui et ouvrit son poing. À l'intérieur, un papier plié en quatre.

« Quelqu'un a laissé ça sur le rebord de la fenêtre de ma chambre. »

Gaspard resta coi. Son cœur avait pris l'allure d'un cheval au galop.

Finalement, il parvint à se fendre d'un sourire.

Et juste avant que l'interne réapparaisse, la jeune fille l'embrassa sur la joue.

On l'avait revêtu d'une blouse trop ample, qui lui descendait jusqu'aux genoux, d'un calot grotesque, de chausses qui lui faisaient des pieds de scaphandrier et d'un masque qui lui mangeait les trois quarts du visage. Son souffle aspirait le rectangle de tissu.

Il entra dans la pièce avec l'impression d'être un cosmonaute, avança au ralenti jusqu'au lit où reposait son copain Néné.

Plusieurs machines bipaient. Sur l'une d'elles défilait le graphisme en dents de requin mesurant le rythme cardiaque. C'était comme pénétrer dans la cabine d'un vaisseau spatial. Des câbles s'entremêlaient au sol. Des monitorings sur roues, tout un tas d'appareillages dont il ignorait la fonction.

Il agrippa la barre latérale du lit. La touffe noire d'Honoré jurait avec le blanc immaculé des draps. Tels des serpents, des tuyaux partaient de ses poignets, de l'intérieur de ses coudes, rampant jusque dans ses narines. On aurait dit un oisillon prisonnier dans un nid métallique.

Ses yeux s'entrouvrirent à peine. Deux fentes noires. Il y eut un éclat de joie, loin, très loin au fond des pupilles.

Des mots sortirent, trop faibles pour que Gaspard les comprenne.

Il pencha son oreille, la positionna à un centimètre au-dessus de la bouche de son ami.

Un souffle pour chaque mot.

« T'as… l'air… débile… habillé… comme ça… »

Gaspard gloussa de plaisir.

« Tu t'es pas vu », rétorqua-t-il.

Ils se dévisagèrent un long moment. Gaspard restait penché.

Leurs nez se touchaient presque.

Honoré avala sa salive, grimaça, souffla d'autres mots :

« C'était… trop classe… tous ces jours… ensemble…

— Ouais, c'était génial. »

Gaspard avait la gorge qui se contractait, avec une envie de chialer qui lui venait des tripes. Et puis il étouffait sous ce masque.

« Mince, Néné, je suis pourtant allé te chercher dans Alguirada… mais je suis peut-être pas remonté assez vite pour te sauver… je… je me souviens plus de ce qui s'est passé après que j'en ai eu fini avec le roi… j'aurais dû… »

Au prix d'un grand effort, Honoré l'interrompit en soulevant l'une de ses mains.

« C'est… pourtant ce que tu as fait… tu m'as sauvé des Bêtimondes… car je n'ai plus du tout peur maintenant… grâce à toi… »

Une porte s'ouvrit de l'autre côté de la pièce. Une infirmière entra, elle aussi en tenue de cosmonaute. Elle ausculta rapidement les machines, puis le visage de son protégé.

« Tu dois te retirer à présent, annonça-t-elle à Gaspard, il doit s'économiser. Il est encore très faible. »

Les garçons échangèrent un sourire.

Un sourire qui en disait long.

Avant que Gaspard ne lâche la barre métallique du lit, Honoré parvint à lui effleurer le bras.

Quand débarrassé de son encombrant déguisement, il rejoignit la salle d'attente, ses jambes ne le tenaient presque plus.

La fatigue. L'émotion.

Il chancela, glissa contre le mur.

Et s'évanouit.

Cette fois-ci, la petite musique s'étira à l'infini. Aussi, Gaspard flotta quelque temps dans un entre-deux-mondes.

Il quitta l'hôpital, mais ne rejoignit pas pour autant la Grande Forêt.

Pas tout de suite.

Un souvenir l'avait fait dévier de sa course. Un souvenir qu'il avait jusqu'alors occulté, entreposé dans un coin barricadé et inaccessible de son cerveau.

Gaspard était malade. Rien de bien méchant. Il toussait. Une toux sèche. Sa gorge le brûlait un peu quand il avalait sa salive. Comme il avait de la température, sa mère lui annonça qu'elle préviendrait le collège, qu'il n'irait pas en cours aujourd'hui.

Bénis soient microbes et virus.

Sa mère fila au travail en tirant par la main un Simon peu enthousiaste. Lui aussi aurait bien aimé faire sauter l'école. Il toucha son front, fit une tête d'agonisant. « J'ai chaud à la tête, geignit-il. Faut que je reste là, avec Ristourne et Gaspard... »

« Que nenni, rétorqua sa mère en souriant. En route, tire-au-flanc ! Ce bon vieux Charlemagne nous attend... »

La porte se referma. Gaspard mit un coup de verrou, retourna dans son lit avec une pile de bandes dessinées, attendit tranquillement que son père émerge.

Vers 10 heures, ils étaient attablés dans la cuisine. Son père avalait café sur café. Il était bavard ce matin, enjoué, riait pour un rien. Gaspard pignochait un pain au chocolat. Comme d'habitude, il mangeait d'abord le dessus pour faire apparaître la bande marron.

Dehors, un soleil présomptueux pour la saison. Une lumière vive dans l'appartement, avec des pluies de poussière qui tombaient en cascades dans la transversale des fenêtres.

À son cinquième café, son père dit :

« On va profiter qu'on soit que tous les deux pour faire un truc... Y a quelque chose qu'il faut que je te fasse écouter... »

Intrigué, Gaspard hocha la tête et avala les restes de son petit déj'.

Son père alla ouvrir le placard mural du couloir. Se posta en face des étagères de gauche, se hissa sur la pointe des pieds.

Les étagères du placard de gauche. Toute une histoire. C'est là qu'il entreposait, hors d'atteinte, les reliques sacro-saintes de son jardin secret.

Son père avait une belle collection de disques, et autant les trois cents vinyles rangés dans la bibliothèque du salon pouvaient être consultés librement par tous les membres de la famille, autant les dix albums entreposés à la cime du placard étaient strictement interdits d'accès.

Comme disait maman, c'était son Graal à lui, sa fontaine de jouvence, sa pierre philosophale, son Excalibur.

La collec des disques de Pink Floyd.

Son index visita les tranches. Il hésita, finit par choisir, tira le disque à lui, s'en saisit avec une précaution maladive.

Un sourire béat illumina sa figure quand il le montra à Gaspard.

Sur la pochette, deux hommes se serraient la main. Celui de droite prenait feu — allez savoir pourquoi —, mais ne semblait pas s'en soucier outre mesure.

« Wish You Were Here. 1975, annonça-t-il cérémonieusement.

« Et maintenant, l'ambiance ! »

Il était excité comme un gosse, trépignait, tournait sur lui-même. Gaspard n'osait rien dire de peur de lui couper son élan. Il se contentait de le suivre à la trace pendant qu'il faisait le tour de la cuisine et du salon pour fermer tous les volets.

Le soleil se fit refouler comme un malpropre.

Puis il sortit toute une batterie de bougies et les disposa sur la table basse, la télévision, le bar, le rebord des fenêtres.

L'appartement prit des allures de crypte.

Son père coupa le téléphone fixe, mit son portable en vibreur, intima l'ordre à Gaspard de s'installer confortablement sur la banquette.

Avant de poser la galette sur la chaîne. Le saphir s'encocha dans le sillon. Des crépitements dans les enceintes.

Il monta le volume et se cala à côté de son fils, passa un bras autour de ses épaules, lâcha un soupir d'une infinie satisfaction.

« Ça commence par un titre qui s'intitule "Shine On You Crazy Diamond", lui glissa-t-il à l'oreille. Ça veux dire "Brille, diamant fou !" Classe, non ? T'es prêt à changer de dimension ? »

Ce qu'ignorait son père, c'est que Gaspard avait déjà changé de dimension. Et rien à voir avec la musique qui démarrait. Non, ça avait plutôt à voir avec la grosse main serrant son bras et ce grand flanc collé contre le sien.

Il était heureux, presque trop heureux. Assez pour ressentir une toute petite gêne.

Alors les premières notes s'éparpillèrent dans le salon. Une guitare à peine effleurée. On aurait dit des gouttes d'eau. Puis plus loin un autre riff. Un peu western. Entêtant. Hypnotique.

La chanson avança, occupa tout l'espace.

La crypte devint cathédrale.

Gaspard décrocha, plana, fixa la danse du ventre des bougies. Il était au centre de la musique, blotti contre son père.

Et plus rien d'autre n'existait.

« Allons, mon garçon, tu dois te montrer courageux », dit Mamie.

Gaspard s'accroche aux branches cassées du touché-corce, le nez planté dans les quelques pâquerettes éparses qui pointent encore sur ses épaules. L'écorce est déjà froide, les feuilles restantes déjà sèches, prêtes à se détacher.

Une houle de sanglots. Tout son corps tremble.

Ses larmes se mêlent au sang et à la sève d'Idriss. Le visage rond comme une lune est maintenant émacié. Une lune creusée, flétrie, avec un masque de mort. On a rabattu les paupières, verrouillé à jamais les deux grandes pupilles noires.

Watkilli, Elchar et Krüg entourent la dépouille de leur frère. Ils se balancent légèrement d'avant en arrière, dans une prière silencieuse.

Mamie guide Gaspard jusque dans ses bras, l'enserre de ses mains longues et maigres.

Le dernier foyer de l'incendie fait une nappe rougeoyante dans l'obscurité. À part la tour, il ne reste plus grand-chose de la ferme-hôpital. Une sculpture de charpente noircie, un pan de mur avec dessus un bout de fenêtre.

Un long corridor de torches part de l'arche d'entrée et va disparaissant dans les sous-bois, jusqu'à la clairière du Grand Pommier. C'est là que seront inhumées les victimes, entre les racines protectrices de l'arbre titan.

Le corps d'Idriss repose sur un brancard tressé par les castors. M. Cot réajuste son monocle, chasse une encombrante larme. Du bout du bec, il tire la grande feuille de chêne récupérée sur le territoire de l'Automne. Un singulier linceul avec lequel il recouvre le touché-corce.

Puis il va se percher sur une branche basse aux côtés de la chauve-souris.

Un peu plus loin, alignés au sol, d'autres brancards, d'autres feuilles de chêne.

En comptant le sergent-chef, vingt-six oies ont péri. Anne-Lise a le regard vide, fait des va-et-vient entre les cadavres de ses camarades.

On dénombre sept castors morts et deux chats. Sans oublier l'ours, tué par le Molosse.

Beaucoup de Bêtimondes se sont éparpillés dans la Forêt mais aucun n'a survécu.

Sur le territoire de l'Automne, les arbres de Watkilli ont bombardé de glands les envahisseurs. Le gros arachnide en a saisi quelques-uns dans sa toile. Ceux qui se sont aventurés sur le territoire de l'Hiver ont gelé, ensevelis sous des chutes de neige.

De l'autre côté du mur d'enceinte, à la lisière des bois, les castors ont érigé un grand bûcher. On y a empilé les dépouilles des Bêtimondes. Une odeur pestilentielle s'en dégage.

De toutes parts, des chants montent.

Le cortège s'engage dans le couloir hérissé de torches.

Mamie, M. Cot, les touchécorces, Gaspard, Léonice, reine des loutres, et Borgota ouvrent la marche.

Un long défilé de litières glisse dans leur sillage.

Sur leur passage, les arbres colossaux vibrent, remuent imperceptiblement leurs feuillages. Sous les pieds, on sent la terre se tordre un peu. L'étrange ballet des racines tentaculaires.

Tous les habitants de la Grande Forêt sont présents. Il ne manque que les chats. Mamie leur a demandé de remonter la piste du Molosse blessé. Elle veut à tout prix savoir où l'a conduit sa fuite.

La foule forme un large demi-cercle.

Le Pommier peut accueillir ses enfants. Un gémissement sourd s'échappe du tronc. Les castors ont creusé des excavations entre les racines. On y dépose les corps. Les chants, qui ont cessé pendant quelques longues minutes, reprennent.

Gaspard est collé à Mamie. Quand c'est au tour d'Idriss de glisser dans la tombe, elle serre son épaule, pose une joue sur le haut de sa tête.

« Alors, lui chuchote-t-elle, que disait-il, ce poème que tu avais dissimulé près de son aisselle ? »

Le garçon cherche les yeux océan. Derrière les petites lunettes, des larmes perlent.

Il le lui récite à voix basse, comme si c'était un secret :

Idriss,
Que la sève agisse
Sur la lumière de tes fleurs
Idriss,
Ton écorce est tiède
Mon arbre-radiateur
Idriss,
Tes branches crissent
À l'entrée de mon cœur

L'aube clignote dans les hautes frondaisons quand la cérémonie se termine.

Gaspard ne s'est toujours pas réveillé. Dans l'*autre monde*, ses parents sont sans doute déjà arrivés à l'hôpital. Peut-être l'a-t-on gardé en observation dans une chambre ? Ou, qui sait, son père l'a-t-il porté jusque dans la voiture, et à l'heure qu'il est, il se trouve à la maison, au chaud dans son lit.

L'assemblée se disloque. Mamie, Dr Cot, Anne-Lise et le garçon retournent sur le campement de fortune installé sur le territoire de l'Été, non loin de la clairière du Grand Pommier. Le choix de l'emplacement paraît évident au vu des températures douces, sachant que les nombreux blessés resteront un bon bout de temps à ciel ouvert.

La vieille dame échange longuement avec Léonice et Borgota. Spontanément, les deux peuples ont proposé leur aide pour la reconstruction de la ferme. Par chance, une partie du matériel médical a pu être sauvé – ustensiles et ingrédients qui se trouvaient dans la tour, mais aussi aux sous-sols, où l'incendie n'a pu se propager.

Le jour est bien installé quand les chats arrivent au campement. Ils sont crasseux et fourbus. Ils ont dû cheminer des heures durant pour rallier les Terres Désolées et revenir au plus vite. Le couleur crème s'avance au devant d'eux.

— *Ça n'a pas été très difficile de suivre la piste du Molosse. Il est dans un sale état. Il boite et se déplace très lentement. C'est à se demander comment il est arrivé à atteindre la frontière… mais malgré tout, il a repris son poste à l'entrée du Temple. Notre nouveau compagnon est toujours coincé à l'intérieur. Le Molosse étant quasi hors d'état de nuire, nous avons pu nous approcher suffisamment de l'entrée du Temple pour communiquer avec lui…*

Il se tourne vers le garçon.

… et il demande à te parler. Tu dois te rendre là-bas.

Gaspard frissonne. Mamie pose une main sur son épaule.

« Je ne peux pas t'accompagner et laisser M. Cot. Il y a trop à faire ici et la route est longue jusqu'aux Terres Désolées… Néanmoins, il est hors de question que tu t'y rendes seul… »

Le soldat Anne-Lise, qui a suivi de loin la conversation, se permet d'intervenir :

« Pardon de m'immiscer, mais je crois avoir une idée… »

Le ciel bleu immaculé.

Allongé en étoile de mer sur le dos, au milieu d'un grand drap, Gaspard vole.

La bataille de la Grande Forêt n'a fait aucune victime au sein de l'Escadrille. Les onze pilotes, menés par le soldat Anne-Lise, maintiennent de leur bec le tissu tendu. On a aussi réquisitionné le corbeau pour prêter main-forte à l'étrange équipée.

Un peu inquiet lors du décollage, Gaspard s'est détendu quand ils se sont stabilisés à haute altitude.

Par moments, saisi par les courants, le vaisseau tangue.

Gaspard roule sur le côté, puis sur le ventre, rampe jusqu'au bord du drap. Un vent frais lui gifle la figure. Il a envie de crier tant il est bien dans cette nacelle improvisée. Anne-Lise vole sur le flanc. Son bec pince fermement le tissu. Dans l'incapacité de lui parler, elle lui adresse un clin d'œil.

Le garçon lui caresse le haut du crâne, pousse encore sur ses coudes pour laisser sa tête dépasser du drap.

Le paysage en contrebas est renversant de beauté. Ils ont déjà franchi le territoire de l'Automne et survolent la grande plaine. Il devine à l'est la portion de jungle, le désert, et un peu plus loin le bras du fleuve qu'ils ont longé pour rencontrer le Passeur. À l'ouest, les bouquets neigeux du territoire de Krüg, et plus haut encore sur la gauche, le lac et son barrage où vivent les loutres et les castors.

Devant, les dents des montagnes découpent le ciel.

Les oies entament leur descente.

L'atterrissage se fait tout en douceur. Le garçon saute du drap au moment exact où les pilotes touchent terre.

« Nous t'attendons ici, dit Anne-Lise. Nous n'avons pas le droit de franchir la frontière. Et puis Mamie a dit que tu devais y aller seul. »

Les contreforts rocheux bouchent l'horizon. Il se met en route.

Le sol est stérile, poussiéreux. Pas un bruit. Pas un souffle. Des empilements de rochers acérés, comme pour marquer l'emplacement de sépultures mégalithiques. De monstrueux cairns. Bataillant contre la pierre, des touffes d'herbe tenaces, sèches et jaunies.

Il n'a aucun mal à reconnaître la ligne transversale que lui a indiquée Mamie. Une balafre dans la roche.

Il parvient à son entrée. Après, il y a un corridor qui s'enfonce entre deux cloisons de pierre. Il doit s'arc-bouter pour pénétrer dans cette sorte de long tunnel.

Le garçon reste bouche bée. Sans doute s'attendait-il à une construction à l'architecture singulière. Or, c'est un simple pan de roche vertical, dénué de reliefs et d'aspérité. À sa base, une volée de marches grossières conduit à une double porte.

Elle est à peine entrouverte. De la musique s'en échappe. Le ressac d'un orgue.

Et sur le seuil, en haut des marches, comme pour l'accueillir, avec ses grandes oreilles et sa queue en point d'interrogation, le chat noir à pattes blanches.

Mais quelques mètres avant, couché sur le flanc, le Molosse bloque l'accès et le fixe de son œil unique.

La créature fait peine à voir. Sa patte saigne abondamment. Une flaque poisseuse rougit la pierre. Il ahane.

Gaspard prend son courage à deux mains, avance.

Le Molosse remue à peine, n'essaye même pas de se relever. Peut-être n'est-il même plus en mesure de le faire.

À peine plus d'un mètre les sépare. Un grognement sourd monte de l'animal. Un grognement pas très convaincant. Un grognement où percent souffrance et renoncement. Un grognement qui ressemble presque à une plainte.

Alors Gaspard comprend que la créature s'est vidée de toute colère.

Comme lui.

Il avance encore. Maintenant, sa tête se trouve à la même hauteur que celle du Molosse. La cavité noire de l'orbite fixe le néant. L'œil intact n'abrite plus qu'une infime particule de braise.

Avant de le contourner pour rejoindre l'entrée du Temple, il pose une main entre les larges oreilles.

Le grognement cesse définitivement. Puis il y a un faible gémissement.

Et, alors que Gaspard rejoint le chat en haut des marches, le Molosse se hisse péniblement sur ses pattes, et, claudiquant, s'engouffre dans le corridor de pierre avant de disparaître.

Par l'interstice des portes, l'orgue vomit son torrent de notes.

Gaspard s'accroupit, tend son esprit vers le félin.

Je suis sacrément content de te revoir, dit-il.

Les yeux en amande s'élargissent.

Et moi donc, et moi donc... Es-tu prêt à me suivre ?

Le garçon regarde la porte, se rend compte qu'il a une trouille bleue, que son cœur bringuebale dans sa poitrine.

Et puis il déteste cette musique.

Comme son père aussi détesterait, pense-t-il.

Oui.

Un sourire presque humain se pose subrepticement sur la gueule du chat.

Il s'apprête à franchir la lourde porte, quand il ajoute :

Te voilà arrivé au terme de ton voyage. Il y a quelque chose que tu as volontairement oublié... Et ce « quelque chose », le Temple va te le rappeler.

Ils entrent.

Un sol fait de grandes dalles en pierre. Un bénitier, et derrière, une longue allée avec des bancs de chaque côté. Un plafond très haut. Des entrelacs de voûtes en berceau, d'ogives et de colonnes. L'étrange lumière filtrée par les vitraux.

Le ventre d'une église.

Une église pleine à craquer.

Les gens sont debout, lui tournent le dos.

Le chat le précède dans l'allée, le guide le long de la nef, jusqu'à la croisée du transept, jusqu'au chœur.

Gaspard avance lentement, promène ses yeux sur les visages. Certains traits ne lui sont pas inconnus. Personne ne semble s'apercevoir de sa présence.

Un prêtre derrière l'autel. Des candélabres allumés. Une forêt de candélabres. L'homme lève une coupe, marmonne dans sa barbe.

Gaspard arrive à hauteur des premiers rangs.

Sur sa gauche.

Les peaux ont la couleur de la craie. Il y a beaucoup de yeux hagards, des regards bouffis. Mais aussi des épaules qui s'affaissent, des mains qui se tordent, des gorges qui se serrent.

Gaspard reconnaît alors ses oncles et tantes, ses cousins et cousines, son grand-père, raidi dans son beau costume. Et puis d'autres amis, d'autres connaissances. Tout un puzzle de visages familiers.

Le chat se retourne, le fixe.

Devant encore, au tout premier rang : sa mère, Simon, et lui-même, le nez tourné vers une grande boîte en bois avec des poignées qui luisent, posée là, au milieu d'un parterre de fleurs.

Gaspard se fige…

– d'un bond agile, le chat noir aux pattes blanches a grimpé sur le cercueil –

… et se souvient.

Et maintenant, demande le félin, *maintenant que la mémoire t'est revenue, tu as compris qui j'étais ?*

22

Maman, Simon, Gaspard

Gaspard ouvrit les yeux sur les murs de sa chambre. La lampe de chevet était allumée. Un halo mordoré dans les ténèbres.

Comme il était couché sur le côté, il pouvait lire l'heure sur son réveil.

Presque minuit.

Il se tourna.

Sa mère était là, assise sur le bord du lit. Elle tenait ses mains jointes glissées entre ses cuisses. Sur ses lèvres un sourire.

Enfin, pensa Gaspard, *un sourire.*

Dans l'encadrement de la porte, Simon était en pyjama, avec Ristourne sous le bras. Il frotta du pouce le sommet de la bosse du dromadaire. Son autre main tapota le chambranle.

Le sac à dos rouge siégeait à côté de l'armoire. Sa mère ne semblait pas y avoir touché.

La plainte lancinante de l'orgue n'avait pas tout à fait quitté sa tête.

Il savait qu'il devait parler le premier, s'assit en tailleur.

L'une des mains de sa mère vint se loger dans les cheveux du garçon. Elle fit un mouvement de peigne avec ses doigts.

Gaspard soupira. Un wagon d'air qui lui sortait de la poitrine.

« Dans ma tête, j'avais… j'avais comme effacé ce qui est arrivé, parvint-il à articuler. Je te demande pardon. »

La main de sa mère se fit plus douce encore.

« Tu es tout pardonné, mon chéri. Quelquefois, notre esprit met tout en œuvre pour cacher la réalité, quand celle-ci est trop douloureuse, trop lourde à accepter. »

Simon, qui s'était avancé d'un pas, posa le dromadaire sur le lit, bien campé sur ses pattes afin qu'il puisse suivre la conversation.

Sa mère se retourna, attrapa son fils cadet par le bras, le guida jusque sur ses genoux. L'enfant vint loger sa tête dans son cou, roula une mèche de cheveux entre ses doigts.

Gaspard demanda dans un murmure :

« C'est arrivé y a combien de temps ?

— Ça fera deux mois demain.

— Ah… »

Les yeux de sa mère étaient remplis de brume, avec des tas de fantômes. Il y avait les douloureuses semaines qu'elle venait de vivre, et pas loin derrière, le « demain » qui se profilait. Un demain à reconstruire.

Elle remua un peu la tête, saisit au vol un nouveau sourire, tâcha de le rendre convaincant.

« Pourquoi diable es-tu parti dans le sud ? Pourquoi cette direction et pas une autre ? »

Gaspard s'extirpa de ses draps, se leva, alla fouiller dans son sac, sortit l'encart publicitaire trouvé avant son départ, le lui tendit. Avant de se rasseoir sur le lit.

Elle approcha le papier de la lampe, lut des deux côtés.

« Oh, mon chéri… c'est la tournée que papa a faite l'année dernière. »

Un long silence suivit. Simon avait posé son coude sur le genou de son frère et suçait son pouce.

Gaspard repensa à la machine à coudre, et cette question a priori idiote s'échappa de sa bouche :

« T'as fini tes rideaux ? »

Cette fois-ci, ce fut un vrai sourire qui vint partager en deux la figure de sa mère. Quelques secondes où la brume puante dans ses yeux s'effilocha.

« Non, je n'ai pas fini. Mais j'ai décidé d'arrêter. J'en avais assez. »

Elle passa une main derrière la nuque de Gaspard, l'attira contre elle.

Ils firent une sculpture de chair.

Maman, Simon, Gaspard.

« Va falloir qu'on apprenne à vivre *que* tous les trois, glissa-t-elle à ses garçons. Avec le temps… avec le temps, on y arrivera… »

Ils restèrent ainsi longtemps, respirèrent la nuit, soupesèrent leur poids de chagrin.

Soupesèrent un sacré poids.

Mais ensemble.

Cette nuit-là, Gaspard ne se rendit pas dans la Grande Forêt. Son sommeil était un gouffre.

Le lendemain, il retourna au collège. Les autres se tapaient du coude sur son passage, faisaient des messes basses. Tout le monde était au courant de sa semaine de fugue. Évidemment.

Certains des regards étaient curieux, d'autres, admiratifs. Personne ne se moquait de Gaspard, mais tout le monde l'évitait. Ça lui convenait parfaitement, car il n'avait envie de parler à personne.

Néné lui manquait.

Sa mère vint le chercher à la sortie des cours, après avoir récupéré Simon à son école.

Elle les emmena au cimetière.

Il y avait une corneille qui braillait, là où on remplissait les arrosoirs. Et puis des vieux perdus, seuls sur des bancs. Le gravier des allées crissait sous les baskets.

Les tombes faisaient une forêt de croix, une forêt de pierres.

Celle de son père étouffait sous les fleurs. Gaspard aurait préféré le savoir calé entre deux racines, sous le tronc du Grand Pommier.

Le nom, les dates étaient bien lisibles, inscrits tout récemment.

Sa mère avait fait graver sur une stèle la pochette de l'album *Dark Side of The Moon* des Pink Floyd. Sur fond noir, le fameux prisme traversé d'un arc-en-ciel.

Ça lui avait coûté les yeux de la tête.

Sûrement que c'était la seule tombe en France avec une stèle représentant *Dark Side of The Moon*.

À l'hôpital, Stéphanie, la sœur d'Honoré, avait donné son numéro de portable à sa mère. Après le souper, Gaspard demanda si on pouvait appeler pour prendre des nouvelles.

Elle dit : « C'est trop tard. Demain, promis. »

Une fois couché, le garçon dormit comme un plomb. Il ne rêva pas.

Seulement une poignée d'images vinrent le visiter dans son sommeil :

Honoré assis sur la chaise, au sommet de la carapace du Passeur. Il tendait le doigt vers la rive opposée du fleuve, disait quelque chose à l'énorme tête reptilienne.

Le lendemain, Gaspard sortit du collège, traîna pour rentrer.

Des copains l'alpaguèrent pour faire un foot sur l'aire de jeux en bas de chez lui. Il se donna à fond. Personne ne parvint à lui prendre le ballon. Il mit quatre buts.

Quand il passa la porte de l'appartement, il était en nage.

Simon s'amusait dans sa chambre. Sa mère l'attendait dans la cuisine, assise à table. Elle avait son drôle de visage sérieux, celui qu'elle prenait quand elle devait annoncer des mauvaises nouvelles.

Elle lui demanda de poser ses affaires et lui prit la main.

« Ton ami Honoré est mort cette nuit. Sa sœur vient de me téléphoner... »

Gaspard ne prononça pas la phrase qui lui vint naturellement aux lèvres :

Je sais, je l'ai vu cette nuit sur la tortue.

Il refusa catégoriquement de se rendre aux funérailles.

Il n'avait pas assez de courage pour ça et n'en ressentait pas le besoin.

Lili avait laissé son adresse mail. Il lui écrirait dans quelque temps. Peut-être.

Sa mère n'insista pas.

L'été survint et Gaspard ne se souvenait toujours pas de ses rêves. Chaque nuit était un long corridor de ténèbres.

Un mardi, sans en informer personne, il prit le bus et retourna au cimetière, s'assit sur le bord de la tombe de son père, observa les lourds cumulus qui encombraient un coin de ciel. Une brise se leva. Pas longtemps après, des coups de tonnerre, puis des pluies diluviennes. Le garçon ne chercha pas à s'abriter. Au contraire.

Trempé, les deux poings levés, il maudit bien haut tous les Bêtimondes de la Terre.

Avant de venir poser ses mains sur la stèle et d'éclater en sanglots.

Enfin, il savait pourquoi il pleurait.

Septembre. Entrée en quatrième. Premier jour de cours.

La prof principale fit l'appel. Gaspard remarqua une fille, qui physiquement, n'était pas sans lui rappeler Lili. Une nouvelle arrivée dans le collège. Elle leva une main timide quand son nom fut prononcé.

Jessie.

Alors qu'ils sillonnaient les couloirs pour rejoindre le cours suivant, leurs yeux se croisèrent, et, étrangement, Gaspard se sentit dans le même état que lors de sa première rencontre avec Honoré. Le temps, une nouvelle fois, se figea, et une légère décharge électrique le traversa de part en part.

Jessie ne baissa pas tout de suite le regard, si bien qu'il eut le temps d'y déceler un trouble semblable.

Et le soir même, alors qu'il trébuchait dans le sommeil, la petite musique réapparut enfin, venant lui chatouiller l'arrière de la tête.

Gaspard franchit la grande arche en philodendrons avec ses guirlandes de vignes.

La ferme-hôpital est presque reconstruite. Les loutres et les castors s'affairent sur les pans du toit pour y installer le chaume. Ils ont réussi à travailler de concert malgré leurs différends.

Mamie l'accueille chaleureusement.

« Avec M. Cot, nous craignions que tu ne reviennes pas », dit-elle en le prenant par les épaules.

Son visage s'empourpre, ses yeux couleur océan brillent comme des soleils.

Le perroquet volette jusqu'à eux, assène de petits coups de baguette sur la tête du garçon.

« Il était temps, le houspille-t-il gentiment, nous manquons cruellement de bras, ici. Une blouse neuve t'attend à l'intérieur, va vite te préparer ! Tu fais toujours partie de notre équipe, que je sache... »

Gaspard obtempère.

La ferme a été reconstruite à l'identique.

Il reste encore quelques blessés, rescapés de la bataille, mais pour la plupart, leur guérison est en bonne voie.

La chauve-souris n'a pas retrouvé toute sa mémoire, mais, son sonar fonctionne de nouveau. Le jour, elle dort dans un coin de pénombre sous l'appentis, retrouve le Dr Cot à la nuit tombée.

Gaspard apprend qu'on n'a plus jamais revu le Molosse, qu'Anne-Lise est devenue le nouveau sergent-chef de la caserne, que l'entrée menant aux sous-sols a été cette fois-ci murée.

Peu avant midi, Mamie l'envoie cueillir des baies.

« Si tu m'en rapportes deux, ajoute-t-elle, ce sera, je pense, suffisant... »

Le chat noir aux pattes blanches l'attend à l'entrée du territoire du Printemps. Ses grands yeux oblongs le fixent. Gaspard s'accroupit, tend une main pour le caresser entre les oreilles. Le félin ronronne.

Le cœur de Gaspard se remplit, grossit, tant et tant qu'il craint de ne pouvoir le garder tout entier dans sa poitrine.

Une demi-heure plus tard, alors qu'il s'astreint à escalader le pan d'une énorme racine pour accéder à un bosquet épineux – les baies sont rouge sang, plus volumineuses que des courges –, une voix l'interpelle.

Surpris, il pousse un cri, glisse le long du bois, atterrit sur les fesses.

Honoré met les mains sur ses hanches, le toise d'un air goguenard.

« Toujours aussi dégourdi, à ce que je vois. Mamie me disait que t'allais pas tarder à venir, mais je commençais à désespérer. T'en as mis du temps ! »

Gaspard se relève, interdit.

« Ça alors, Néné ! »

Toujours la tignasse brune, le teint pâle.

Mais sur le visage, le torse et les bras, à plusieurs endroits, la peau se couvre d'écorce. Ses pupilles se sont dilatées, ont encore noirci. Des pâquerettes poussent sur ses épaules, des primevères sur le haut de son crâne. Et tout un bouquet de petites branches éparses s'emberlificotent dans son dos.

Gaspard balbutie, cherche ses mots.

« Alors... alors t'es... le nouveau touchécorce... ben mince, si je m'attendais à ça ! »

Honoré bombe le torse.

« Ouais, comme tu dis, un touchécorce. Et je dois reconnaître que ça me plaît assez. Bon, y a du boulot, hein. On peut pas dire que je m'ennuie. Surtout avec les champignons. Mes arbres en sont envahis. Une vraie plaie... Mais la sève... Bon sang, la sève, ça a un goût incomparable... »

Gaspard sourit.

Honoré respire à fond. Ses gros pieds noués de racines pénètrent le sol.

« Dis-moi, j'ai repéré une méga fougère pas très loin d'ici. Tu verrais la taille des feuilles ! Je me disais que ce serait trop cool d'aller y faire quelques glissades. »

Gaspard approuve.

« OK. Mais avant ça, je crois que t'auras besoin d'une bonne coupe. »

Il désigne l'enchevêtrement de ses branchages.

« Et une fois de plus, tu peux remercier le dieu du Sacré-Bon-Coup-d'Bol, ajoute-t-il, car je suis plutôt calé pour ce genre de truc. »

Remerciements

Mes deux premiers lecteurs, Delphine et Nathanaël.
Abigaïl et Ludmilla, qui découvriront Gaspard dans quelques années.

Elisabeth, qui a définitivement remisé au placard sa machine à coudre.
Jérémy « Simon » et son dromadaire Ristourne.

Famille, amis, proches, qui ont pris le temps de lire le manuscrit. Merci à tous pour vos encouragements.

Fabrice Amouriq, Julien Silvano et Patrick Garel, mes « Néné » à moi, tous trois très présents, chacun à leur façon, durant la rédaction de ce texte.

L'équipe et les résidants du foyer « Le Chemin Vert ».

Jean-Paul Silvano, pour son aide et soutien sur le texte original.
Rose-Claire Labalestra, auteure jeunesse, pour sa gentillesse et ses conseils avisés.

Christian Celli et Lucile Bertaud de la Librairie Nouvelle à Voiron.

Evelyne Alviset, Geneviève Michelet et Marion Maillet.
Les trois « passeuses » qui ont fait que le texte parvienne en de bonnes mains.

Toute l'équipe de Hachette Jeunesse.

Cécile Térouanne, éditrice, pour nous avoir pris, Gaspard et moi, sous son aile bienveillante.

À tous, que la sève du Grand Pommier coule dans vos veines…

Y.R
www.yannrambaud.com

CE ROMAN VOUS A PLU ?

Découvrez tout de suite
UN EXTRAIT D'UN AUTRE ROMAN
de Yann Rambaud.

Donnez votre avis et
DISCUTEZ-EN
avec d'autres lecteurs sur

LECTURE academy.com

YANN RAMBAUD

JESSIE des TÉNÈBRES

hachette
ROMANS

1

LA RÉVÉLATION

Jessie, treize ans, bientôt quatorze, sentait le froid peu à peu l'engourdir.

Le froid : une façon comme une autre de *s'anesthésier*. Non pas qu'elle y prenne un réel plaisir. C'était davantage de l'ordre du soulagement. Son angle de souffrance, quelque part en bas, dans la geôle la plus éloignée de son être, cessait de faire caisse de résonance s'il était suffisamment recouvert de givre. Un coin de souffrance qui ne la quittait pas, et qui depuis plusieurs mois faisait battre tambours et sonner trompettes, portant jusqu'à son crâne un diable de tintamarre. Plus aucune trace de neige depuis la mi-décembre, mais le froid, piquant, persistait, alors que janvier débutait à peine.

Ses orteils nus se recroquevillèrent sur le sol au bois rugueux du long porche. Vêtue d'un jogging trop large qui lui dessinait une silhouette un peu difforme, elle avait posé ses coudes sur la balustrade la plus à l'ouest et pointait un regard fixe sur les hauteurs de la propriété, là où la forêt faisait une masse compacte et écrasante. Au-dessus, une lune entamée s'habillait de nuages.

Jessie tendit l'oreille, perçut le chant nocturne des bois. Le chant des ténèbres. Un chant qui hurlait par son seul silence.

Un cône blanc sortit de sa bouche quand elle soupira.

Depuis longtemps, elle avait la conviction que chaque soir, là-haut, à l'orée, quelqu'un l'observait… Alors elle *le* regardait en retour, fixait un point dans l'obscurité, réajustait ses lunettes aux épaisses montures qui glissaient sans arrêt sur son nez, dégageait d'un geste sec la mèche trop longue qui dissimulait ses yeux. De grands yeux noirs. Noirs comme cette forêt.

Peut-être que c'était l'homme dont on parlait en ville. Le fou qui vivait reclus dans les bois, celui que personne n'avait jamais vu, mais qui, selon les dires, se nourrissait exclusivement de viande crue et se vouait, lors d'étranges rites païens, à la magie noire.

Jessie fut parcourue de tremblements. Ce n'était pas la peur. Seulement le froid.

Les choses étaient en train de changer. Elle le pressentait. Cela avait commencé plus de deux ans auparavant quand, à l'âge de onze ans, pour son entrée en sixième, ses parents lui avaient fait l'étourdissante « Révélation ». Oh, elle n'était pas complètement tombée des nues. Au fond d'elle, elle l'avait plus ou moins toujours su, sans jamais avoir osé se l'avouer. L'information l'avait ébranlée, certes, mais Jessie était restée bien solide, bien en place. Ce premier impact avait d'abord créé une simple zone de turbulence, comme un éboulis s'écoulant du flanc de sa montagne. Pourtant, à ce jour, une accélération était en passe de l'emporter, corps et âme.

Elle eut un bref sourire, malgré ses dents qui commençaient à franchement jouer des castagnettes. Allez, là, elle atteignait vraiment la limite… Elle sautilla jusqu'à l'entrée en se frictionnant vigoureusement les avant-bras et se glissa en silence dans le hall.

Il faisait tout aussi noir à l'intérieur, excepté le contour de la porte qui menait au garage. Autant sa mère était couchée à l'étage depuis un bon moment déjà, autant son père traînait dans son « laboratoire mécanique » jusque tard dans la nuit.

Jessie saisit d'une main la rampe d'escalier, tendit l'oreille. Il y avait du remue-ménage derrière la porte. On marchait vite, on manipulait des outils. Claquements métalliques sur l'établi. Puis le ronronnement significatif du pont sur lequel Alfred soulevait ses véhicules pour aller explorer plus avant dans leurs entrailles. Il avait allumé son poste de radio, poussait des « Yeaaaah… ! Yeaaaah… ! Yeaaaah… ! » enthousiastes. Jessie savait que son père attendait pour le lendemain un nouveau défi : un vieux camping-car dont personne encore n'avait réussi à identifier la panne. Tous les garagistes de la région, les uns après les autres, s'y étaient attelés, en vain. L'anomalie du véhicule demeurait un mystère, et Alfred voulait absolument le réparer en vue de futures vacances familiales.

Bien qu'elle ne s'intéresse pas plus que ça à la mécanique, la jeune fille pouvait rester des heures, assise à une place stratégique, à le regarder œuvrer. C'était surtout pour suivre le ballet de ses grandes mains, agiles telles deux araignées dressées, pianotant, serrant, dévissant, infatigables.

Se glissant entre les notes d'un solo de guitare, la voix d'Alfred claironna à travers la porte :

« Ah ah ah ! Demain c'est un jour pas comme les autres ! On va voir s'il est pas capable de le réparer, ce foutu tacot. Alfred, y va tous vous en boucher un coin. Ça oui… ! Alfred, c'est le roi de la mécanique… ! Attendez de voir demain… ! Vous allez tous être sciés ! »

Jessie eut un sourire tendre et amusé.

« Voilà qu'il se met à parler de lui à la troisième personne, maintenant… murmura-t-elle. Complètement cinglé, le paternel… »

Ses pieds s'étaient en partie réchauffés. Elle réajusta ses lunettes et, quatre à quatre, grimpa l'escalier pour regagner sa chambre.

« Ton professeur principal me disait que ça ne se passait pas très bien avec tes camarades de classe. C'est vrai ? »

La jeune fille gardait les yeux baissés, soigneusement planqués derrière sa mèche. Elle appréhendait de croiser le regard singulier, quoique bienveillant, de Mme Ravinsky. C'était une très grosse femme. Impossible de savoir de quelle façon elle parvenait à placer autant de chair dans un fauteuil si petit.

Jessie se contenta d'un haussement d'épaules. Geste qui lui valut aussitôt un petit coup de coude de la part de sa mère, assise à côté d'elle.

« C'est très impoli de hausser les épaules quand on te pose une question, souffla-t-elle dans le même temps. Dis quelque chose, bon sang… On dirait une carpe hors de l'eau… »

Mme Ravinsky leva une main pour signifier que ce n'était pas grave, posa les coudes sur son bureau, lova son immense menton dans l'une de ses immenses paumes.

« Bon, qui ne dit mot consent… »

Gabrielle approuva d'un vigoureux signe de tête. Elle aussi était friande des expressions de tout poil.

« … ce qui veut dire que… »

Mais Jessie ne lui laissa pas le temps de poursuivre. La boule dure qui lui encombrait l'estomac avait légèrement rétréci, si bien qu'elle trouva assez d'air pour parler :

« Ce qui veut dire qu'il se passe exactement la même chose que dans mon collège d'avant, compléta-t-elle, qu'il faut se rendre à l'évidence : je suis une handicapée sociale… »

Elle redressa ses lunettes sur son nez, croisa le regard inquiet de sa mère.

« En tout cas, avec les gens de mon âge… Et plus je me fais discrète, plus je rase les murs, et plus on vient me chercher des poux… »

Elle écarta son rideau de cheveux, plongea les yeux dans ceux de l'assistante sociale. Plus difficile à dire qu'à faire, car dans l'œil droit de la grosse dame, la pupille demeurait irrévocablement plantée sur la bordure extérieure, alors que l'œil gauche était tout à fait normal. Une tare qu'elle se traînait depuis la naissance, leur avait-elle confié une fois. Plus vulgairement parlant, selon les propos d'Alfred : elle avait un œil qui disait merde à l'autre.

Mme Ravinsky réajusta l'antique châle qui lui couvrait les épaules et le cou. Le regard de Jessie retomba aussitôt, comme si on avait actionné une petite manette à l'arrière de sa tête.

« Je me fais juste un peu charrier, c'est tout… Rien de bien grave… »

Menteuse, infirma une voix aiguë à l'intérieur d'elle. *Oh, la vilaine menteuse.*

« Charrier ? s'étonna Gabrielle.

— On se moque d'elle, traduisit l'assistante sociale.

— Et tu ne te défends pas ? reprit sa mère.

— Ce serait encore pire si je me défendais, crois-moi.

— Ah, mais ça ne va pas se passer comme ça. Je vais prendre rendez-vous avec le proviseur du collège et…

— Maman…

— … on va tirer tout ça au clair, je… »

— Maman, si tu fais ça, ma vie va devenir un enfer. Pour l'instant je te dis que ça va ! »

Menteuse.

Mme Ravinsky tendit une main toute potelée dans sa direction. Les trois bagues étaient à la démesure des doigts qui les portaient. Jessie approcha la sienne, timidement. Une souris craintive face à un éléphant.

« Tu n'es pas… maltraitée par les autres, alors ? »

La jeune fille secoua la tête. La boule dans son estomac avait subitement repris une taille colossale, lui coupant la chique.

Menteuse.

« Bon, bon, bon… Attendons de voir comment cela évolue… » reprit Mme Ravinsky.

Elle adressa un hochement de menton en direction de Gabrielle.

« Mais n'hésite pas à te confier à ta mère si besoin. Il reste encore deux trimestres, et les choses peuvent aller dans un sens comme dans un autre, s'améliorer… ou pas. Alors prudence… Tu n'es jamais seule, Jessie. Jamais. Tu comprends cela ? »

Simple mouvement de tête.

Jessie venait de voir s'afficher dans son esprit les Trois Pestes, riant aux éclats, lui balançant leurs dards méchants et mesquins. Et elle, en vaillante bête de somme attaquée, piquée par un nuage de taons, elle présentait un cuir suffisamment épais pour tenir sur la distance.

Oui, mais jusqu'à quand ? formula l'intempestive petite voix.

Le regard de la jeune fille dériva sur la cloison d'en face. Une grande carte de Claire-la-Jolie y était punaisée. Ses prunelles parcoururent les principales artères périphériques, puis les petites rues tordues du centre-ville.

« Une chose est certaine, ajouta Mme Ravinsky, tes résultats en classe restent brillants. »

Gabrielle, toute tassée depuis le début de l'entretien, à ces mots, se redressa enfin. Car s'il y avait bien une chose dont elle était fière, c'était la réussite scolaire de sa fille, elle qui avait traversé l'école dans un coup de vent – bonjour ! Au revoir ! –, prenant au passage une maigre lichette d'instruction, et contrainte, depuis des années maintenant, à travailler dans une entreprise de ménage.

Dans l'estomac de Jessie, la boule s'amenuisa quelque peu. Oui, pour ça au moins, elle pouvait s'enorgueillir. Son cerveau analysait, comprenait, enregistrait à une vitesse folle. Un ordinateur bourré de logiciels et de cartes mémoire siégeant, bipant et ronronnant, à l'intérieur de son crâne. Depuis le cours préparatoire, première dans toutes les matières. Ah, non, à part en gym. Et en plus, pas la peine de trop travailler. Pour ses devoirs à la maison, elle se contentait du strict minimum.

Revers de la médaille, quand on était une machine de guerre scolaire : cela rajoutait au fait que certains élèves la détestaient. Surtout pour ce qui était des Trois Pestes (précisons que, selon les jours, le terme « peste » était évidemment remplacé par des appellations beaucoup plus cinglantes), dont les résultats se traînaient péniblement autour de la moyenne.

Les trois garces. Les trois petites pouffiasses. Le trio de tête des plus grosses connes de l'humanité ! fulmina soudain la voix intérieure.

Et la boule fondit encore de moitié.

Dans un vaste mouvement de chair, Mme Ravinsky arracha son grand corps du petit fauteuil et invita Jessie à faire de même. Puis, l'attirant jusqu'à elle, la lova délicatement contre son ventre rebondi, sa poitrine opulente.

La jeune fille se laissa faire. Elle savait que c'était sa façon de lui dire au revoir et de lui souhaiter bonne chance. Lors de leur entretien précédent, l'assistante sociale leur avait annoncé son départ imminent à la retraite. Jessie en était très attristée, car Mme Ravinsky, avec sa masse humaine démesurée et ses deux yeux qui se faisaient la gueule, avait de tout temps été là. Depuis le premier mot prononcé, depuis la première marche.

« Tu vas voir, la petite jeune qui prend ma place est formidable. Je suis sûre que le courant passera entre vous deux… Allez, si tu veux bien attendre à côté, il faut que je m'entretienne encore seule à seule avec ta maman… Ce ne sera pas long. »

Jessie se laissa glisser sur l'une des chaises inconfortables de la salle d'attente, promena ses yeux le long des murs à la décoration spartiate. Dans le Centre social, toutes les pièces étaient tristes. C'était à l'image des histoires de vie, cassées, tordues, amputées, que les gens y rapportaient.

Elle finit par se lever, s'approcha de la fenêtre. Il y avait des guirlandes de givre sur le contour des vitres. Dans la rue, cul à cul, un flot continu de voitures. Des coups de klaxon. Le long des trottoirs, les gens marchaient vite en raison du froid, la tête rentrée dans le col de leur manteau.

Elle avait vue sur le perron de l'entrée avec sa volée de larges marches. C'était là, presque quatorze ans en arrière, qu'on l'avait trouvée au petit matin, bébé, blottie et endormie dans son couffin.

Jessie tendit l'oreille et fronça les sourcils. Dans la pièce d'à côté, la discussion s'était subitement emballée. Le ton montait. Jamais elle n'avait assisté à une prise de bec entre Gabrielle et Mme Ravinsky… En règle générale, ça n'allait jamais plus loin que des désaccords sans conséquence.

Intriguée, elle rejoignit la porte à pas de loup, s'immobilisa. Mais l'altercation cessa aussi vite qu'elle avait démarré. Il y eut un long espace de silence, puis des sanglots étouffés. Et la voix de l'assistante sociale, redevenue douce et caressante.

Gabrielle pleurait. La dernière fois que cela était survenu, c'était lors de la « Révélation ».

La petite boule dans l'estomac de la jeune fille reprit aussitôt sa taille habituelle.

Alors que ses pensées valsaient en compagnie des nuages, très loin là-haut – des nuages superbes, avec des hanches impeccablement ourlées et une robe d'un blanc immaculé –, lui revint le souvenir de cette drôle de journée.

Presque deux ans et demi plus tôt.

Ils étaient tous trois attablés dans la cuisine. Gabrielle avait le visage exsangue en annonçant la nouvelle, se tordait les mains à s'en faire craquer les articulations.

« Avec ton père, on a quelque chose de très très très important à te dire, quelque chose que j'aurais préféré taire à jamais ; mais voilà, nous avons déjà trop tardé. Mme Ravinsky me serine ça depuis déjà plusieurs années : dire la vérité. C'est tout ce qui compte. Alors la voilà, cette vérité... »

Ah, d'accord. Alors la gentille Mme Ravinsky n'est pas du tout une ancienne patronne avec qui tu avais fini par devenir amie... Bien sûr, c'était normal, si tu continuais de lui dire « vous » et de l'appeler « madame », comme c'était ta chef par le passé et que tu en avais gardé l'habitude. C'est faux, alors... C'est une dame qui me « suit », qui est « chargée de mon dossier », qui veille à ce que je sois toujours « bien entourée, bien prise en charge ».

J'ai été abandonnée devant le Centre social tout bébé, et après j'ai passé un certain temps dans une pouponnière avant que vous m'adoptiez.

Ah, oui, vous restez mes parents, sauf que vous n'êtes pas mes parents « biologiques ».

Du haut de ses onze ans, Jessie avait fait répéter cet étrange mot scientifique, qui sonnait comme un laboratoire, comme un assortiment de fioles, comme une dissection de grenouille.

Mais ça ne change rien, parce que vous m'aimez de tout votre cœur et de toute votre âme.

Alors je suis une orpheline… mais pas tout à fait quand même.

Non, non, ne vous inquiétez pas, vous resterez à jamais mon papa et ma maman…

« Hou ! Hou ! Jessie ? »

La jeune fille décrocha de son parterre de nuages.

« Quoi ? Qu'est-ce t'as dit ?

— J'ai dit : Tu ne veux pas qu'on s'arrête chez un coiffeur avant de rentrer, histoire qu'il guillotine une fois pour toutes cette horrible mèche ?

— Nan. »

Gabrielle soupira, enclencha sa deuxième vitesse, roula sur à peine dix mètres, pesta contre le feu qui refusait de passer au vert. À cette heure-ci, le centre-ville était particulièrement encombré.

« T'as les yeux rouges, dit Jessie.

— Ah bon ?

— T'as pleuré quand t'étais seule avec Mme Ravinsky. Je t'ai entendue. »

Gabrielle haussa les épaules. Un grand sourire s'afficha sur le visage de sa fille.

« C'est très impoli de hausser les épaules », singea-t-elle.

Sa mère leva les yeux au ciel.

« Tu vois que tu sais sourire, bon sang de bois. Pourquoi que tu ne leur donnes pas cette figure-là quand t'es au collège ? Tu ferais chavirer plus d'un garçon, crois-moi... Et tes yeux, ronds comme des billes, noirs comme le fond d'un puits. Seulement, tout est caché derrière mèche et lunettes. Alors forcément... Bon, pas de coiffeur, mais si on s'arrêtait chez un opticien pour te dégoter une paire un peu moins... encombrante ?

— Nan.

— Et un portable ? Pourquoi diable tu ne veux pas de téléphone portable ? ! Tous les jeunes de ton âge en ont un !

— Ça ne me servirait à rien.

— Tête d'enclume.

— Toi-même. »

Le feu passa enfin au vert. Devant, les véhicules tardaient à se mettre en branle.

« Mais qu'ils sont mous, mais qu'ils sont mous dans cette ville ! râla Gabrielle.

— Alors ? Tu m'as pas répondu. Pourquoi t'as pleuré ?

— Parce que j'étais triste qu'elle parte à la retraite. »

Ce fut au tour de Jessie de lever les yeux au ciel.

« N'importe quoi. Tu m'emboucanes.

— Je quoi ?

— Tu m'em-bou-canes. Tu m'embrouilles, tu me racontes des craques. Bref, tu me mens.

— Pas du tout. »

Gabrielle parvint à atteindre une ruelle sur la droite, s'y engouffra, s'extrayant ainsi des grands axes. La voiture s'échappa du centre-ville, prit la départementale qui les mènerait en rase campagne. Comme à son habitude, elle conduisait vite. Les pneus crissaient dans chaque virage.

« Tu ne vas pas me dire que, dans tout le collège, il n'y a pas au moins un garçon qui te plaît ? ! »

Elle revenait à la charge. Une particularité de sa mère : jamais elle ne lâchait le morceau. Jessie sourit à nouveau. Elle aimait ces moments passés toutes les deux.

« Si tu me dis pourquoi tu pleurais, alors je te dirai pour le garçon…

— Chantage ! Mais ça veut donc bien dire qu'il y en a un, de garçon ! Chouette ! »

Jessie tira un trait invisible le long de ses lèvres.

« D'accord : bouche cousue », convint sa mère.

Oui, il y en a bien un.

Les dernières habitations disparurent dans le rétroviseur. La ferme était éloignée de tout. Quelques kilomètres plus loin, la voiture bifurqua pour emprunter un simple chemin de terre truffé de nids-de-poule. Gabrielle resta en première, descendit en partie sa vitre, huma l'air frais et l'odeur des champs.

« Bon, je te le dis une dernière fois, parce que, quand même, ça me préoccupe : si les choses au collège venaient à mal se passer, tu promets de m'en parler… de ne pas tout garder pour toi toute seule… De grooooos problèmes dans une si petite tête de linotte, c'est pas recommandé…

— Oui, je te dirais… promis… »

Gabrielle quitta le chemin des yeux, contempla sa fille et, emportée comme souvent par son trop-plein d'amour, fit glisser un doigt délicat le long de sa joue.

« Ma petite puce », dit-elle.

Sa fille lui rendit le même geste.

« Ma grosse puce… C'est quoi, déjà, l'expression que tu utilises pour dire qu'il faut pas trop s'inquiéter ?

— On va pas se mettre la rate au court-bouillon ! »

Et elles éclatèrent de rire.

Le Livre de Poche s'engage pour
l'environnement en réduisant
l'empreinte carbone de ses livres.
Celle de cet exemplaire est de :
300g éq. CO$_2$
Rendez-vous sur
www.livredepoche-durable.fr

**PAPIER À BASE DE
FIBRES CERTIFIÉES**

« Pour l'éditeur, le principe est d'utiliser des papiers composés de fibres naturelles, renouvelables, recyclables et fabriquées à partir de bois issus de forêts qui adoptent un système d'aménagement durable. En outre, l'éditeur attend de ses fournisseurs de papier qu'ils s'inscrivent dans une démarche de certification environnementale reconnue. »

Édité par la Librairie Générale Française - LPJ
(58 rue Jean Bleuzen, 92178 Vanves Cedex)

Composition Nord Compo
Achevé d'imprimer en Espagne par CPI
Dépôt légal 1re publication octobre 2016
31.5617.6/01 - ISBN : 978-2-01-911004-8
Loi n° 49-956 du 16 juillet 1949 sur les publications destinées à la jeunesse
Dépôt légal : avril 2016